Jürgen Bozsoki

CAMINO-WELT

MEIN PILGERWEG DURCH PHILOSOPHIE UND THEOLOGIE

Umschlaggestaltung: Mag. Ines Pelz (PMedia & Marketing)

Verlag: myMorawa von Dataform Media GmbH, Wien
www.mymorawa.com

ISBN:
978-3-99129-001-8 (Paperback)
978-3-99125-999-2 (Hardcover)
978-3-99129-000-1 (E-Book)

PRINTED IN AUSTRIA

Inhaltsverzeichnis

EINLEITUNG

Ruhig und regelmäßig atmend lag sie vor mir. Ich hielt ihre Hand und versuchte Abschied zu nehmen. Diesmal für immer. Doch es gelang mir nicht loszulassen. Jede Bewegung und jeder Atemzug wurden vom Geräusch einer Maschine begleitet. Ein, aus - ein, aus. Es schien alles wie immer.

Vor mir lag meine Freundin Alina, deren Körper künstlich am Leben gehalten wurde. Ihr Hirntod raubte mir die letzte Hoffnung auf ein Wunder. Als besonders tragisch erschien mir dabei, dass sie erst 24 Jahre alt und völlig gesund war. Durch ein Missgeschick erstickte sie an einer Zucchini. Obwohl wiederbelebt und ins Spital eingeliefert, konnten ihr die Ärzte nicht mehr helfen. In diesem Moment erfuhr ich eine Ohnmacht von einer Dimension, die ich bislang nicht annähernd kannte. Dabei war mir das Gefühl, wenn Menschen sterben und sich Trauer einstellt, alles andere als fremd.

Dennoch, dieses Mal war alles ganz anders. Niemals zuvor fühlte ich einen derartigen Schmerz. Er war so groß, dass ich Schreie ausstieß. Schreie, wie ich sie bislang nur von Müttern kannte, die auf tragische Weise ihr Kind verloren.

Als ich eine Woche zuvor von einer, mir bis dahin unbekannten Freundin Alinas, über deren Unfall informiert wurde, war ich neben der Sorge um ihr Überleben mit einem Rätsel beschäftigt: Wer war Alina *wirklich?*

Ich kannte sie etwa ein halbes Jahr. Obwohl ich sie anfangs keineswegs als „Traumfrau" wahrnahm, entwickelte sich durch ihre Herzlichkeit und ihr Hineindrängen in mein Junggesellenleben mehr, als nur eine oberflächliche Affäre. Mir gefiel, dass sie aktiven Anteil an meinem gewohnten Leben nahm und sich blitzschnell in meinen Freundeskreis integrierte. So hinterfragte ich nicht, wer sie wirklich war und vertraute auf ihre Erzählungen. Ich kannte weder ihre Eltern noch Geschwister. Mir gegenüber stellte sie sich als Juristin vor, die in Mindestzeit ihr Studium der Rechtswissenschaften beendet hatte und mit einer Diplomarbeit über den Jugoslawienkrieg abschloss. Nun setzte sie alles daran, die Diplomatische Akademie zu absolvieren. Ihre Mutter, so ihre Schilderung, starb an einem Hirntumor. Ein verwackeltes Foto diente ihr dabei als Beweisstück.

Sie lud mich zum Schifahren nach Tirol ein, schwärmte vom Haus ihres Vaters und den Festen, die sie dort mit ihren Freundinnen feiert.

Umso erstaunter war ich, als mich nur eine Stunde nach unserem letzten Gespräch, bei dem sie vorgab wieder in Tirol zu sein, eine Freundin kontaktierte. Sie informierte mich weinend vom tragischen Unfall Alinas und bat mich ins Wiener Allgemeine Krankenhaus zu kommen, wo sie auf der Intensivstation lag. Es ging um Leben und Tod.

Obwohl es mich wunderte, dass sie in Wien und nicht in Innsbruck medizinisch versorgt wurde, hinterfragte ich diesen Umstand zunächst nicht.

Fassungslosigkeit überkam mich, als die Frau auf dem verwackelten Foto, die angeblich tot war, nun leibhaftig vor mir stand: Alinas Mutter.

War ich nun inmitten eines irrationalen Thrillers?

Alinas Freundin beseitigte dabei meine letzten Zweifel.

„Das ist ihre Mutter! Bitte gib dich ihr gegenüber nicht als ihr Freund, sondern nur als Bekannter aus“, warnte sie mich.

Nach Gesprächen mit den Eltern erfuhr ich, dass sie weder ein Studium absolviert hatte, noch in einer Botschaft arbeitete.

Scheinbar gab es zwei Alinas. Eine, als der sie sich ihren und meinen Freunden darstellte, und eine andere, die sie in ihrer Familie war.

Erst nach und nach erfuhr ich, dass sie aus Bosnien stammte, von wo sie mit ihrer Familie nach Österreich flüchtete. Weil sie die Schule abbrach, aber Sport und Partys gegenüber dem Lernen priorisierte, musste sie zwangsläufig zu Hause bleiben. Scheinbar kam sie mit den verschiedenen Welten nicht zurecht. Säkularer Individualismus versus religiös geprägter Familientradition sowie Liebe zur Familie bei deren gleichzeitiger Ablehnung, stellten jene Bruchlinie dar, die vielen Einwandererkindern zu schaffen macht.

Alina kompensierte diese Widersprüche mit dem Aufbau zweier Parallelwelten: einer ihrer Familie und einer ihrer Freunde.

Ist dies nicht ein Vertrauensbruch der Sonderklasse? Oder sollte ich eher Mitgefühl und Verständnis für ihre Situation haben?

Nun saß ich an ihrem Bett und wusste, dass es das letzte Mal sein würde, sie zu sehen. Bereits hirntot, war es nur noch eine Frage von Tagen, vielleicht Stunden, bis die lebenserhaltenden medizinischen Geräte abgeschaltet würden.

Ich beschloss, sie nicht mehr zu besuchen, denn ich wollte bewusst Abschied nehmen. Nun hielt ich ihre Hand und redete mit ihr. Mir war wichtig, ihr zu vergeben und Verständnis für ihr fragwürdiges Verhalten aufzubringen. Nichts sollte mehr zwischen uns stehen. Ich verlor jedes Gefühl für die Zeit. Irgendwann war es aber dann soweit zu gehen. Als ich ihre Hand, die ich die ganze Zeit streichelte, zurücklegen wollte, passierte etwas, das ich mir bis heute nicht erklären kann.

Obwohl sie, bereits hirntot, als „lebende Leiche" zu keinen eigenständigen Bewegungen mehr fähig war, fädelte sich ihre Hand in meine Plastikschürze ein, die jeder Besucher aus hygienischen Gründen tragen musste. Ihre Finger waren so fest in meiner Schutzkleidung verwoben, dass ich sogar Mühe hatte, sie wieder herauszubekommen.

Reiner Zufall? Unmöglich!

Unzählige Male stellte ich später die Situation nach. Mir war klar, dass hier etwas passiert war, das unmöglich rational erklärt werden kann. Trotzdem wurde es Realität. In jenem Moment, an dem sich dies ereignete, hegte ich keine Zweifel. Intuitiv sagte ich zu Alina: „Ja, ich bleibe noch ein paar Minuten."

Ich erinnerte mich sofort daran, dass sie mich jedes Mal, als ich in der Früh zur Arbeit ging, darum bat, noch kurz zu bleiben. Daraus wurde irgendwann Routine. Ich ahnte nicht, dass dieses Ritual noch über ihren physischen Tod hinaus bestehen würde.

In jenem Moment, an dem sich dies ereignete, hegte ich keine Zweifel. Doch das sollte sich bald ändern. Jene absolute Gewissheit, dass „sie" da war, fand ich später nie wieder.

Nicht, dass ich das Geschehene negierte. Aber ich versuch-

te ständig die Situation rational zu analysieren. Ich bin nun mal von der Wissenschaft geprägt, unverdächtig schnelle Schlüsse zu ziehen, dass es Wunder gäbe. Dabei kam ich mir vor, wie der Apostel Thomas, der die Wundmale Jesu berühren durfte. Doch im Gegensatz zu ihm, wurden meine Zweifel nicht beseitigt.
Aber eine Tatsache konnte ich nicht mehr leugnen: Die Fragen nach Gott, dem Leben nach dem Tod und den Sinn unseres Daseins waren nun für mich keine rein intellektuellen Auseinandersetzungen mehr, sondern wurden existenziell.
Mehr noch: Zum ersten Mal in meinem Leben betete ich wie ein Verrückter nicht für mich, sondern für Alina. Ihr Seelenheil und das Verlangen nach einem Wiedersehen wurden nun zum zentralen Bezugspunkt. So stark, dass ich damit auch mein bisheriges Leben hinterfragte.
Als ich die nächsten Tage im Haus meines Bruders verbrachte, war ich zunächst unfähig etwas anderes zu tun, als im Bett zu liegen und zu heulen.
Meine Schwägerin legte mir unverbindlich ein Werk zum Thema „Nahtodforschung“ auf mein Bettkästchen. Anfangs beäugte ich es etwas skeptisch, wagte mich aber dann doch an die ersten Seiten heran. Im Nachhinein stellte sich heraus, dass mir diese Literatur neue Horizonte öffnete.
Da war aber auch noch ein zweiter Gedanke, der mich beschäftigte. Als passionierter Weltenbummler, der jede freie Minute in die Entdeckung fremder Länder und Kulturen investiert, schien nun die Zeit reif, sich an etwas ganz Neues heranzuwagen. Am besten an eine Pilgerreise.
Dokumentationen, Filme und Bücher über den berühmten Jakobsweg studierte ich schon lange mit Interesse. Doch niemals zog ich ernsthaft in Erwägung, den Camino, wie der

Pilgerweg in Spanien genannt wird, selber zu gehen. Die rund 800 Kilometer des Camino Frances, des meist frequentierten und berühmtesten aller Jakobswege, erschienen mir sogar als Autofahrt elendslang. Noch dazu hasste ich bisher Wanderungen.

Nachdem ich mir Lektüren zum Camino Frances gekauft hatte, reifte der Gedanke immer mehr, diesen verrückten Schritt zu wagen.

„Nütze die Chance", sagte ich mir. „Gib dem Sinnlosen einen Sinn!"

Intuitiv spürte ich, dass sich eine Möglichkeit bot, Trauer in positive Energie umzuwandeln. Denn noch immer konnte ich nicht begreifen, weshalb eine austrainierte, kerngesunde Vierundzwanzigjährige an einer Zucchini erstickt war.

Nachdem ich von meinem Arbeitgeber die Erlaubnis bekam, ausnahmsweise fünf Wochen Urlaub auf einmal konsumieren zu dürfen, konnten die Planungen beginnen.

Ein Bekannter mit Camino-Erfahrung riet mir, schon zu Hause mit dem Training zu beginnen und warnte eindringlich davor, den Pilgerweg zu unterschätzen.

Schnell galt es die notwendige Ausrüstung zu kaufen und dabei nicht zu sparen. Ein gutes Equipment, so erzählten mir Camino-Veteranen, ist Basis für alle weiteren Schritte.

Vor allem die Wanderschuhe mussten unbedingt vorher eingegangen werden, um Verletzungen zu vermeiden. Deshalb trug ich diese ab sofort. Egal, ob bei Probewanderungen oder im Büro.

Wenige Tage vor meiner Abreise nach Spanien bestellte ich über eine Jakobus-Bruderschaft einen Pilgerpass. Es handelt sich dabei um jenes Dokument, das mich nun auch „amtlich" zum Wallfahrer machte. Mit der „Credencial del Peregrino" erhält man die Berechtigung, die preiswerten Herbergen nützen zu dürfen. Außerdem werden dort jene Stempel von den Wegstationen eingetragen, die als Nachweis dienen, die Strecke tatsächlich gegangen zu sein. Lückenlos kann das natürlich niemand kontrollieren. Aber es handelt sich hier nicht um einen sportlichen Wettbewerb, sondern einen Pilgerweg. In Santiago de Compostela erhält jeder erfolgreiche Wallfahrer dann die „Compostela-Urkunde“.

Schon vor meiner Abreise stellten sich mir - einem Kind der Wohlstandsgesellschaft - befremdliche Fragen: Was brauche ich wirklich? Worauf muss ich verzichten?

Jedes Kilo mehr ist eine zusätzliche Last auf dem ohnehin schon beschwerlichen Weg. Empfohlen werden zwischen 9 und 11 Kilo. Ich prüfte deshalb jedes Teil kritisch. Beim geringsten Zweifel, einen Gegenstand zu benötigen, ließ ich ihn lieber zu Hause. Am Ende wog mein Rucksack 7,5 Kilo, exklusive Wasserflasche. Sensationell!

Damit stand dem Start meines vielleicht größten Abenteuers nichts mehr im Wege.

Schon einmal vom Ort Saint-Jean-Pied-de-Port gehört?

Abgesehen davon, dass ich mir wochenlang den Namen nicht merken konnte, war mir das baskische Städtchen bisher völlig unbekannt. Der Ort liegt nahe der französisch-spanischen Grenze. Warum sich gerade hier der Startort für die meisten Pilger am Camino Frances entwickelte, weiß wohl niemand so genau. Vielleicht kann man damit prahlen, Spanien von Ost nach West durchwandert zu haben. Genaugenommen stimmt das aber auch nur, wenn man von Santiago weiter nach Finisterre oder Muxia an der Atlantikküste pilgert. Danach ist wirklich Schluss.

Ich beschloss mit dem Zug anzureisen, auch wenn ich ein mehrmaliges Umsteigen in Kauf nehmen musste. Die lange Fahrt bot die Gelegenheit, den Horror der letzten Wochen zu verarbeiten und mich auf meine Pilgerreise vorzubereiten. Als Veteran unzähliger Reisen bin ich dafür bekannt, mich im Vorfeld penibel mit Geschichte, Kunst und Kultur auseinanderzusetzen. Obwohl auf dieser Reise Selbstreflexion im Vordergrund stand, packte mich wieder mein Forscherdrang. Dieser bewahrte mich davor, in eine längere Depression zu verfallen.

Lange überlegte ich, ob ich das sehr informative, mit herrlichen Bildern übersichtlich gestaltete Buch über die Hintergründe des Jakobswegs tatsächlich mitnehmen sollte. Der Prachtband wog ein knappes Kilo. Erst im letzten Moment beschloss ich ihn einzupacken, aber danach im Waggon liegen zu lassen. Vielleicht war das Werk ja auch eine Inspirationsquelle für jemanden anderen? So gesehen hätte es seinen Nutzen doppelt erfüllt.

Der Jakobsweg galt im Mittelalter neben Rom und Jerusalem als wichtigstes Pilgerziel der Christenheit. Selbstverständlich hieß pilgern damals etwas anderes als heute. Man ging nämlich von zu Hause weg und kehrte den gesamten Weg wieder zurück. Die Chance, nicht mehr lebend heimzukommen, war hoch. Überfälle und Krankheiten galten als selbstverständliche Risiken.

Der Lohn für diese Tortur? Seelenheil durch Ablass. Für mittelalterliche Menschen war der Glaube an den Sündenablass durch Wallfahrten selbstverständlich. Besonders in Heiligen Jahren. Adelige unterstrichen ihr Geburtsprivileg dadurch, dass sie Untertanen für sich gehen ließen. Heute würde man das „Outsourcing“ der Qualen nennen.

Erlass von Sündenstrafen zum Nulltarif, wenn man so will. Die Mächtigen waren schon damals kreativ genug, das Unangenehme und Beschwerliche zu vermeiden und die erhofften Vorteile trotzdem zu genießen. Ob dies theologisch überhaupt haltbar ist, blieb dem Klerus überlassen. Aber so genau wissen wollte es ohnehin niemand.

Schon im Mittelalter stand das große Geschäft im Vordergrund. Pilgerorte verfügen über Reliquien von Heiligen, denn die Menschen wollten damals nicht nur auf Gott vertrauen, sondern auch etwas berühren. Damit konnte eine metaphysische Verbindung zwischen materieller und geistiger Welt geschaffen werden. Wenn Reliquien schon nicht angegriffen werden konnten, sollten sie zumindest nahe sein. Neben dem Ablass der Sündenstrafen versprachen sich die Pilger auch Heilung von Krankheiten oder die Erfüllung von Wünschen. Ist es nicht eine uralte Vorstellung des Menschen zu leiden, um dafür belohnt zu werden?

Der Legende nach führte im frühen 9. Jahrhundert eine Sternenerscheinung den Eremiten Pelagius zum Grab des heiligen Jakobus. Er war einer der Jünger Jesu und gilt als Bruder des Apostels Johannes. Man sagt, er habe Spanien missioniert und sei dann zurück ins Heilige Land aufgebrochen, wo er auf Befehl von König Herodes geköpft wurde.

Danach gelangte der Märtyrer auf einem von Engeln gelenkten Boot von Palästina aus nach Nordspanien, wo er an der Ira Flavia an Land geschwemmt wurde. Seine Bestattung erfolgte angeblich auf dem Campus stellae (übersetzt: Sternenfeld).

Weshalb Bischof Theodomir die Reliquie später für echt erklären konnte, wusste wohl nicht einmal er selbst. Es waren wahrscheinlich wirtschaftliche und politische Gründe. Denn

nachdem König Alfonso II von Asturien eine Kirche über die Grabstätte bauen ließ, wurde die aufkommende Pilgerei zu dem ökonomischen Motor für die Region.
Nebenbei hielt der heilige Jakobus, in Spanien „Santiago“ genannt, auch als „Matamoros“ her. Das heißt übersetzt Maurentöter. Die Iberische Halbinsel geriet nämlich ab 711 unter die Herrschaft islamischer Araber, die schrittweise den Großteil Spaniens eroberten. Einzig der Norden Spaniens blieb immer christlich.
Von hier aus begann auch die so genannte Reconquista, die Rückeroberung der Iberischen Halbinsel und damit die Vertreibung der Mauren. Sie dauerte Jahrhunderte und fand erst 1492, im Jahr der Entdeckung Amerikas durch Kolumbus, ihren Abschluss.
Dass oft Muslime gemeinsam mit Christen gegen Christen kämpften, wird gerne verschwiegen. Ebenso, dass damals die Muslime kulturell entwickelter und, zumindest in Spanien, toleranter waren.
Wie auch immer: Der christliche Norden missbrauchte den heiligen Jakobus als Maurentöter, der für die Christen in Schlachten zieht und siegt. Noch heute finden wir viele Altäre und Portale, auf denen Jakobus, auf einem Pferd sitzend, einen Muslim niedersticht. Was heute als unchristlich gilt, war damals völlig normal. Schließlich, so dachte man, geht es ja um ein gutes Werk.
Ist es nicht absurd? Da beweine ich den Tod meiner Freundin Alina, und dort zelebrierte man die massenhafte Abschlachtung Andersgläubiger? Wie passt das zusammen?
Auch wenn heute die meisten Pilger davon gar nichts mehr wissen: Jene Legenden und Traditionen am Camino, die noch heute Gewaltakte verherrlichen, erinnern mich mehr

an das fanatische Verhalten des sogenannten Islamischen Staates in Irak und Syrien, als an die Lehre Jesu.
Ungläubig schüttelte ich den Kopf: „Das passt ja hinten und vorne nicht zusammen!"
Im 9. und 10. Jahrhundert entwickelte sich die Strecke des Camino Frances allmählich so, wie wir sie heute kennen. Schrittweise entstand die notwendige Infrastruktur in diesem abgelegenen, unwirtlichen Gebiet: Brücken, Kirchen, Klöster, Wirtshäuser, Spitäler und Läden. Ritterorden sorgten sich um die Sicherheit der Pilger und wurden zunehmend zu einem politischen und wirtschaftlichen Machtfaktor.
Vom 11. bis zum 13. Jahrhundert erlebte der Jakobsweg seine Blüte. Viele Legenden entstanden. Tracht, Pilgerstab, hochgeschlagener Hut und Jakobsmuschel kannte bald jeder. Nicht wenige sprechen heute von einer ersten Entwicklung einer europäischen Identität, schließlich kamen die Wallfahrer von allen Teilen des Alten Kontinents. Für mich ist das eine gewagte These aus der Sicht des 21. Jahrhunderts. Aber allemal überlegenswert.
Seit dem Jahr 1122 werden zudem Heilige Jahre gefeiert. Sie folgen, anders als in Rom, nicht einem bestimmten Jahreszyklus, sondern leiten sich vom Namenstag des heiligen Jakobus am 25. Juli ab. Immer, wenn dieser auf einen Sonntag fällt, darf das Jubeljahr begangen werden. Ein weiterer Schub für noch mehr Pilger.
Im 15. Jahrhundert kommt es schließlich zum Niedergang des Jakobsweges. 1589 versteckte man die Reliquie von Santiago vor dem englischen Piraten Francis Drake und fand sie nicht wieder.
„Ein Schelm, der behauptet, es hätte sie nie gegeben", fuhr es mir mit einem Grinsen durch den Kopf. Irgendwann in-

teressierte sich kaum noch jemand für den Camino. Im 18. und 19. Jahrhundert waren Pilgerreisen sogar im erzkonservativen Spanien wegen ihrer Nähe zum Aberglauben unpopulär. Umso erstaunlicher erscheint es heute, dass genau in dieser Zeit fieberhaft nach der verloren gegangenen Reliquie gesucht wurde, die man - welch Zufall - in den Mauern der Apsis der Kathedrale von Santiago fand.

Als der angebliche Fund belächelt und kaum ernstgenommen wurde, beschloss der Papst 1879 in einer Bulle die Echtheit der Reliquie: Roma locuta, causa finita.

Das heißt: Rom hat gesprochen, der Fall ist abgeschlossen. Ende der Diskussion!

Doch die Entscheidung nahm zu dieser Zeit ohnehin kaum jemand wahr. Und wer es tat, dem war es egal.

Erst in der faschistischen Diktatur von Francisco Franco wurde der heilige Jakobus wieder für die Staatspropaganda eingespannt und zum Schutzpatron Spaniens erklärt. Mit dem Ziel, den Jakobsweg zu einer neuen Renaissance zu verhelfen. Zunächst ebenfalls ohne Erfolg.

Komischerweise kam der Durchbruch zum führenden Pilgerweg Europas erst in den 1990er-Jahren, im demokratischen, säkularen Spanien.

Was der Grund dafür war, ist nicht leicht erklärbar. Vielleicht spürten viele Menschen wieder die Sehnsucht nach alten christlichen Traditionen? Ich fragte mich, ob der Boom des Camino in der Gegenwart eine Antwort auf den globalen Turbokapitalismus ist. Das Global Village macht die Welt immer mehr zum kulturellen Einheitsbrei. Hier einmal auszubrechen, kann zum großen Erlebnis werden.

Vielleicht ist es Neugier, das Verlangen nach dem etwas Anderem? Denn Eventurlaube aller Art gibt es heute schon relativ kostengünstig. Sie werden vermarktet und unterwerfen sich der ökonomischen Logik der Profitmaximierung. Am Camino hingegen scheint die Zeit stehen geblieben.

Was drängt die Menschen im säkularen Europa, sich so eine Tortur anzutun und einen Monat oder länger zu pilgern? Ist es innere Umkehr? Eine Auszeit? Die Landschaft? Die uralte Kultur? Geborgenheit? Spiritualität? Neugier?

„Wahrscheinlich ein Mix von allem", redete ich mit mir selbst, sodass mich mein Gegenüber im Zugabteil verdutzt anschaute.

Meiner persönlichen Einschätzung nach trugen aber auch Bücher, wie Paulo Coelhos „Auf dem Jakobsweg" oder Hape Kerkelings „Ich bin dann mal weg" zur Popularität bei. Den Camino „massentauglich" machten Filme wie „Pilgern auf Französisch", „Dein Weg", „Ich trag dich bis ans Ende der Welt" oder „Brüder III". Dazu kommen unzählige Dokumentationen.

Das unglaubliche Wachstum der Pilgermassen führte in den letzten Jahren zu einem Boom beim Ausbau der privaten Herbergen mit besserem Komfort. Das zog auch Menschen an, die eigentlich nicht fähig sind, so weite Strecken zu wandern.

Heute gehen die mit Abstand meisten Jakobsweg-Pilger den Camino Frances, den Klassiker der Wege in Spanien.

Trotz allem bleibt die Faszination des Jakobsweges bis heute erhalten, auch wenn der ursprüngliche Charakter, vor allem zwischen Juli und September, zunehmend verloren geht.

„Klingt nach Massenevent", murmelte ich, als ich das Buch zuschlug, das ich gerade ausgelesen hatte.

Noch einmal umsteigen, dann bin ich in Saint-Jean-Pied-de-Port. Auch wenn es mir schwerfiel, ließ ich das Werk im Zug absichtlich liegen. Möge der, der es findet, davon inspiriert werden.

Wahnsinn! Vor einem Monat kuschelte ich noch mit Alina und schmiedete Urlaubspläne. Doch statt einem gemütlichen Agrotourismo in der romantischen Hügellandschaft der Toskana warteten nun spartanische Herbergen.

Wohin würde mich der Camino führen? Zu mir selbst? Zum inneren Frieden? Oder steht mir das Schlimmste noch bevor?

1

(NEU-) ANFANG

Saint-Jean-Pied-de-Port – Roncesvalles

Nach der finalen Zugfahrt, bei der ich den Ausstieg fast verschlafen hätte, kam ich am Vormittag endlich in Saint-Jean-Pied-de-Port an. Im Nebel der mittelalterlichen Stadt war es zunächst nicht ganz einfach das vorreservierte Quartier zu finden.

Dass Saint-Jean-Pied-de-Port Startort des Camino Frances ist, kann niemand übersehen. Zahlreiche Geschäfte verkaufen alles, was mit dem Jakobsweg zu tun hat. Eigentlich könnte man hier als Pilger ohne Gepäck anreisen. Eine Kreditkarte genügt.

Kein Wallfahrer, der ernste Absichten hat, die rund 800 Kilometer nach Santiago zu gehen, kauft hier ein. Konsumenten sind primär organisierte Reisegruppen, die die Stationen des Franzosenweges mit dem Bus abfahren und kurze Abschnitte zu Fuß gehen.

Nach einer intensiven Stadtbesichtigung nahm ich bereits jetzt ein Privileg in Anspruch, ohne auch nur einen Schritt gegangen zu sein: Am frühen Nachmittag verzehrte ich bereits ein Pilgermenü. Dafür musste ich nicht einmal meinen Pilgerpass herzeigen.

Ich traute meinen Augen nicht. Um 10 Euro gab es drei Gänge deftige Hausmannskost, eine Flasche Wasser und eine Bouteille Rotwein. Auch wenn der Vino Tinto eiskalt war, ein Hinweis auf mindere Qualität, bewertete ich das Preis-Leistungsverhältnis mit einer römischen Eins.

Negativer Nebeneffekt: Ich fühlte mich nach dem Essen so niedergeschlagen, als hätte ich bereits die erste Etappe absolviert.

Nach einem Nachmittagsschlaf benötigte ich einen ausgedehnten Spaziergang durch die Stadt. In der Eglise Notre-Dame du Bout du Pont zündete ich eine Kerze für Alina an und betete. Obwohl ich nicht müde war, ging ich früh zu Bett. Leider hatte ich nicht jenen tiefen Schlaf, den ich sonst gewohnt bin.

Eine ungewöhnliche Frage beschäftige mich: Wo sollte ich morgen starten? Was ist überhaupt der Anfang?

Ersteres war schnell entschieden: vor der Eglise Notre-Dame. Zweiteres gestaltete sich schon wesentlich komplizierter.

Mir kam der erste Satz der Bibel in den Sinn, wo es im Buch Genesis heißt: „Im Anfang schuf Gott den Himmel und die Erde.“

Sofort drängte sich der Gedanke auf: Und was war davor? Etwa nichts? Doch was *ist* dieses Nichts? Gibt es im Nichts überhaupt noch Zeitlichkeit?

Diese Phänomene beschäftigen Philosophen und Theologen seit frühesten Zeiten.

So spricht *Aristoteles (384 - 322 v. Chr.)* im letzten Buch der Physik und im Buch XII der Metaphysik vom „unbewegten Beweger“. Er sucht nach dem Anfang alles Seins, um so das Wesen der Dinge zu erforschen. Der antike Philosoph arbeitet streng kausal, also nach dem Prinzip von Ursache und

Wirkung. Im Sinne der kausalen Logik kommt Bewegung erst zustande, wenn es jemanden gibt, der bewegt. Dieses Prinzip hat den Vorteil, dass es rationale Schlüsse zulässt und keine Mythen oder Dogmen mehr braucht.

Aristoteles ist aber nicht so naiv zu glauben, damit die Frage nach der ersten Bewegung oder des Anfangs beantworten zu können. Er braucht vielmehr etwas, das zwar in sich logisch ist, aber in unserer Erfahrungswelt nicht existiert. Etwas, das aus sich selbst heraus diese Bewegung hervorbringt. Er nennt dies den „unbewegten Beweger".

Was Aristoteles noch als Urgrund, erste Ursache oder Prinzip versteht, wird vom mittelalterlichen Philosophen und Theologen *Thomas von Aquin (1224 - 1274)* in seinem Hauptwerk „Summe der Theologie" als erster seiner insgesamt fünf Gottesbeweise verstanden. Während die Schriften von Aristoteles in Europa lange in Vergessenheit gerieten, konnte Thomas, inspiriert von seinem Lehrer *Albertus Magnus (1200 - 1280)*, wieder auf sie zurückgreifen.

Aus der Sicht von Thomas braucht alles, das bewegt wird, ein anderes, um bewegt zu werden. Am Anfang muss es deshalb einen Erstbewegenden geben, der selbst von keinem bewegt wird: nämlich Gott.

Letzterer ist für Thomas erste Wirkursache und Notwendigkeit. Gott erklärt sich als etwas, das durch sich notwendig ist, ohne die Ursache der Notwendigkeit anderswoher zu haben. In diesem Zusammenhang bedeutet Gott, wie ihn Thomas von Aquin versteht, Ursache allen Seins. Sie ist vollkommen und gut. Gleichzeitig nimmt er an, dass das Vernünftige schlechthin existiert, von dem alles zu einem Ziel hin geordnet ist.

Was ist also der Anfang *meiner* Pilgerreise? Die Kirche, die

ich als Start aussuchte? Oder das Verlassen meines Quartiers?
Aber die Ursache, in der Herberge zu übernachten, ist doch, dass ich mit dem Zug angereist bin. Die Anreise hat den Grund, am Jakobsweg pilgern zu wollen. Doch das hätte ich nie gemacht, wenn nicht Alina gestorben wäre. Dass mich Alinas Tod so berührt, hat als Ursache, sie kennen gelernt zu haben. Das war auf einer Feier. Auf diese wollte ich zunächst gar nicht gehen. Ich tat es nur, weil ich dem Veranstalter einen Gefallen machen wollte.
Fazit: Man kann diese Ursache-Wirkung-Beziehung der kausalen Logik von hinten nach vorne und von vorne nach hinten spulen wie man will. Die Antworten sind zwar logisch, aber auch unbefriedigend.
Suchen wir nicht in Wirklichkeit nach etwas viel Tiefergreifendem, nämlich Sinn? Und ist Sinn immer rational? Lassen wir vorerst die Frage einmal offen.
Eine Stunde später, exakt um 7:30 Uhr morgens, wurde das, worüber ich in der Nacht grübelte, plötzlich fassbar. Der Anfang des Camino sollte für mich ein innerer Neuanfang werden. Dafür brauchte es einen würdigen Rahmen. Die gotische Kirche Eglise Notre Dame schien mir der geeignete Ort dafür.
Leider waren die äußeren Umstände alles andere als festlich. Nebel und leichter Nieselregen sind zwar zu dieser Jahreszeit in dieser Gegend normal. Dennoch hoffte ich auf eine Ausnahme. Die gab es aber nicht. Leider.
Eine philosophische Auseinandersetzung mit dem Anfang ließ ich vorerst einmal. Aristoteles und Thomas von Aquin machten mir mehr als deutlich, dass das jetzt ein unmögliches Unterfangen war. Deshalb legte ich ganz einfach fest,

dass der Start unmittelbar vor dem Eingang der Eglise Notre Dame stattfinden sollte. Basta!
Mir war wichtig, den Moment des Losmarschierens *bewusst* zu erleben. So, wie den Countdown zu Silvester. Auch dort nahm ich es schon immer ganz genau. Zuletzt lud ich zum Jahreswechsel sogar eine Atomuhr-App herunter, um auf „Nummer sicher" zu gehen. Darüber schüttelten viele den Kopf. Mir bedeutete es aber viel.
Fest entschlossen, nun loszumarschieren, kam mir im letzten Moment der Geistesblitz, den Start mit Video und Foto festzuhalten.
Ich wartete deshalb ein paar Minuten, bis der erste Pilger vorbeikam. Es war ein etwa 50 Jahre alter Mann, der seiner Kleidung nach Priester sein dürfte. Als ich ihn fragte, ob er mit meinem Mobiltelefon ein Video und ein Foto vom Start machen könne, willigte er freundlich ein. Er redete zwar sehr gut Englisch, doch sein Akzent verriet, dass er Italiener war.
„Dove sei? Woher bist du?", fragte ich, glücklich, wieder ein paar Worte italienisch zu sprechen.
„Vivo a Roma", gab mir der Fremde als Antwort.
Ein Priester aus der Ewigen Stadt. Wenn das kein Zufall ist.
Mit einem Lächeln erzählte er mir, dass er Paulo heißt.
Nachdem der Start auch filmisch festgehalten wurde, konnte es nun endgültig losgehen. Oder doch nicht?
Mir fiel noch etwas ein. Ich musste den Start unbedingt meinen Freunden posten. Und zwar jetzt gleich! Denn wer weiß, wann ich wieder eine Internet-Verbindung habe?
So gings eilig zurück zum Quartier, wo ich alles in den Sozialen Medien online stellte.
Nun vergeudete ich bereits eine halbe Stunde und war noch immer nicht gestartet.

Daher nochmal alles von vorne: Habe ich alles mit? Ist jetzt alles dokumentiert?
Alles in Ordnung! Drei, zwei, eins los! Buen Camino!
Diesen Gruß würde ich in den nächsten Wochen unzählige Male aussprechen. Es gehört ganz einfach dazu, auf diese Weise jeden Pilger so zu grüßen.
Der Camino Frances hat schon ein eigenartiges Streckenprofil, denn die erste Etappe gilt für viele als Anstrengendste. Sie führt über die Pyrenäen zum Kloster von Roncesvalles. Es ist so, als ob die Tour de France mit der schwierigen Königsetappe „Alpe d‘ Huez“ beginnt.
Gleich nach dem Verlassen des Stadtzentrums ging es steil, aber gleichmäßig, bergauf. Selbst die gesprächigsten Pilger redeten kein Wort, da sie ihre volle Energie für die Bewältigung des Aufstiegs brauchten.
Bei meiner ersten Pause, in der Auberge Orisson, betrachtete ich auf meinem Mobiltelefon die Bilder meines Camino-Starts, die Paulo machte, und hinterfragte die Herangehensweise von Aristoteles und Thomas von Aquin.
War ihre kausal-logische Erklärung des Anfangs wirklich plausibel? Gibt es keine andere, weniger statische Erklärung, als das reine Ursache-Wirkung-Denken? Eine, die die Dynamik des Lebens eher beschreibt?
Mir erschien die Erklärung des Philosophen *Georg Friedrich Wilhelm Hegel (1770 - 1831)* zutreffend. In seinem Werk „Wissenschaft der Logik“ geht er exakt auf das Problem ein, das ich beim Start hatte.
Hegel bringt die Grundsituation des Anfangs auf den Punkt, indem er ihn folgendermaßen beschreibt: Es ist noch nichts, und es soll etwas werden.
Das Problem besteht darin, dass, wenn etwas da ist, es schon

begonnen hat. Damit wäre der Anfang aber schon vorbei. Umgekehrt: Wo das „reine“ Nichts ist, gibt es keinen Anfang. Man kann also nicht mit dem Nichts den Anfang erfassen und auch nicht davon ausgehen, dass schon etwas ist. Es stehen bei der Suche des Anfangs zwei gegensätzliche Thesen im Raum: das Sein und das Nichts.

Den Anfang zeichnet laut Hegel aus, dass er sowohl Sein als auch Nichts enthält. Als ich das erste Mal davon hörte, schüttelte ich ungläubig den Kopf.

Was soll das sein? Der Anfang enthält Sein und Nichts zugleich? Wie kommt man auf so etwas?

Doch später merkte ich, dass der Gedanke so blöd gar nicht war.

Nochmal langsam. Der Anfang ist also die Einheit von Sein und Nichts, wenn man so will Nichtsein, das zugleich Sein, und Sein, das zugleich Nichtsein ist.

Der Anfang ist daher, anders als bei Aristoteles und Thomas von Aquin, kein statischer Begriff, der beim Ursache-Wirkung-Prinzip bleibt und Widersprüche offenlässt.

Nein. Es ist vielmehr ein dynamischer Prozess, der auch für mich schwer zu denken ist.

Oder anders formuliert: Das Interessante bei Hegel besteht darin, dass er bei der Beschreibung des Anfangs Sein und Nichts *nicht* als zwei unvereinbare Thesen stehenlässt, sondern sie vereint.

Aus These und Antithese wird eine Synthese. Wenn der Anfang aus dem Spannungsfeld von Sein und Nichts besteht, entsteht bei Hegel aus deren Synthese - also der Vereinigung - daraus das WERDEN.

Jetzt haben wir es: *Der Anfang ist das Werden!*

Ich wunderte mich über mich selbst, dass ich nach dem anstrengenden Anstieg in der Lage war, solch tiefgründige Gedanken zu ordnen. Vielleicht war es aber genau diese Verausgabung meines Körpers, die den Geist frei dafür machte. Wer weiß?

Ich überlegte nun, was die hochtrabenden Theorien Hegels ganz praktisch für meinen Camino-Start bedeuten könnten. Deshalb ging ich beim Betrachten des Videos am Mobiltelefon systematisch vor, indem ich es langsam nach vor und zurück spulte. Beim Heben des Beins ist der Anfang bereits vorbei. Solange ich aber nicht mit der Bewegung angefangen habe, ist der Start noch nicht vollzogen. Ich kann bis in die Unendlichkeit nach Zeitbruchteilen suchen, um dem Anfang näher zu kommen. Es wird mir aber nie gelingen.

Dieses Problem war schon in der Antike Gegenstand heftiger Debatten. Bekanntestes Beispiel dafür ist das Paradoxon von Achilles und der Schildkröte, das dem Philosophen *Zenon von Elea (490 - 430 v. Chr.)* zugeschrieben wird.

Er versucht nachzuweisen, dass der schnellste Läufer, Achilles, die langsame Schildkröte nie einholen könne, wenn sie nur einen gewissen Vorsprung hätte. Bevor Achilles die Schildkröte einholen kann, muss er nämlich zuerst seinen Rückstand aufholen. In dem Moment, in dem Achilles aufholt, legt die Schildkröte aber wieder einen Weg zurück, den er aufholen muss. Der Vorsprung, den die Schildkröte hat, wird zwar ständig kleiner, so die Argumentation, aber es bleibt trotzdem immer ein Vorsprung. Achilles nähert sich der Schildkröte zwar immer weiter, kann sie aber niemals einholen und somit auch nicht überholen.

Die Idee hat zwar eine gewisse Eigenlogik, ist aber trotzdem absurd, weil wir aus der Praxis wissen, dass ein Mensch eine Schildkröte ziemlich bald einholt.

Logik muss also nicht immer etwas mit Realität zu tun haben. Hegel würde über solche Absurditäten wohl nur lachen. Bei ihm ist der Anfang kein Moment, der bis ins Unendliche unterteilt wird und dann doch nicht festhaltbar ist, wie ich es beim Video meines Camino-Starts versuchte.

Nein, es ist vielmehr ein Prozess. Wenn nun der Anfang das Werden ist, hat dieser eine Dynamik des Entstehens und Vergehens zur Folge. Das kommt jenen Phänomenen, die wir in der Natur beobachten, schon wesentlich näher, als die reine kausale Logik von Ursache und Wirkung.

Nachdem ich meinen Pausenkaffee ausgetrunken und den Wasservorrat aufgetankt hatte, setzte ich meine Wanderung fort. Immer wieder redete ich mit mir selbst: „Der Anfang ist das Werden, und das Werden ein ständiges Entstehen und Vergehen."

Die Antwort befriedigte zwar kurzfristig meine intellektuellen Bedürfnisse. Im körperlichen Bereich kämpfte ich jedoch mit den mühevollen Anstiegen in den Pyrenäen. Besonders ernüchternd war der Umstand, dass der Nebel sich nicht verzog.

Gerade die erste Etappe gilt wegen des großartigen Panoramas als einer der Höhepunkte des Camino Frances. Besonders eine Stelle beeindruckte mich schon im Vorfeld: die Marienstatue Vierge de Biakorri, inmitten einer saftig grünen Berglandschaft. Ein Augenschmaus, auf den ich mich schon die ganze Zeit freute.

Nur mit Mühe konnte ich dieses Denkmal finden. Aber zu meiner Enttäuschung sah ich im Hintergrund kein Bergpanorama, sondern lediglich eine Nebelsuppe. Nur mit etwas Phantasie waren ein paar Gebirgsformationen zu erkennen. Dass der Nebel aber auch ein einzigartiges Naturschauspiel liefern kann, zeigte mir eine Stelle beim Rolandsbrunnen, nahe der französisch-spanischen Grenze. Dort erzeugten verästelte Buchenformationen an steilen Hängen im dichten Nebel eine mystische Stimmung, wie ich sie nur selten erlebte.

Trotz des schwierigen Streckenprofils liefen mir skurrile Menschen über den Weg, die weniger an Pilger und mehr an Event-Touristen erinnerten. Etwa eine Amerikanerin, die mit zwei überdimensionalen Rucksäcken von mindestens 30 Kilo in Flip-Flops den Berg hinaufging. Das mag für sie cool sein. Aber lange durchhalten kann sie das nicht.

Wahrscheinlich wollte sie nur Aufmerksamkeit. Wie will die Frau je in Santiago ankommen? Doch lassen wir das ihre Sorge sein.

Auf einmal erblickte ich von weitem Paulo, den Priester aus Rom. Ich schloss beim steilen Abstieg vom Col de Lepoeder zum Kloster von Roncesvalles zu ihm auf.

„Wollen wir das letzte Stück zusammen gehen?“, fragte er schüchtern. Das Angebot nahm ich mit Freude an. Schließlich war er der erste Pilger, den ich kennenlernen durfte.

Paulo ist Professor für Kirchengeschichte an der päpstlichen Universität Gregoriana in Rom. Neben Theologie studierte er Philosophie und Kunstgeschichte.

„Ich gehe den Camino aus dienstlichen Gründen“, brachte er sein Motiv auf den Punkt. „Ich schaue mir genau an, wie der Jakobsweg funktioniert, und was wir in Italien lernen können.“

Er erklärte, dass die italienische Regierung in Zusammenarbeit mit dem Vatikan die Via Francigena, den wichtigsten Pilgerweg des Mittelalters, wiederbeleben möchte. Dieser führt von Canterbury nach Rom.

So, wie sich Saint-Jean-Pied-de-Port am Camino Frances als Start etablierte, ist es am Frankenweg das schweizerische Lausanne. Die Länge der Strecke beträgt über 1.000 Kilometer. Nachdem in den letzten Jahren die Pfade ausgeschildert und die Wege verbessert wurden, stiegen die Pilgerzahlen deutlich an. Woran es noch scheitert, sind leistbare Herbergen und Pilgermenüs.

„Ganz ehrlich, die gesamte Strecke ist landschaftlich viel reizvoller und der Einzug in die Ewige Stadt imposanter", kam Paulo ins Schwärmen. Sicherlich nicht nur aus Patriotismus. „Aber ich bin sicher, wir kriegen das in den nächsten Jahren hin. Es gibt immer mehr Pilger, die hier in Spanien alles abgegangen sind und nach neuen Herausforderungen suchen."

Durch seine spannenden Schilderungen verlor ich beim steilen Abstieg nach Roncesvalles jegliches Zeitgefühl. Schon bald erreichten wir die um 1130 gegründete Augustinerabtei, die einzige Übernachtungsmöglichkeit nach der Pyrenäenüberquerung für Pilger.

So konzentriert sind die Menschen sonst nirgendwo mehr am Camino untergebracht. Diese Einzigartigkeit verlangt Organisation. So betreuen niederländische Hospitaleros, freiwillige Helfer, die Pilgermassen.

Als Paulo und ich im Kloster Roncesvalles eincheckten, kam bei mir Begeisterung und Enttäuschung zugleich auf. Wir wurden nämlich im zweiten Stock des Klostergebäudes untergebracht, dessen Ausstattung ganz neu war und hohen Komfort aufwies.

Erwartet hatte ich jedoch einen riesigen mittelalterlichen Saal mit einer Kapazität von 200 Betten. Auch darüber hatte ich in meinem Buch gelesen, das ich bei der Anreise zurückließ. Der Standard war dort zwar geringer, aber gerne hätte ich einmal mit so vielen Menschen in einem einzigen Raum geschlafen.

Obwohl ich von der ersten Etappe mehr als ausgelaugt war, besichtigte ich kurze Zeit später mit Paulo die gotische Stiftskirche Colegiata de Santa Maria, wo mein neuer Pilgerfreund vor der in Gold und Silber gekleideten Marienfigur Nuestra Senora de Roncesvalles betete.

Ich bewunderte unterdessen das einzigartige Schauspiel des von Nebelschwaden durchzogenen Kreuzgangs. Obwohl rund 300 Pilger im Kloster ankamen, war hier niemand. Mich ärgerte noch immer, so gut wie nichts von der Pracht der Pyrenäen gesehen zu haben. Der Nebel war einfach zu hartnäckig. Beim Abendessen sprach ich Paulo darauf an. Da für den nächsten Tag perfektes Wetter prognostiziert wurde, überlegte ich, noch einmal die Tour bis zur Statue Vierge de Biakorri zurückzugehen und eine weitere Nacht im Kloster zu verbringen. Der Haken an der Sache: Pilger durften nur *einmal* hier schlafen.

„Ich organisiere das", beruhigte mich Paulo. „Ich habe ohnehin morgen ein Treffen mit der Klosterverwaltung wegen meinem Via Francigena-Projekt."

Wie toll war das denn! Ich umarmte Paulo und bedankte mich. Bestimmt machte er dies nicht ohne Eigennutz. Schließlich konnte er dann mit mir gemeinsam weitergehen. Kurz vor der am Camino üblichen Nachtruhe um 22 Uhr kam Paulo an mein Bett. Er teilte mir mit gehobenem Daumen mit: „Alles in Ordnung, Jürgen. Wir dürfen ausnahmsweise noch eine zweite Nacht bleiben." Er konnte sogar einen Teil der morgigen Wanderung mitmachen, da das Meeting erst am späteren Nachmittag terminisiert war.

Die frohe Botschaft trug dazu bei, ausgezeichnet zu schlafen und die Pilger in den Betten um mich herum gar nicht wahrzunehmen. Es fühlte sich an, wie eine Nacht daheim.
Beim Aufbruch am nächsten Morgen warnten uns immer wieder Pilger, wir würden in die verkehrte Richtung marschieren.
„Macht euch keine Sorgen“, beruhigten Paulo und ich unisono.
Der Morgennebel, ein beinahe tägliches Naturphänomen in dieser Gegend, verzog sich bald. Wir hielten uns penibel an den Weg, den wir gestern genommen hatten, um uns nicht zu verlaufen. Schließlich wurde der anstrengende Aufstieg mit einer majestätischen Aussicht belohnt. Pyrenäen wie aus dem Bilder-, oder besser, Pilgerbuch!
Ich erzählte Paulo vom Tod meiner Freundin Alina als Anlass dieser Wallfahrt. Da er merklich konditionelle Probleme hatte, beschränkte er sich dabei auf das Zuhören. Ich war emotional regelrecht in einer anderen Welt und verlor jegliches Zeitgefühl.
Als Paulo frühzeitig zum Kloster zurückkehrte, um seinen Termin nicht zu verpassen, dachte ich nochmals intensiver über das Phänomen der Zeit nach.
Gestern beschäftige mich ja das Thema des Anfangs. Der Anfang ist nämlich ein Zeitbegriff. Aber was ist überhaupt die Zeit?
Ich erinnerte mich unweigerlich an die Betrachtungen des Philosophen und Theologen *Aurelius Augustinus (354 - 430).* In seinen „Confessiones“ setzt er sich mit dem Phänomen der Zeit intensiv auseinander und bringt das Problem auf den Punkt: Wenn niemand mich danach fragt, weiß ich's, will ich's aber einem Fragenden erklären, weiß ich's nicht.

Für ihn ist das Wissen, was Zeit ist, rein intuitiv, aber nicht begrifflich festmachbar. Zeit bedeutet, bezogen auf die Vergangenheit, „Vergehen". Doch wenn wir über die Zeit als Vergangenheit reden, ist sie in ihrer Augenblicklichkeit nicht mehr da.

Zeit ist bis zu einem gewissen Grad Bewegung, aber nicht ausschließlich, weil sich die Bewegung ja in der Zeit vollzieht. Genau genommen gibt es bei Augustinus nicht die drei Zeiten - Vergangenheit, Gegenwart und Zukunft - sondern nur die Gegenwart des Vergangenen, die Gegenwart des Gegenwärtigen und die Gegenwart des Zukünftigen.

Somit stellen Vergangenheit die Erinnerung, Gegenwart die Anschauung und Zukunft die Erwartung dar. Augustinus ist vielleicht der erste Denker, der subjektiv versucht, die der Zeit innewohnenden Prinzipien zu analysieren.

„Erinnerung, Anschauung, Erwartung!", schrie ich vor Freude, als ich die Marienstatue Vierge de Biakorri so vorfand, wie ich sie in den Bildbänden über den Jakobsweg sah. Umgeben von der wolkenfreien Traumkulisse der baskischen Pyrenäen. Allerdings merkte ich nicht, dass zeitgleich die ersten Pilger von Saint Jean-Pied-de-Port heraufkamen, sodass mir mein Gefühlsausbruch etwas peinlich war.

„Gell, du bist ein Wiener?", rief ein etwas älterer, weißhaariger Pilger mit Brille und Schnurrbart. Er deutete mir, auf mich zuzukommen. Wahrscheinlich freute er sich nur, jemanden zu finden, der deutsch spricht. Weil er noch weiter entfernt war, genoss ich das Panorama ausgiebig. Beim Aufsaugen der Traumlandschaft reflektierte ich einen zweiten zentralen Gedanken von Augustinus.

Für ihn ist nämlich Zeit kein ewiges Prinzip, sondern *beginnt* mit dem *Moment* der Schöpfung. Es gibt, seiner Meinung

nach, *keine* Schöpfung *in* der Zeit. Und wo keine Schöpfung ist, passiert nichts.
Insofern ist die Frage, was *vor* dem Schöpfungsakt war, reiner Unsinn. Dieselbe Antwort könnte man geben, fragt man, was sich vor dem Urknall abspielte. Denn vor Schöpfung oder Urknall herrschte etwas ganz anderes: Ewigkeit.
Augustinus versteht Ewigkeit nicht als unendliche Zeitdauer, sondern als „Außerhalb-der-Zeit-Sein". Ewigkeit ist deshalb *nicht* zu verzeitlichen.
Eine noch revolutionärere Erkenntnis hatte der Physiker *Albert Einstein (1879 - 1955)*. In seiner „Relativitätstheorie", versucht er nachzuweisen, dass Zeit nicht immer gleich schnell vergeht. Eine Sekunde kann unterschiedlich lange dauern. Auch Längen sind seiner Ansicht nach nicht immer gleich lang, sondern mal länger und mal kürzer. Zeit und Längen sind deshalb „relativ".
In seiner „allgemeinen Relativitätstheorie" bringt er noch Schwerkraft und Krümmung von Raum und Zeit ins Spiel, mit der er seine These untermauert.
Ehrlich gesagt, ich verstand die Relativitätstheorie nie wirklich. Schon gar nicht hier in den Bergen. Aber immerhin ist sie ein Hinweis, dass die Gedanken von Augustinus kein abstraktes Geschwafel eines weltfremden Theologen waren.
Wie auch immer. Jetzt hatte ich ohnehin keine Zeit mehr, mich genauer damit zu beschäftigen. Denn jener Pilger, der mir von der Ferne zurief, stand nun unmittelbar vor mir.
Bevor ich mich dem Fremden widmete, fasste ich meine Erkenntnisse von gestern und heute im Eilzugstempo zusammen:
Der Anfang ist ein dynamischer Prozess, der eine Synthese von Nichts und Sein darstellt. Er ist genauso wenig festzu-

machen, wie die Zeit als Begriff. Zeit ist nichts anderes als Erinnerung, Anschauung und Erwartung und sie ist relativ. Basta!

„Servus, ich bin Pepi aus Linz. Gell, du bist ein Wiener?“, fragte mich der österreichische Pilger ein zweites Mal und katapultierte mich damit endgültig aus meiner Gedankenwelt.

Erfreut stellte auch ich mich kurz vor und wanderte mit ihm nach Roncesvalles zurück. Erst jetzt konnte ich die Pyrenäenüberquerung so richtig genießen, da alle Aufnahmen „im Kasten“ waren.

Pepi ist Pensionist. Seine Motivation den Camino zu gehen bezeichnete er als Dankeschön für sein bisheriges Leben. Er war lange Jahre Buchhalter bei einem großen österreichischen Baukonzern. Fast zeitgleich mit seinem Pensionsantritt ging auch die Firma pleite. Glück gehabt!

Pepi machte von Anfang an einen ausgeglichenen Eindruck. Anders, als bei mir, war das Vorhaben Jakobsweg schon seit Jahren geplant. Er erfüllte sich seinen Traum, mit dem Beginn seines Ruhestands zu diesem Abenteuer aufzubrechen. Pepi hat zwei Töchter, seine Frau arbeitet noch. Auch sie animierte ihren Mann zu diesem Trip, damit er ihr nicht auf die Nerven geht, wie er lachend betonte.

Als ich meine Geschichte vom Tod Alinas erzählte, hörte er einfach nur zu. Seine ruhige Art machte ihn sympathisch. Bei Pepi handelt es sich nicht um einen Menschen, der nach kurzer Zeit aufdringlich und anstrengend wird. Im Gegenteil. Er ist ein unkomplizierter Zeitgenosse, der sich auch zurücknimmt.

Da wir erst spät im Kloster von Roncesvalles ankamen, erfüllte sich mein Wunsch. Weil die Quartiere im Klosterkom-

plex voll waren, mussten wir mit einem Bett im mittelalterlichen Kornspeicher Vorlieb nehmen.
„Wie bitte, im Kornspeicher? Das ist wohl ein Scherz?“, erschrak Pepi.
„Das ist genau das, was ich erleben will!“, entgegnete ich meinem neuen Pilgerfreund, der mich verdutzt ansah.
Es war jener riesige mittelalterliche Saal, in dem 100 Stockbetten mit einer Kapazität von bis zu 200 Personen standen. Toiletten, Bad und Duschen befanden sich im Keller. Erst jetzt hatte ich die Gelegenheit, an jenem Ort zu übernachten, dessen Bild mich so fesselte. Hier war alles genauso, wie auf dem Foto im Buch. Chaos pur!
Doch wie heißt es so schön: Auch im Chaos ist Ordnung. Deshalb nutzte ich die Gelegenheit, von meinem Stockbett aus alles filmisch festzuhalten. Denn das glaubt mir niemand.
Als ich alles postete, erreichten Kommentare und Klickzahlen neue Rekorde. Die meisten bedankten sich, den Jakobsweg so miterleben zu dürfen. Aber es gab auch kritische Stimmen, die meinten, mein Verhalten entspräche nicht einem Pilger, sondern eher einem Reise-Influencer.
Wie auch immer man dazu steht: Mir war die Kommunikation mit meiner Heimat jedenfalls wichtig.
Trotzdem: Spannend fanden diesen Ort alle. Dennoch wollten die meisten nicht eine Stunde hier verbringen. Schon gar nicht die ganze Nacht.
Noch einmal beobachtete ich das seltene Geschehen in aller Ruhe. Um punkt 22 Uhr war es mit einem Schlag stockdunkel. Wenig später verwandelte sich der Saal in ein regelrechtes Schnarch-Orchester.
„Wie gut, dass wir Ohrenstoppel mithaben und ausreichend

Wein intus“, scherzte Pepi. Obwohl er nur leise sprach, rief sofort jemand: „Silencio!“

Pepi wagte es nun nicht mehr, mir eine gute Nacht zu wünschen. Aber das war mir angesichts der körperlichen Erschöpfung ohnehin egal.

2

ZWISCHEN LEBEN UND TOD

Roncesvalles – Larrasoana – Pamplona

Punkt 6 Uhr morgens. Nachdem ich überraschend gut schlief, wurde ich von einem Moment auf den anderen aus meinem Schlummer gerissen - durch Live-Musik. Ich raffte mich auf, glaubte aber noch immer zu träumen.

Zwei Hospitaleros, ansonsten für Reinigung und Administratives zuständig, sorgten mit populären spanischen Songs für einen heiteren Tagesbeginn.

„Das gibt es doch nicht“, murmelte Paulo. Er war es nämlich gewohnt, vor dem Verlassen des Bettes ein Morgengebet zu sprechen. Bei dem Lärm ein unmögliches Unterfangen. Dazwischen mischten sich Weckertöne der Mobiltelefone. Spätestens jetzt war jeder wach.

„Weshalb habe ich nie in einem Pilgerführer darüber gelesen?“, fragte ich mich. Aber sind es nicht gerade solche Erlebnisse, die immer in Erinnerung bleiben werden? Youtube-Videos, Dokumentationen und Bücher rauben ohnehin jeden Überraschungseffekt. Die Möglichkeit, alles zu recherchieren, führt am Ort selbst oft zu Enttäuschungen. Hochglanzbilder sorgen zudem für eine vorgespiegelte Realität, die so nur in Ausnahmesituationen stattfindet.

Oder hatte ich die Existenz des Guten-Morgen-Konzerts nur bei meinen Recherchen übersehen? Da aber so gut wie alle der 200 Pilger in der mittelalterlichen Kornhalle verdutzt dreinschauten, sprach wenig für diese These.
Um dem Massenansturm im Klosterrestaurant zu entgehen, entschieden sich Paulo, Pepi und ich ohne Frühstück aufzubrechen und dieses lieber am Weg einzunehmen. Denn ab jetzt würden sich die Pilger, die mangels Alternativen kollektiv im Kloster von Roncesvalles untergebracht wurden, immer mehr verteilen. Da die meisten ein ähnliches Tempo gehen, ist die Chance groß, bekannte Gesichter wieder zu treffen.
Nach einer halben Stunde Gehzeit bot sich uns beim Blick auf die Pyrenäen ein einzigartiges Naturschauspiel. Aus einer Talschlucht zwischen zwei Gebirgszügen hielt sich der Nebel hartnäckig, strömte heraus und löste sich auf. Ein Spektakel, das ich sofort festhalten musste.
Schon die ganze Zeit spürte ich, dass Paulo mich etwas fragen wollte. Nun, bei Kaffee und Kuchen, fasste er endlich Mut: „Wie gehst du mit dem Tod von Alina um? Glaubst du an ein Leben nach dem Tod?“
Auch Pepi lauschte gespannt.
„Das kann ich nicht in ein paar Sätzen erzählen. Gib mir die nächsten 10 Kilometer“, bat ich ihn. Das waren mehr als zwei Stunden. Mir war nämlich wichtig, alles zu strukturieren. Das braucht eben seine Zeit.
„Leg los!“, konnte es Paulo kaum erwarten.
Ich war überrascht, wie sehr ihn die Sache beschäftigte. Wollte er die Gelegenheit nur benutzen, um mich zu bekehren? Ging es ihm darum, die Zeit zu überbrücken? Doch wieso vermutete ich immer gleich eine Absicht hinter einer

einfachen Frage? Vielleicht will er mich nur besser kennenlernen?

Seine Neugier war verständlich, ist doch die Frage nach einem Leben nach dem Tod das „tägliche Brot" eines Theologen. Ob meine Ansichten jedoch mit der römisch-katholischen Lehre kompatibel sind, darauf war ich wirklich gespannt.

Zuerst ging ich kurz auf meine bisherige Entwicklung ein. Als Kind glaubte ich natürlich an Gott. Allerdings war es ein typisch kindlicher Glaube. Zweifel verdrängte ich meist. Es war eine Mischung aus Angst und mangelnder Konsequenz, Dinge zu hinterfragen.

Als Jugendlicher, etwa ab 16, begann ich mich für Politik zu interessieren und kam so zum Marxismus. Das marxsche Denksystem, das scheinbar alles erklärte, faszinierte mich. Ich verschlang unzählige Bücher zu unterschiedlichen Themen, die ich aber immer aus dem Blickwinkel des Historischen Materialismus sah.

Der Philosoph und Ökonom *Karl Marx (1818 - 1883)*, betrachtet die Geschichte als Geschichte von Klassenkämpfen. Er erkennt in der Religion das „Opium des Volkes", welches die unterdrückten Arbeiter von ihrem revolutionären Kampf ablenkt. Sklavenhaltergesellschaft, Feudalismus und Kapitalismus sind für ihn Gesellschaftsformen, die auf Unterdrückern und Unterdrückten beruhen. Er singt im „Kommunistischen Manifest" zwar ein Loblied auf die innovativen Produktivkräfte des Kapitalismus. Allerdings profitieren mit Fortdauer immer weniger Menschen davon, während die breite Masse verelendet. Zwischen Produktivkräften und Produktionsverhältnissen kommt es zum Widerspruch, in Folge dessen eine neue Gesellschaftsordnung quasi von selbst entsteht: Die klassenlose Gesellschaft, in welcher Menschen „nach ihren Fähigkeiten und Bedürfnissen" leben können.

Es handelt sich, so Marxens Erwartung, um ein Ende der Entfremdung des Menschen von seiner Arbeit; also quasi um ein Himmelreich auf Erden, das durch wissenschaftlichen Fortschritt möglich wird.

Auch ich glaubte lange an diese Vision, sah in Glauben und Kirche nur lächerliche Elemente einer Zeit, die in unserer säkularen, aufgeklärten Gesellschaft keinen Platz haben. Allerdings, so kann ich heute zugeben, setzte ich mich mit den Argumenten der Gegner auch kaum auseinander. Es ist eben einfacher, wenn das schön glänzende Denkgebäude nicht zerstört wird. Und sollte diese Utopie nicht funktionieren, sind eben andere schuld. Basta!

An ein Leben nach dem Tod glaubte ich damals genauso wenig, wie an die Existenz Gottes. Allerdings erwischte ich mich dabei, als ich, ohne besonderen Anlass, von einem Moment zum anderen Angst bekam. Kurioserweise vor einem Leben nach dem Tod. Dies passierte in der Bibliothek meines Onkels. Allerdings verdrängte ich diese existenziellen Ängste, indem ich sie als Stimmungsschwankungen relativierte. Doch immer, wenn ich auf seine Bücherwand starrte, mahnte mich der Blick auf ein bestimmtes Werk, diese Ängste ernst zu nehmen.

Etwa vor 15 Jahren kamen mir schließlich Zweifel am Atheismus. War dieser nicht dasselbe, wie der Gottesglaube? In der Tat kann die Existenz Gottes so wenig bewiesen werden, wie dessen Nichtexistenz.

Um aus dem Schlammassel herauszukommen, glaubte ich als Agnostiker in einer besseren Position zu sein. Doch den Agnostizismus, also das Offenlassen einer Existenz oder

Nichtexistenz Gottes, entlarvte ich bald als unbefriedigend. Dieses ständige „nicht Stellungbeziehen“ aus der „Zuschauergalerie“ bedeutet aber auch, dass ich unfähig blieb, Empathie für übersinnliche Phänomene zu entwickeln.
Es wäre ungefähr so, als würde man eine Frau, die einem gefällt, nur aus der Distanz betrachten, sich aber nie näher auf sie einlassen.
Nur keine endgültige Entscheidung! Immer alles offenlassen! So kann keine intensive und noch weniger eine dauerhafte Beziehung entstehen.
Schritt für Schritt fand ich wieder zum Glauben zurück. Ich glaubte wieder an Gott, ohne, dass der ständige Zweifel verschwand.
Aber an welchen Gott glaubte ich? Hatten nicht *alle* Religionen recht und gleichzeitig unrecht? Kreisen nicht Heilige Schriften und mystische Erlebnisse um das Unaussprechliche? Warum soll dann die eine Religion wahr sein und die andere nicht?
Fazit: Glaube ja, obwohl weiter unklar war welcher. Allerdings sollten Rationalität und Wissenschaft dafür das Fundament bilden.
Meine Antwort auf die Frage, ob Gott existiere, lautete: „Ich weiß es nicht. Aber ich bin bereit, jeden Tag überrascht zu werden.“
Doch eines wusste ich nun. Dass ich glauben *wollte.*
Schön langsam merkte ich, wie meine beiden Pilgerfreunde ungeduldig wurden. Ich kam einfach nicht zum Punkt. Mir schien es aber wichtig, ausführlich darzustellen, dass meine heutige Einstellung nicht aus einer oberflächlichen Emotion entstand, sondern Resultat eines langen Weges ist.
Nach Alinas Tod beschäftigte ich mich intensiv mit Nahtod-

forschung und fand dort einen Ansatzpunkt, der mir einen neuen Zugang zum Glauben öffnete.

„Was meinst du mit Nahtodforschung?“, fragte Pepi skeptisch.

„Nahtodforschung ist eine Grenzwissenschaft, die das Phänomen der Schwelle zwischen Leben und Tod untersucht“, antwortete ich.

Unzählige Menschen, die bereits klinisch tot waren, das heißt, deren Hirnfunktion aussetzte, berichten von unglaublichen Erlebnissen. Diese konnten zum Teil überprüft und für wahr befunden werden, ohne zu erklären, *weshalb* dies so war. Es handelt sich um unaussprechliche Erfahrungen, deren Beschreibung bestenfalls eine Annäherung an das Erlebte sein kann. Doch die eigentlichen Worte dafür fehlen.

Es kommt dabei zu außerkörperlichen Erfahrungen. Menschen, an der Schwelle zum Tod, berichten davon, dass sie ihren Körper von oben sehen und auch im Umfeld jedes kleinste Detail beschreiben können. Dimensionen des Irdischen, etwa Raum und Zeit, lösen sich auf. Die meisten berichten glaubhaft von einer Liebe, welche es in dieser Dimension auf Erden nicht annähernd gibt.

Ein gewisser Prozentsatz der Betroffenen erzählt von einer Art Lebensfilm. Das Außergewöhnliche daran ist, dass das Leben in allen Dimensionen an einem vorbeirast. Dabei entwickelt man die Fähigkeit, das nachzuvollziehen, was man anderen angetan hat, sowohl im Positiven als auch im Negativen. Dadurch können die eigenen Taten von einer anderen Perspektive beurteilt werden.

Ich lernte einmal einen Mann mit einem Nahtoderlebnis, der dazu einen Vortrag dazu hielt, persönlich kennen. Als ich ihn anschließend auf den besagten „Lebensfilm“ ansprach und wissen wollte, wie lange dieser dauerte, sah er mich lächelnd an. Seine Antwort vergesse ich nie: „10.000 Jahre oder nur eine Sekunde? Ehrlich gesagt weiß ich das nicht!"

Normalerweise erklärt man Menschen, die so eine Aussage machen, für verrückt. Der Vortragende war jedoch hoch gebildet, wirkte psychisch stabil und vermittelte mir den Eindruck, dass es ja *mein* Problem sei, wenn ich das nicht glaube könne. Denn er hatte ja die Gnade, es zu erleben.

In diesem Zusammenhang berichten andere Menschen, wenn auch nur zu einem geringen Prozentsatz, von sogenannten „Höllenerlebnissen". Man darf sich diese jedoch nicht als antiquierte Bilder vom Fegefeuer oder als physische Qualen vorstellen. Es hat eher damit zu tun, dass im Lebensfilm eine Art Selbstgericht als Reinigungsprozess stattfindet. Sture, böse und rachsüchtigen Menschen werden hier einiges durchmachen müssen, um sich selbst aus ihrem Schlamassel zu befreien.

Vielleicht geht es genau darum, wenn in den Heiligen Schriften eine Symbolsprache dafür verwendet wird. Im Mittelpunkt stehen dort meist Reue, Vergebung und Umkehr. All das, was sich in vielen Ritualen unterschiedlicher Kulturen wiederfindet.

„Dort wird auch Donald Trump sein, wenn er einmal das Zeitliche segnet", scherzte Pepi.

Er hatte nicht unrecht. Die Person des amerikanischen Präsidenten eignet sich als Paradebeispiel. Es geht bei diesen Höllenerlebnissen scheinbar nicht um unsere kleinen „Sünden" des Alltags, denn nur ein geringer Anteil von Menschen mit Nahtoderfahrungen spricht davon.

Für die überwiegende Anzahl der Personen waren die positiven Eindrücke so gewaltig, dass sie keine Veranlassung sahen, in das irdische Leben zurückzukehren. Sie sprechen von einer umfassenden Liebe, die auf dieser Welt in dieser Weise nicht annähernd vorkommt.

Andere Menschen berichten davon, Verstorbene zu treffen. Das können Verwandte, Freunde, Bekannte oder Fremde sein. Besonders beeindruckend sind Berichte von Kleinkindern, die gerade einmal reden lernten und überhaupt nicht kulturell sozialisiert waren. Sie erzählen von Menschen, bei denen nachweisbar ist, dass sie noch nie etwas von ihnen gehört haben konnten. Auch von Geburt an Blinde, die zwangsläufig über einen völlig anderen Orientierungssinn verfügen, keine Erfahrung mit Farben oder Bildern hatten, berichten davon, wieder vollkommen sehen zu können.

Glaubwürdig sind diese Beispiele deshalb, weil die Betroffenen mit dieser neuen Dimension völlig überfordert sind. Genauso wie Sehende, die plötzlich erblinden.

So unterschiedlich die Erfahrungen in diesem Grenzbereich zwischen Leben und Tod auch sein mögen: Sie haben eine Gemeinsamkeit. Wir können nur deshalb davon erfahren, weil es sich um eine Art Zwischenstadium handelt. Denn der Tod ist kein punktuelles Ereignis, sondern ein Prozess. Hegel lässt grüßen!

Am Ende steht aber eine Schwelle, deren Überschreiten das endgültige Übergehen in eine andere Dimension des Daseins bedeutet. Wer sie überwindet, kommt nicht mehr zurück. Deshalb haben wir auch keine Berichte davon.

Diese Grenze wird von der Nahtodforschung als Geheimnis, das es nie aufzulösen gilt, akzeptiert. Hier ist für mich der große Unterschied zur Esoterik, die versucht alles zu erklären und keine Grenzen kennt.

Diese Schwelle wird als Licht, Lichtwesen, ewige umfassende Liebe und vieles mehr beschrieben, welche am Ende des Durchschreitens eines Tunnels steht und von einer Dimension ist, die sich nur schwer in Worten beschreiben lässt.
Jene, von deren Erfahrungen wir das wissen, sind aber wieder zurück in ihren Körper gekommen und haben in der „irdischen Welt" überlebt.
Das Ergebnis dieser Rückkehr in den Körper wird meist als zwiespältig beschrieben. Einerseits verändern die unglaublichen Erfahrungen das Leben nachhaltig. Auf der anderen Seite kommen viele mit dem weltlichen Dasein schwer zurecht, weil sie lieber „auf der anderen Seite" bleiben wollen.
Die meisten sprechen aber davon, noch Aufgaben erfüllen zu müssen. Insgesamt entwickeln die meisten Rückkehrer mehr Einfühlungsvermögen, höhere Aufmerksamkeit für Arme und Schwache und vermitteln das Gefühl, das irdische Leben hätte einen Sinn. Das macht jeden Menschen einzigartig und besonders.
„Was ist das für eine Pseudowissenschaft?", rief plötzlich ein Pilger, der schon die ganze Zeit hinter uns ging und scheinbar meinen Ausführungen lauschte.
Er stellte sich als Thomas vor, der von Beruf Physiker ist. Seine „Berliner Schnauze" ließ keinen Zweifel aufkommen, dass er aus der deutschen Hauptstadt stammt. Eigentlich begann er Medizin zu studieren, wechselte dann zur Physik und ist jetzt passionierter Grundlagenforscher am Robert Koch-Institut. Dort profitiert er davon, von beiden Fächern Ahnung zu haben.
„Ach komm", sagte er mit einer gewissen Überheblichkeit. „Dabei handelt es sich nur um Halluzinationen im Gehirn. Außerdem sind diese Menschen doch nicht tot, denn sie le-

ben noch." Jetzt war ich als Nichtmediziner und Nichtphysiker gefordert. Denn bei der umfangreichen Literatur, die ich las, wurden diese Einwände immer wieder erörtert.

Mein Konter: „Ich weiß Thomas. Wenn ich mit Gegenargumenten komme, wirst du als nächstes sagen, es ist Sauerstoffmangel, zu viel Kohlendioxid oder das Medikament Ketamin, das in geringen Dosen außerkörperliche Erfahrungen auslösen kann. Weiters wirst du behaupten, es seien schwere Drogen, Epilepsie, Stimulation, Schlafanomalien, Persönlichkeitsstörungen, Phantasien, Einbildungen, Persönlichkeitsfaktoren, Betrug, Träume..."

„Stopp!" unterbrach mich Thomas.

„Halt mal die Luft an. Nicht schlecht, für einen Nichtmediziner", gab er zu meinem Erstaunen zu. „Trotzdem gibt es so etwas nicht."

Gleichzeitig bestätigte er von fachlicher Seite, dass schon geringe Einschränkungen der Gehirnfunktionen das Erinnerungsvermögen auslöschen oder ein Herzstillstand über mehrere Minuten alles lahmlegt, was nur irgendwie an sinnlichen Wahrnehmungen vorhanden ist.

Und trotzdem: Warum berichten dann genau diese Menschen von diesen Dingen so derart detailliert, obwohl es in ihrem Zustand eigentlich unmöglich ist?

Es gibt für mich nur zwei Möglichkeiten: *Entweder* diese Phänomene zu akzeptieren und sie weiter zu untersuchen. *Oder* nach immer neuen Annahmen zu suchen, weshalb das nicht sein kann.

„Bist du gläubig, Thomas?", fragte ich ihn ganz direkt.

„Überhaupt nicht! Ich bin Atheist und glaube nur an die Wissenschaft. Alles andere ist doch nur Phantasie", ließ der selbstbewusste Berliner keinen Zweifel.

Obwohl er keine Gegenargumente hatte, hielt er meine Darstellungen weiter für Schwachsinn.
Ihn konnte auch nicht beeindrucken, dass ich ihm anerkannte Kardiologen aufzählte, die wie er, Atheisten waren, nur an die Naturwissenschaften glaubten und alles, das nicht empirisch nachweisbar war, negierten. Sie mussten, eben *weil* sie hinsahen, irgendwann eingestehen, dass es da mehr gibt, als sie dachten. Die einen sprechen von unendlichem Bewusstsein, andere von Gott oder allumfassender Liebe.
In der Wissenschaft gibt es eine überwältigende Mehrheit, die, wie Thomas, jegliche metaphysische Phänomene bestreitet. Und eine Minderheit, die es wirklich wissen will, wenn sie Phänomene entdeckt, für die unser wissenschaftlicher Rahmen zu eng ist.
Eine immer größere Anzahl an Forschern erkennt, dass es scheinbar mehr gibt, als nur eine Welt der rationalen Erklärung nach vordefinierten Maßstäben.
Die Argumentation von Thomas erinnerte mich an den Philosophen und Mathematiker *Alfred North Whitehead (1871 - 1947)*. In seiner Schrift „Vom Ursprung des Philosophierens“ kritisiert er, dass Naturwissenschaftler auf der Seite von Dogmatikern und Skeptikern stehen. Sie gestehen zwar Fortschritt in Einzelheiten zu. Etwas grundsätzlich Neues ist aber ihrer Ansicht nach verboten.
Besonders beeindruckt hat mich deshalb der niederländische Kardiologe *Pim van Lommel (geb. 1943)*. In seinem Werk „Endloses Bewusstsein – Neue medizinische Fakten zur Nahtodforschung“ liefert er eine erstaunliche Widerlegung der Argumente gegen die Mehrheit der Naturwissenschaftler.
Dabei war Van Lommel ebenfalls Atheist und hatte mit Religionen nichts am Hut. Er blieb bis heute durch und durch

Forscher. Deshalb geht er auch Phänomenen nach, die über den engen Radius der Wissenschaften hinausgehen. Als Kardiologe lernte er massenhaft Menschen kennen, die einen Herzstillstand hatten und an der Schwelle zum Tod standen. Über die Jahre konnte er deren Erzählungen, von denen ohnehin nur ein Bruchteil aus eigenem Antrieb erfolgte, nicht mehr ignorieren. Lange wollte auch er, wie die meisten Forscher, diese Berichte widerlegen. Doch irgendwann musste er eingestehen, dass unser reduktionistisch materialistisches Weltbild nicht mehr ausreicht, eine offensichtliche Realität zu begreifen.

Er plädiert seitdem dafür, nicht nur objektive wissenschaftliche Erkenntnisse anzuerkennen, sondern auch subjektive, sofern sie einer kritischen Überprüfung standhalten.

„Du hast schon recht, so richtig befassen wir uns damit eigentlich nicht. Aber mein Verstand sagt mir, dass das alles Schwachsinn ist. Sorry!“, bemerkte Thomas mit einer Offenheit, die ich so nicht erwartete.

Doch was heißt hier Verstand? War dieser scheinbare Verstand nicht vielmehr ein Glaube an die Welt der Naturwissenschaften? Und verhielt sich damit Thomas nicht genauso wie die, die er belächelt?

„Gut Jürgen, aber was heißt das jetzt für dich? Was hat das alles mit deiner verstorbenen Freundin zu tun?“, wurde Paulo ungeduldig. Anders als Thomas fehlte ihm der springende Punkt meines langen Monologs.

„Das heißt, ich glaube, dass das Leben nach dem Tod nicht endet und alles gut ausgeht. Jedes Leben hat einen Sinn. Vielleicht bietet Alinas Ableben auch die Möglichkeit, mich für etwas zu öffnen, das mir bisher verschlossen blieb“, fasste ich zusammen.

Paulo lächelte vor sich hin. Mir war nicht klar, ob sich sein Schmunzeln auf mich bezog.
Als ich ihn darauf ansprach, schüttelte er nur den Kopf: „Nein. Ich amüsiere mich, dass wir gerade einen Thomas kennenlernten, der sich so verhält, wie jener Apostel Jesu, der sein Namensvetter ist. Du weißt sicher, dass er das Wunder der Auferstehung trotz vielfacher Bezeugungen nicht glauben wollte. Er musste erst selber die Wundmale des Gekreuzigten berühren, bis er glaubte, dass er auferstand."
Von einem auf den anderen Augenblick blieb ich stehen. Es war, als fuhr ein Blitz durch meinen Körper, den Paulo mit seiner Aussage in mir auslöste.
„Was ist los? Ist etwas mit dem Fuß?", machte sich Pepi Sorgen. Doch körperlich ging es mir überraschend gut.
Nein, der Vergleich mit dem Apostel Thomas galt nicht nur unserem deutschen Pilgerfreund, sondern auch mir. Ich erinnerte mich nämlich an jenes Erlebnis zurück, das ich beim Abschied von Alina im Spital hatte.
Obwohl nur noch eine künstlich am Leben gehaltene Leiche, verrenkte sich plötzlich ihre Hand in meine Schutzkleidung. Intuitiv verstand ich, dass ich noch etwas bleiben solle, so wie sie es jeden Morgen machte, als sie noch lebte.
Rational gesehen ist ein zufälliges Einfädeln so gut wie unmöglich. Noch am Totenbett versuchte ich das zu überprüfen, indem ich mehrmals ihre Hand nahm und zurücklegte. Was mir im Augenblick dieses Ereignisses selbstverständlich und real erschien, hinterfragte ich sehr bald wieder.
Je mehr ich heute darüber durchdenke und eine Erklärung suche, umso mehr zweifle ich wieder daran. Obwohl es eigentlich nichts zu zweifeln gibt. Es ist ein grundsätzlicher Skeptizismus, ähnlich wie beim Pilger Thomas.

Dabei passierte nach diesem Ereignis in den Wochen vor meinem Aufbruch nach Spanien bereits einiges. Ich sprach offen darüber.
Siehe da, Personen, die ich bereits jahrelang kannte, öffneten sich auch mir. Auch sie waren bereits klinisch tot, überlebten gerade noch und bestätigten, mit vernachlässigbaren Unterschieden das, was ich aus Büchern und Vorträgen von der Nahtodforschung kannte.
Einmal brach sogar eine Bekannte in Tränen aus, denn bisher konnte sie nie darüber reden. Sie hatte Angst, für verrückt erklärt zu werden. Doch nun redete sie wie ein Wasserfall und beichtete alles.
Wenn also schon die Tatsache, offen darüber zu reden, so viel auslöst. Was würde da noch alles möglich sein?
Nach den Gesprächen mit diesen Menschen zog ich ein erstes Zwischenresümee: Es braucht auch ein offenes Herz und nicht ausschließlich ein reflektierendes Hirn.
Dass der Blick in die „andere Welt" nicht nur bei Herzstillstand, Koma oder ähnlichen bewusstlosen Zuständen passieren kann, sondern schon im *Diesseits*, beweisen die zahlreichen penibel dokumentieren Fälle von Sterbenden, vor allem Kindern.
Die Psychologin *Elisabeth Köbler-Ross (1926 - 2004)* machte nichts anderes, als „nur" hinzusehen, was kurz vor dem Tod passiert, wie sie in ihrem Buch „Über den Tod und das Leben danach" schildert.
Sie ging zu totkranken Kindern in Spitäler und kommunizierte mit ihnen bis zum letzten Atemzug. So recherchierte sie, was sie erlebten. Gerade Kleinkinder, weitgehend ohne kulturelle und religiöse Prägung, schilderten die genannten Phänomene in ihrer kindlichen Sprache. Dadurch wird auch

das Vorurteil entkräftet, sterbende Menschen bilden sich irgendetwas ein, das von ihrer kulturellen, soziologischen oder religiösen Prägung ausgeht.
„Ich denke, Alinas Tod und die geschilderten Ereignisse eröffnen mir völlig neue Sichtweisen. Allerdings weiß ich noch nicht, wo sie mich hinführen. Vielleicht bietet der Jakobsweg eine Chance, das herauszufinden“, brachte ich meine elendslangen Erklärungen auf den Punkt.
„So, ich gehe jetzt weiter. Ihr seid mir zu langsam. Und immer vom Tod zu reden, verdirbt mir die Laune“, verabschiedete sich Thomas etwas mürrisch.
Als austrainierter Sportler schien er ohnehin den Camino mehr als Wettkampf, denn als Kontemplation zu betrachten.
„Ich glaube, du hast bei ihm einen Nerv getroffen“, meinte Paulo.
Er ging sogar davon aus, dass er irgendein Geheimnis mit sich trug, über das er nicht reden wollte. Vielleicht würden wir es auf unserem Weg noch erfahren.
„Weißt du Jürgen, du bist, im Gegensatz zu Thomas ein sehr offener Mensch. Du setzt dich mit Dingen auseinander und reflektierst über deine persönliche Entwicklung. Meiner Meinung nach bist du auf dem besten Weg zu Jesus Christus.“
Wie bitte? Jesus? Wieso das?
Ich hielt Jesus für einen charismatischen Revolutionär des Judentums. Mehr nicht. Seine Lehre ist mir sympathisch, und als politisch Linker erkannte ich in Jesus früher sogar einen Sozialisten. Aber Auferstehung und Sohn Gottes? Ich weiß nicht.
„Stell mir ganz einfach alle Fragen, die du hast, und reden wir darüber“, bot mir Paulo an, als wir unser Etappenziel

Larrasoana nach insgesamt 28 Kilometern erreicht hatten. „Paulo, ich will nur noch unter die Dusche, essen und schlafen“, schlug ich sein Angebot vorläufig aus.
Vielleicht hatten wir es heute mit den Gesprächen etwas übertrieben. Aber die zweite Hälfte der Etappe war landschaftlich ohnehin nicht so aufregend, und die verfallenen Industriekomplexe kein Hingucker.
Beim Abendessen vereinbarten wir, die morgige, äußerst kurze Tour nach Pamplona alleine zu absolvieren. So konnte jeder einmal für sich sein. Wir wollten so früh wie möglich dort ankommen, um genügend Zeit für ein Sightseeing zu haben.
Pamplona ist schließlich die Hauptstadt der autonomen Provinz Navarra und mit rund 200.000 Einwohnern die größte Stadt am Camino Frances.
Nach der unspektakulären Wanderung, die keiner weiterer Beschreibung bedarf, traf ich mich mit Paulo und Pepi vor der Herberge „Iglesia de Jesus y Maria“ nahe der Kathedrale. Es war Paulos sehnlichster Wunsch, dort unser Quartier aufzuschlagen.
Als wir den Innenraum betraten, wusste ich auch warum. Mir blieb regelrecht der Mund offen. Im Hauptschiff einer barocken Kirche waren insgesamt 110 Betten für die Pilger aufgestellt. Die Höhe des Raumes wurde durch das Einziehen eines hölzernen Zwischengeschosses optimal genutzt, um möglichst viele unterzubringen. Dieses Refugio wirkte mehr als spartanisch, war eiskalt, hatte aber eine spezielle Atmosphäre.
„Das ist wirklich unglaublich“, gratulierte ich Paulo zu dieser Wahl. Pepi hingegen meinte, er bräuchte eine Extradosis Rotwein, um hier schlafen zu können.

Pamplona ist berühmt für das Fest Sanfermines, das jedes Jahr vom 6. bis 14. Juli stattfindet. Den Anlass dafür bildet der heilige Fermin. Er soll im 3. Jahrhundert Frankreich missioniert haben. Berühmt sind aber weniger die Prozessionen zu Ehren des Stadtpatrons von Pamplona, wo dessen Reliquien durch die Stadt getragen werden, sondern die gefährlichen Stierläufe. Dabei trampeln die Tiere durch die engen Altstadtgassen und verfolgen Freiwillige, die sich dem Nervenkitzel aussetzen. Der Stierlauf endet in der Arena der Stadt. Obwohl es immer wieder Verletzte, nicht selten auch Tote gibt, finden sich Jahr für Jahr genügend Menschen, die sich dieser Gefahr aussetzen.

Warum tun sich die Leute so etwas an? Vielleicht ist es der Adrenalin-Kick, der durch den tosenden Beifall von tausenden Zuschauern ausgelöst wird? Angsthasen wie mir erscheint diese Veranstaltung etwas skurril. Aber bitte, jeder wie er will! Mit ausreichendem Abstand und guter Sicht bin auch ich gerne dabei. Aber nur als Beobachter. Am besten auf einem der Balkone in der mittelalterlichen Innenstadt.

Internationale Berühmtheit erlangte Sanfermines durch den Roman „Fiesta“ des Literaten *Ernest Hemingway (1899 - 1961)*. Seitdem zieht es auch immer mehr Ausländer zum Fest.

In der Iglesia di San Lorenzo, wo sich die Gebeine jenes Stadtpatrons befinden, betete Paulo.

Als er fertig war, fragte ich ihn eilig, was er gestern damit gemeint hätte, dass ich auf dem besten Weg zu Jesus sei.

Seine Antwort war rätselhaft: „Weil es auch für die Auferstehung und die Gottessohnschaft genügend rationale Gründe gibt, nach denen du ja offensichtlich suchst.“ Ich ließ das mal so stehen, denn mir knurrte der Magen. Wir hatten ja noch genügend Zeit, darüber zu sprechen.

Ausnahmsweise nahmen wir heute nicht das Pilgermenü ein, sondern leisteten uns den Besuch einer Tapasbar. Ein paar Flaschen Wein inklusive. Pepi machte so seine Ankündigung wahr, heute etwas über den Durst zu trinken.
„Wir tun das doch nur präventiv, um unser spartanisches Quartier zu ertragen, oder? Glaubt mir! Nur so sind wir für die morgige Etappe nach Obanos fit“, scherzte Pepi und prostete uns zu. Salut!

3

ALLES NUR LEGENDE?

Pamplona – Obanos

Am nächsten Tag wachte ich mit extremem Durst und Kopfweh auf. Wir hatten am Vorabend wohl doch zu viel „präventiv" getrunken. Dafür schlief ich aber wieder hervorragend. Entschädigt wurde ich für meine Leiden, als eine hübsche junge Frau mit langen schlanken Beinen versuchte, sich umzuziehen. Sie bat eine Pilgerin darum, ein Leintuch vorzuhalten, damit die anderen sie nicht nackt sehen konnten. Dabei stellte sie sich so ungeschickt an, dass sie erst recht auffiel. Ihre langen, gelockten, pechschwarzen Haare und ihre dunkelbraune Haut verliehen ihr eine exotische Aura. Wer war diese unbekannte Schönheit?

Von meinem Stockbett aus hatte ich die perfekte Perspektive ein paar Blicke zu erheischen. Ich war mir sicher, dass niemand meine neugierigen Blicke bemerkte. Sie überraschte mich, als sie in meine Richtung deutete: „Nicht schauen! Ich bin schüchtern!"

Die junge Frau lächelte dabei und vertrieb so meine Gewissensbisse. Sie war wirklich eine Wucht. Die erste weibliche Person nach dem Tod Alinas, die mich vom ersten Moment an faszinierte.

Dabei nahm ich mir vor, die ersten zwei Drittel des Jakobsweges auf das Geschehene zurückzublicken. Erst ab dem Cruz de Ferro, welches ich in mehr als zwei Wochen erreichen würde, wollte ich in einer Art Ritual Alinas Telefonnummer löschen und einen Stein ablegen. Danach, so mein Plan, galt es sich der Zukunft zuzuwenden. Dass mich aber schon jetzt der Pfeil Amors traf, überforderte mich ein wenig. Aber wann ist schon der richtige Moment, sich wieder der Frauenwelt zu widmen?

Leider verlor ich die junge Dame bald aus den Augen. Als ich vom Waschsaal zurückkam, war sie bereits weg. Allerdings vergaß sie ihre Sonnenbrille im Refugio. Sollte das die Eintrittskarte sein, sie so näher kennenzulernen? Anstatt die Brille bei der Rezeption abzugeben, nahm ich sie einfach mit. Irgendwann würde ich die schöne Unbekannte schon wieder treffen.

Pepi und Paulo ging es nicht viel besser als mir. Auch ihnen machte der übermäßige Alkoholkonsum zu schaffen.

„Wer zechen kann, kann auch früh aufstehen! Nach einem Frühstück und ein paar Kilometern zu Fuß werdet ihr euch wie neu geboren fühlen“, trieb ich die beiden an. Wahrscheinlich, um mich selbst zu motivieren.

Beim Aufstieg zur Passhöhe Alto del Perdon büßten wir unsere Sünden vom Vortag im wahren Sinne des Wortes ab. Mir ging es schon nicht gut, aber meinen beiden Pilgerfreunden noch viel schlechter. Schon bald hängte ich beide ab und merkte zunehmend, dass mir Anstiege mehr lagen als Abstiege. Die mühsame Wanderung auf einem schmalen Feldweg wurde mit einer sensationellen Aussicht belohnt.

Beim Blick zurück konnte ich noch sehr gut Pamplona erkennen. Die Vegetation war dort sattgrün. Auf der anderen

Seite bemerkte ich eine mediterrane Landschaft, trockener, eher gelblich. Welch ein Kontrast.

Obwohl die Passhöhe nur 730 Meter beträgt, erschienen hier die Weiten unendlich. Besonderen Eindruck machte ein Denkmal mit einer Pilgerkarawane auf mich. Eine Quelle in der Nähe erinnerte an eine der zahlreichen Legenden, die am Camino erzählt werden.

Diese handelt davon, dass der Teufel durstenden Pilgern zu trinken gäbe, würden sie im Gegenzug Gott, die Jungfrau Maria oder den heiligen Jakobus verleugnen. Die Wallfahrer lehnten entrüstet ab. Wie durch ein Wunder fanden Sie schließlich eine Quelle und widerstanden so den Verführungskünsten des Teufels. Der Camino ist voll von solchen Geschichten.

Doch die meisten Pilger nehmen keine Notiz davon und befassen sich nicht mit dem tieferen Sinn. Aber sie lassen sich bereitwillig verführen. Zwar nicht vom Teufel, dafür umso mehr von Kommerz, Selbstdarstellung und vom ständigen Vergleich mit anderen.

Aber werde nicht auch ich ständig vom Wesentlichen abgelenkt? Es braucht wohl noch ein paar Tage, um vollständig in die Camino-Welt einzutauchen und die heimischen Gepflogenheiten hinter sich zu lassen.

Als Paulo und Pepi mit etwas Verspätung kamen, und wir das Fotoprozedere schnell hinter uns brachten, galt die volle Aufmerksamkeit dem steilen Abstieg nach Obanos. Die Verletzungsgefahr war aufgrund der schlechten Wege und dem instabilen Untergrund besonders groß.

Unten angekommen, spürte ich erstmals einen leichten Schmerz in meinem rechten Fuß. Die Sehnen hatten scheinbar einiges abbekommen. Es galt, Obacht zu geben und meinen physischen Zustand aufmerksam zu verfolgen. Wie geplant übernachteten wir in Obanos in einer Pilgerherberge. Während Pepi nach dem Duschen lieber relaxen und seinen Tagebucheintrag schreiben wollte, besichtigte ich mit Paulo die hübsche mittelalterlich geprägte Stadt.

Hier vereinigen sich zwei Jakobswege: Franzosen- und Aragonweg. Während die meisten, wie ich, von Saint-Jean-Pied-de-Port den Camino Frances starten, beginnen nur wenige Pilger in Somport den Camino Aragones, obwohl die Pyrenäen dort höher sind und die Landschaft spektakulärer sein soll.

„Weshalb bist du eigentlich Priester geworden?“, fragte ich Paulo, als wir uns während der Nachmittagshitze den Ort ansahen.

„Das ist eine lange Geschichte. Am besten, ich erzähle dir die Legende dieses Ortes: von Felicia und Guillermo. Dann weißt du nämlich, warum ich meinen Weg eingeschlagen habe“, sprach Paulo in Rätseln.

Mir war nur bekannt, dass Obanos Schauplatz einer jährlich aufwendig gestalteten Freilufttheatervorführung ist. Dort treten alle rund 800 Einwohner des Ortes gleichzeitig als Schauspieler bei der Aufführung einer Camino-Legende auf. Über die Geschichte selbst wusste ich aber nichts. Umso gespannter lauschte ich Paulos Ausführungen.

Inhalt der Legende ist der Wunsch von Felicia, der Tochter des reichen Herzogs von Aquitanien, gemeinsam mit ihrem Bruder Guillermo zum Jakobusgrab nach Santiago zu pilgern. Bei ihrer Wallfahrt lebten die Geschwister, bislang nur Luxus gewohnt, ausschließlich von Wasser und Brot. Bei der Rückkehr verspürte Felicia ein starkes Verlangen, ihr Leben in Reichtum aufzugeben und sich nur noch Gott hinzugeben. Sie entschied sich für ein bescheidenes Dasein, um den Armen zu helfen. Deshalb verschwand sie zum Ärger ihres Vaters und blieb unauffindbar. Nun arbeitete sie als Magd auf einem Gutshof. Ihr Leben bestand nur noch aus Gebet, Arbeit und Aufopferung für andere. Das neue Leben bescherte ihr jenen Sinn, nachdem sie immer suchte.

Ihr Vater, der Herzog hingegen, beauftragte seinen Sohn Guillermo nach ihr zu suchen und sie heimzubringen. Als sich Felicia weigerte, stieß ihr ihr Bruder in einem Wutanfall einen Dolch mitten ins Herz, worauf sie sofort starb. Als Buße pilgerte Guillermo noch einmal nach Santiago und kehrte danach völlig verwandelt zurück. Er verschrieb sich einem Leben als Eremit, versorgte Arme und Pilger, und galt schon zu Lebzeiten als Heiliger.

„Was willst du mir mit der Legende von Obidos sagen?", fragte ich.

„Auch ich komme aus einer sehr reichen Familie. Mir fehlte es an nichts", beichtete Paulo. „Ich hatte Geld, Frauen, mehrere Wohnsitze und musste keiner Arbeit nachgehen. Aber genau das war es, das mich kaputt machte. Mein Vater ist ein großer Bauunternehmer, meine Mutter eine bekannte Schauspielerin. Alles, was ich bekam, erhielt ich zum Nulltarif. Dies tat meinem Charakter nicht gut. Ich war arrogant, oberflächlich und selbstherrlich. Meine Maßlosigkeit führte nie zu Befriedigung, dafür zu immer größerer Unzufriedenheit. Mir fehlte ein Ziel. Etwas, wofür es sich zu leben lohnt. Lange sah ich gar kein Problem. Mein Egoismus, mein ständig steigender Konsum von Luxusgütern und die daraus resultierende Überheblichkeit wurden allmählich zur Belastung für meine Eltern.

Und dann kam der Tag, der alles änderte. Ich fuhr vollgepumpt mit Drogen viel zu schnell und verursachte einen schweren Verkehrsunfall. Zunächst selber ans Krankenbett gefesselt, musste ich zu Kenntnis nehmen, dass wegen meiner Dummheit ein Kind querschnittgelähmt sein würde. Ich dachte an Selbsttötung, da ich nicht mit dieser Schuld leben konnte. Als ich mich für den Suizid entschied, betete ich zuvor in der Kirche Il Gesu vor dem Grab des Ignatius von Loyola. In diesem Moment rief ich nach Gott, an den ich vorher nicht wirklich glaubte, und bat um Vergebung. Nachdem ich intensiv weinte, verschwand allmählich das Gefühl, mich umbringen zu wollen. Ich stürzte mich in Bücher und saß stundenlang in Kirchen. Besonders beeindruckte mich die Biografie des heiligen Ignatius von Loyola. Wenn er, der sogar Menschen tötete, es schaffte seinem Leben eine Wende zu geben, dann konnte ich das auch. Ich meldete mich sofort zu Exerzitien nach den Riten des Ignatius an. Dort verbrachte ich ein Monat in einem Kloster in Stille und Gebet. Danach war mein Leben ein völlig anderes. Doch die endgültige Wende kam erst später.

Ich saß in der Kirche Santa Maria della Vittoria in Rom. Vor mir Giovanni Lorenzo Berninis berühmte Skulptur ‚Verzückungen der Heiligen Theresa'. Diese Verzückungen sind ähnlich dem, was du über Menschen mit Nahtoderfahrungen erzählt hast. Du, lieber Jürgen, bist der erste Mensch, dem ich von meinen mystischen Erfahrungen erzähle. Denn, glaub mir, nicht einmal die Theologen nehmen das ernst. Dabei sollten sie die Hellhörigen sein.

Als ich die Skulptur Berninis betrachtete, spürte ich einen Orkan tiefer Liebe und Geborgenheit. In diesem Moment war ich mir sicher, eine Gotteserfahrung zu erleben. Leider kann ich sie dir nicht so beschreiben, dass du sie verstehen

kannst. Aber es ist wirklich so, wie es Augustinus in seiner Frühschrift ‚Über die wahre Religion' ausdrückte: Suche nicht draußen! Kehre in dich selbst zurück! Im Inneren des Menschen wohnt die Wahrheit. Der Verstand schafft die Wahrheit nicht, sondern findet sie vor. Mehr kann ich dazu nicht sagen", erzählte Paulo mit Tränen in den Augen.
„Es war ähnlich wie bei deinem Erlebnis am Totenbett von Alina, als sich ihre Hand bei dir einfädelte. Je mehr ich über mein mystisches Erlebnis nachdachte, umso mehr verschwamm alles. Mir kamen Zweifel. Ließ ich in der Stille alles über mich kommen, war ich mir wieder total sicher. Die Wahrheit war regelrecht greifbar. Meine mystische Erfahrung Gottes unterschied sich wesentlich von einer gewöhnlichen Emotion, einem Traum oder einer Gemütshaltung. Nein! Es war von einer anderen Dimension. Dieses Erlebnis gab mir den Antrieb, das reiche Heim zu verlassen und Priester zu werden. Dass meine materialistisch eingestellten Eltern dafür kein Verständnis hatten, kannst du dir vorstellen", schloss Paulo.
Die Geschichte bewegte mich sehr. Trotzdem war mir ein Umstand noch unklar, auf den ich Paulo ansprach: „Bist du nun aus Buße Priester geworden oder aufgrund dieser mystischen Erfahrung?"
Er erklärte mir, dass die Schuld, die man in sich trägt, anfangs sehr schmerzt, aber irgendwann abnimmt. Wirklich nachhaltig wirken aus seiner Sicht nur mystische Erfahrungen, die er als Gnade bezeichnete. Erst das Werk am Anderen und das Fokussieren auf das Wesentliche im Leben führte dazu, dass er sich mit sich selbst versöhnen konnte.
Paulo zog ein positives Resümee: „Im Nachhinein bin ich sogar froh, dass alles so kam. Mein Dasein hat einen Sinn

bekommen. Ich lebe ein erfülltes Leben abseits des zerstörerischen Materialismus. Ich bereue es keine Minute, Priester geworden zu sein. Und meine wissenschaftlichen Interessen kann ich an der Universität befriedigen. Was gibt es Schöneres?"

Als wir in die Ortskirche von Obidos gingen und die Stille genossen, dachte ich noch einmal über alles nach, was mir Paulo erzählte.

Wie sollte ich in diesem Zusammenhang die Legende von Felicia und Guillermo einordnen? Sofort dachte ich an den deutschen Theologen und Psychoanalytiker *Eugen Drewermann (geb. 1940)*, der sowohl die Heilige Schrift als auch Märchen und Legenden tiefenpsychologisch deutet, wie er unter anderem in seinem Buch „Wendepunkte" beschreibt. Für ihn gibt es drei Bausteine religiöser Erfahrungen: die Bilder des Unbewussten, das historische Ich in der Beziehung zum anderen, und die Sehnsucht nach der Erfahrung von einem absoluten Gegenüber.

Unsere religiösen Bilder, so Drewermann, haben einen tieferen Ursprung in der Evolutionsgeschichte der menschlichen Psyche. Das, was sich mit objektiven Begriffen nie begreifen lässt, etwa das Erlebnis des unendlichen Wertes eines geliebten Menschen oder die allumfassende Geborgenheit durch mystische Ereignisse, kann mit Gedichten, Märchen und Legenden eher ausgedrückt werden. Sie sind so etwas wie eine universelle Sprache, die über die Kulturen hinweg begriffen wird.

Drewermann entwickelt eine Methode, um die verschiedenen Erzählgattungen, die sich in religiösen Texten finden, auf ihre psychische Eigenart zu verstehen und damit zum Kern der Aussage zu kommen, die nicht unbedingt mit einer objektiven, sachlichen Erzählung gewährleistet ist. Gerade in unserer Zeit gelten Geschichten, Legenden und Heilige Schriften als archaische Werke, deren tieferen Sinn wir nicht mehr begreifen. Deshalb verstehen wir auch Menschen wie Paulo nicht.

Ein Blick auf den Lebenslauf von Heiligen beweist, dass diese alles andere als Heroen waren. Trotzdem fällt auf, dass tiefgreifende existenzielle Erfahrungen ihr Leben veränderten und zwar so nachhaltig, wie es bei Menschen mit Nahtoderfahrungen und mystischen Erlebnissen der Fall ist.

So war etwa *Paulus von Tarsus (vermutlich 10 - 60)* einer der größten Fanatiker bei der Verfolgung der Christen. Saulus, wie er damals hieß, hatte, so weit wir wissen, überhaupt keinen Anlass sein Leben zu ändern. Wer fest in der jüdischen Welt verankert war, sah die Christen als Bedrohung. Das sogenannte „Damaskuserlebnis", die Bekehrung zum Paulus, muss ebenso als mystische Erfahrung begriffen werden, wie jene meines römischen Pilgerfreundes.

Schon bei Paulus sehen wir das Phänomen, dass selbst er, obwohl er sicher war, mit Jesus gesprochen zu haben, Zweifel hatte. Steigerte er sich nur in irgendetwas hinein?

Er entschloss sich, der Sache auf den Grund zu gehen. Deshalb traf Paulus die Apostel, um sie zu fragen, was er wissen wollte. Sie beseitigen seine letzten Zweifel für immer.

Auch die Biografien von *Aurelius Augustinus (354 - 430)* oder *Franz von Assisi (1181 oder 1182 - 1226)* haben eine ähnliche Struktur. Augustinus führte lange ein freizügiges Leben in Wohlstand, Wollust sowie Karrieresucht. Aber ein Bekehrungserlebnis ändert alles.

Ebenso Franz von Assisi, der sein Dasein als reicher Kaufmannssohn dem Leben in Armut vorzieht, weil mystische

Erfahrungen den Blick für die andere Welt öffneten und sein Leben radikal veränderten.
Thomas von Aquin (1225 - 1274) wiederum widmete sein Leben der Philosophie und Theologie. Er schuf gewaltige Werke, wie die „Summe der Theologie“, ein Universalwerk, an dem sich bis heute die klügsten Köpfe abarbeiten.
Egal, ob man Thomas von Aquin schätzt oder nicht. In einem sind sich Kritiker und Fans einig: Mystik findet sich in seinen Werken ganz sicher nicht. Er schrieb, dozierte und analysierte wie kaum ein anderer Denker seiner Zeit rational. Sein Werk ist bis heute ein intellektueller Pfeiler der Katholischen Kirche.
Und eben dieser Thomas von Aquin beendet, wenn wir den Überlieferungen glauben dürfen, sein Werk prompt. Ergriffen von einer mystischen Erfahrung während einer heiligen Messe, soll er die Schreibfeder weggelegt haben. Denn Thomas sah in seinem gewaltigen philosophischen und theologischen Gesamtwerk nur noch „trockenes Stroh“.
Scheinbar kam seine endgültige Überzeugung auch nicht durch noch so gescheite Abhandlungen, sondern durch etwas, wo es sich mehr lohnt zu schweigen, als zu reden.
Ein letzter Fall, der nicht so weit zurückreicht: Unter den zahlreichen Beispielen, die ich noch nennen könnte, beeindruckt mich vor allem jenes von *Edith Stein (1891 - 1942).* Die jüdische Philosophin war lange Atheistin und unverdächtig, leichtfertig Dinge zu glauben. Sie hatte keinen Grund, Gott vertrauen zu müssen.
Und doch dürfte sie eine Gotteserfahrung derart geprägt haben, dass sie selbst in den dunkelsten Stunden nie ihren Glauben verlor. Nicht einmal im Konzentrationslager, in dem sie starb.

Warum verändern also Menschen ihr Leben so radikal, obwohl ihre Biografien gar nicht darauf hindeuten?
Ich konnte Paulos Lebensbeichte durchaus nachvollziehen. Nicht, weil mir dieses Privileg auch widerfahren ist. Aber nach meinen persönlichen Erfahrungen bin ich nun in der Lage, diese Schilderungen nicht mehr völlig auszuschließen. Bekehrungserlebnisse können plötzlich und ohne Vorwarnung kommen, wie bei Paulus, durch Trauer und Reue, wie bei Guillermo oder durch allmähliches Herantasten, wie bei Edith Stein. Die meisten von uns machen jedoch nie diese Erfahrung.
Was war also der Grund für die Bekehrung Felicias? Vielleicht erkannte sie Gott in der Natur oder im Werk am Nächsten?
Wie auch immer: Die unterschiedlichen Legenden aber auch realen Biografien von Einzelpersonen zeigen, dass die Wege zum Unaussprechlichen unterschiedlich, aber auch ähnlich sein können.
Während Paulo betete, öffnete sich auf einmal die riesige Kirchentüre. Von einer Sekunde auf die andere wurde die Stille im Gotteshaus durch Lärm abgelöst.
Es war ein Kamerateam eines spanischen Senders, das Aufnahmen für eine Dokumentation machte. Zu unserem Erstaunen stellten Pfarrer und Mesner ausnahmsweise eine Tradition nach, die normalerweise nur am Donnerstag nach dem Ostersonntag, im Rahmen eines Volksfestes in Obanos stattfindet. Dabei wird durch ein Loch im Kopf des versilberten Schädels Guillermos, der vom Pfarrer gehalten wird, Wein geschüttet und in einem Auffangbottich gesammelt. Nach der Segnung kommt es der Tradition nach, zur Verteilung belegter Brote an die Gläubigen.

Paulo und ich waren mächtig stolz, diesem unerwarteten Schauspiel beiwohnen zu dürfen. Mystische Erlebnisse hatten wir dabei keine, dafür aber mächtigen Hunger. Es wurde Zeit, uns mit Pepi zum Abendessen zu treffen.

4

GOTT – EINBILDUNG ODER REALITÄT?

Obanos – Estella

Am nächsten Tag verließen Pepi, Paulo und ich wieder einmal unsere Herberge ohne zu frühstücken. Wir wollten dies lieber im nur 45 Minuten entfernten Puente la Reina nachholen. Der Ort ist nach einer gleichnamigen mittelalterlichen Brücke benannt. Ob es sich um die schönste am Camino Frances handelt, darüber kann man streiten. Ganz sicher ist sie aber die bekannteste.

Wir betrachteten dieses fantastische Bauwerk bei einem klassischen spanischen Frühstück. Es gab Cafe con leche und Curros, frisch frittierte Teigkringel, die man in dickflüssige Schokolade eintunkt. Wie in anderen südeuropäischen Ländern spielt in Spanien das Frühstück keine große Rolle und wird meist an kleinen Bars schnell eingenommen.

Eine Kalorien- und Fettbombe wie Curros würde ich zu Hause nicht essen. Am Jakobsweg konnte ich mir diese Sünde schon mal leisten, schließlich verbrenne ich täglich genügend Kalorien.

Nachdem wir alle Kirchen geschlossen auffanden, war nicht mehr als eine oberflächliche Stadtbesichtigung möglich. Außerdem drängte die Zeit.

„Hast du nie Zweifel?“, fragte ich Paulo ganz unverblümt. Er schmunzelte, als hätte er die Frage bereits erwartet.
„Ich sehe, du nimmst alles sehr ernst. Du bist auf dem richtigen Weg“, schien er zunächst meiner Frage auszuweichen. Nach einigem Nachdenken kam er aber zur Sache: „Klar habe auch ich immer wieder Zweifel. Der Glaube ist ein ständiger Kampf, ein Marathonlauf mit Hindernissen, bei dem du viel Durchhaltevermögen brauchst.“
Die Antwort war mir zu allgemein. Wie kommen wir auf so etwas wie Gott, das doch so groß und umfassend ist, dass uns jede Vorstellungskraft dafür fehlt? Oder sind wir doch dazu in der Lage? Können wir Gott sogar beweisen?
In diesem Moment gab ich mir die Antwort fast schon selber, als mir wieder der sogenannte „Ontologische Gottesbeweis“ in den Sinn kam.
Klingt hochtrabend, ist es aber nicht. Gut, etwas Abstraktionsvermögen braucht man schon, um auf so etwas zu kommen.
Unter Ontologie versteht man die Lehre vom Sein. Der mittelalterliche Philosoph und Theologe *Anselm von Canterbury (1033 - 1109)* ging davon aus, dass sich Existenz und Eigenschaften Gottes nicht nur durch die Heilige Schrift offenbaren, sondern auch durch die Vernunft. Er definiert in seinem Buch „Proslogion“ Gott als das, über welches nichts Größeres gedacht werden kann.
Wenn aber Anselm Gott nur als das vollkommenste Wesen definiert hätte, könnte es immer noch sein, dass Gott zumindest vollkommener gedacht werden kann.
Selbst wenn Michael Phelps der erfolgreichste Schwimmer aller Zeiten ist. Es könnte in Zukunft noch Erfolgreichere geben. Oder vielleicht lebt irgendwo auf einem anderen Pla-

neten ein noch Besserer. Zumindest theoretisch ist es aber legitim, diese Frage zu stellen.

Anselm hat das aber *alles* berücksichtigt, indem er Gott als das definiert, *über das hinaus* Größeres nicht einmal gedacht werden kann.

Allerdings, so glaubt er auch, ist es eine größere Vollkommenheit in der Realität, als nur in der Gedankenwelt zu existieren. So kommt er zum eigenartigen Schluss, dass alles, was vollkommen gedacht werden kann, auch in der Wirklichkeit existieren muss. Er kann sich folglich eine vollkommene Welt ohne Gott nicht vorstellen.

Ich fragte Paulo, ob ich alles richtig wiedergab.

„Naja, du hast jetzt sehr vereinfacht. Aber vom Prinzip liegst du richtig“, meinte Paulo.

Allerdings musste ich zugeben, dass ich auch erst kurz zuvor auf meinem Mobiltelefon im Internet darüber recherchierte.

„Und was hältst du davon?“, fragte ich unseren Experten. Als Theologe war er mir auf diesem Gebiet wissens- und verständnismäßig überlegen.

Zunächst ergänzte Paulo, dass es auch noch den teleologischen Gottesbeweis von *Thomas von Aquin (1225 - 1275)* gibt, den er in seiner „Summe der Theologie“ beschreibt. Der Begriff Teleologie, bezieht sich auf die Annahme einer planvollen Einrichtung der Welt, durch welche alle Dinge eine höhere Vollkommenheit erreichen. Die Teleologie geht deshalb über die ursprüngliche Vollkommenheit der Dinge hinaus und bezieht sich auf eine offene Naturkausalität, die einer äußeren Ursache bedarf. Diese Ursache ist aufgrund einer Ordnung notwendigerweise intelligent. Für Thomas von Aquin muss also hinter allem notwendigerweise ein „Designer“ stehen.

Der teleologische Gottesbeweis geht dabei traditionell von der Weltenlenkung aus. Es ist demnach feststellbar, dass es in den Dingen dauerhafte oder angehäufte Verbesserungen gibt. Diese bedürfen notwendigerweise einer Weltenlenkung. Unvernünftige Dinge, so Thomas, sind nicht in der Lage, ein Ziel zu verfolgen und bedürfen anderer Dinge, die sie zum Ziel bestimmen. An oberster Stelle muss deshalb ein intelligentes Wesen stehen, das in der Lage ist, ein Ziel vorzugeben. Und das ist für Thomas von Aquin der liebe Gott.
Verworfen wurden solche Gottesbeweise schon vom Philosophen *Immanuel Kant (1724 - 1804)*. Gott, Freiheit oder Seele sind seiner Meinung nach nichts anderes als Postulate der praktischen Vernunft, wie er in seinem Werk „Kritik der praktischen Vernunft“ erklärt. Er beschränkt den Gottesbeweis aber ganz auf die Moral. Folglich müssen wir eine moralische Weltursache und damit Gott annehmen, um uns, gemäß dem moralischen Gesetz, einen Endzweck vorzusetzen.
Die Wirklichkeit eines höchsten moralisch-gesetzgebenden Urhebers, also Gott, ist deshalb bloß für den praktischen Gebrauch unserer Vernunft, aber nicht theoretischer Natur.
„Ich verstehe nur Bahnhof!“, schüttelte Pepi den Kopf. „Mir ist das zu abstrakt!“
Er hörte sich unser Geschwafel zwar artig an. Sein Gesichtsausdruck verriet mir, dass er damit nicht viel anfangen konnte.
„Du hast recht, Pepi. Alles Hirngespinste solche Theorien“, zog Paulo ein vernichtendes Resümee. Gerade von ihm als Theologen hätte ich das nicht erwartet.
„Gottesbeweise haben eine Eigenlogik, aber das hat nichts mit dem persönlichen Gott des Neuen Testaments zu tun.

Denn mit der Person Jesus zeigt uns Gott, dass er nicht *über* den Menschen, sondern *mit* ihnen auf Augenhöhe ist. Die Liebe geht so weit, dass er sich für uns am Kreuz opferte. Ich kenne diese philosophischen Debatten meiner Kollegen im Vatikan. Große Teile der Kurie und ein Heer an Theologen versuchen auch heute noch so ein Gottesbild zu vermitteln", übte Paulo Kritik an seiner Zunft.

„Wahrer Glaube ist nicht akademisch, sondern existenziell. Viele Theologen beschäftigen sich mit unzähligen Spitzfindigkeiten. Aber sie sind davon nicht existenziell berührt. Da darf man sich dann nicht wundern, wenn sich die Menschen von der Kirche abwenden, sich ihren eigenen esoterischen Glauben zusammenschustern, oder gleich Atheisten werden", kritisierte Paulo.

Ein kirchlicher Würdenträger als scharfer Kritiker. Wer hätte das gedacht? Pepi und ich sahen uns verdutzt an. Paulo schaffte es immer wieder, uns zu überraschen.

Seine Kritik erinnerte mich an das Buch „Das Wesen des Christentums" des Philosophen *Ludwig Feuerbach (1804 - 1872).* Für ihn ist Gott ein psychologisches Phänomen, ein Ausdruck aller Wünsche und Sehnsüchte, die die Menschen ins Jenseits projizieren. Seiner Meinung nach handelt es sich bei Gott um reine Selbsttäuschung.

Er fragt beispielsweise, wieso die Gottesvorstellungen mit der jeweiligen Umwelt im Einklang stehen. Weshalb wurden in den alten Naturreligionen immer Tiere verehrt, mit denen Menschen im Kontakt waren? Wieso wird Gott lange als alter weißer Mann mit Bart dargestellt? Für Feuerbach ist Gott ein vom Menschen konstruiertes Wesen. Diese Illusion nahm irgendwann eine eigene Existenz an. Feuerbachs Erklärung fiel gerade im 19. Jahrhundert, als die Kirche noch mächtig

war, aber Glaubensdogmen zunehmend hinterfragt wurden, auf fruchtbaren Boden.
Trotzdem überlegte ich, ob in unserer gegenwärtigen säkularen Welt die Entlarvung einer angeblichen Nichtexistenz Gottes so einfach erklärt werden kann.
Paulo hatte recht. Die Versuche, Gott mit akademischen Abhandlungen rational erklären zu wollen, waren Anmaßungen, die Feuerbachs Thesen geradezu provozierten.
Nun kam Paulo endlich zum alles entscheidenden Punkt: „Die Entscheidung für Gott ist ein Sprung. Wenn man so will, ein Sprung ins kalte Wasser. Ausgang ungewiss!
Diese Entscheidung kann dir niemand abnehmen. Außer, du bist so privilegiert wie ich, und hast ein mystisches Erlebnis. Da ist es dann schon etwas einfacher."
Paulo sprach etwas Grundlegendes an, das schon der dänische Philosoph *Sören Kierkegaard (1813 - 1855)* in seinem Werk „Entweder - Oder" untersuchte. Für ihn beginnt der Glaube dort, wo das Denken aufhört. Wenn man so will, ein Kontrastprogramm zu den Denkgebäuden von Anselm von Canterbury oder Thomas von Aquin. Kierkegaards Ansichten sind ein Plädoyer für einen ganz persönlichen Zugang zum Christentum, was ihn natürlich in Konflikt mit der dänischen Amtskirche brachte.
Ausgangspunkt für Kierkegaards Überlegungen ist die Opfergeschichte, die sich im Alten Testament im 2. Kapitel des Buches Genesis findet. Dort verlangt Gott von Abraham am Berg Morija seinen geliebten Sohn Isaak zu opfern, um so seine Treue zu ihm unter Beweis zu stellen. Als Abraham fest entschlossen ist, Isaak zu töten, ohne darin einen Sinn zu erkennen, hält ihn Gott im letzten Moment davon ab und verspricht seine Nachkommen zu segnen.

Würde heute so etwas passieren, wäre die Einlieferung in die Irrenanstalt oder ins Gefängnis logische Konsequenz. Denn das ist ein klarer Mordversuch.
Es sei denn, man glaubt *wirklich*, dass Gott so ein Opfer verlangt. Aber das interessiert weder den Richter noch die Polizei.
Kierkegaard arbeitet den Ernst der Sache heraus. Er zeigt, dass der *wahre* Gläubige völlig allein ist. Was passiert, wenn heute jemand in der Situation Abrahams wäre?
Er könnte nur verlieren. Denn was immer er tut, müsste er aufrichtig bereuen. Ermordet er Isaak, trifft ihn, ethisch gesehen, die Schuld am Tod seines Sohnes. Denn er verstößt als Einzelner gegen die Gesetze der Allgemeinheit.
Schont er ihn, versündigt er sich gegen den Willen Gottes.
Für Kierkegaard ist daher der Glaube ein Sprung. Jeder kann und muss selbst entscheiden, ob er diesen Sprung wagt oder nicht. Den Glauben sieht er als Wunder, Leidenschaft und das eigentlich Humane. Diese Subjektivität macht aber auch einsam.
Anders gesprochen: Über den Glauben lässt sich nicht diskutieren, denn er ist durch die Beziehung zum Absoluten nicht mitteilbar. Abraham glaubte bis in die letzte Konsequenz an die Kraft des Absoluten und war bereit, alles dafür zu opfern.
Dem Verstand hingegen ist so ein Glaube ein Ärgernis, denn letzterer stellt eine ganz andere Erkenntnisform dar, als das erfahrbare Wissen. Zwischen Rationalität und Glauben ist ein Graben.
Es ergibt sich dadurch die existenzielle Frage, entweder den Sprung in den Glauben zu riskieren - *gerade* ohne rationale Argumente - oder daran zu verzweifeln.
Letztlich gibt es für Kierkegaard drei Existenzsphären, zwi-

schen denen der Mensch hin und her springt: ästhetische, ethische und religiöse Sphäre. Die religiöse Sphäre verhält sich in keiner Weise zur Wirklichkeit, sondern nur zum Absoluten. Dieses Verhältnis ist aber ein Risiko. Wer den Glauben riskiert, riskiert auf etwas zu setzen, das er weder versteht noch nachvollziehen kann.

Es wurde allmählich still. Einige Minuten sprach niemand etwas. Erst, als wir uns nach einem Anstieg niedersetzten, kamen wir wieder auf unser Thema zurück.

Pepi, der bis jetzt immer zuhörte, aber noch keinen aktiven Beitrag zur Konversation leistete, meinte plötzlich: „Wenn das alles mit Gott so unsicher ist. Vielleicht sollten wir auf ihn eine Wette abschließen? Dann brauchen wir uns keine Gedanken mehr zu machen."

Seine Meldung war als Spaß gedacht. Doch in Wirklichkeit war er, ohne es zu wollen, bei einer sehr ernst gemeinten Idee des Mathematikers und Philosophen *Blaise Pascal (1623 - 1662)* gelandet, die er in seinen „Gedanken über die Religion" beschreibt.

Für Pascal ist die Entscheidung für Gott weder ein ungewisser Sprung, noch ein abstrakter Gottesbeweis, sondern eine wohl kalkulierte Kosten-Nutzen-Analyse. Er präsentiert vier mögliche Optionen:

Erstens: Man glaubt an Gott, aber der existiert nicht. Dann gewinnt man nichts, verliert aber auch nichts.

Zweitens: Man glaubt *nicht* an Gott, und Gott existiert nicht. So gewinnt man nichts, verliert aber auch nichts.

Drittens: Man glaubt nicht an Gott, aber letzterer existiert dann doch. So verliert man alles.

Pascal plädiert deshalb für eine vierte Variante: Sich im Zweifel für den lieben Gott zu entscheiden und an ihn zu

glauben. Angenommen er existiert wirklich, hat man gewonnen und wird belohnt.
Das mag nutzenbasiert und logisch erscheinen. Aber ist es wirklich so einfach?
Pepi war jedenfalls fasziniert von der Idee der „Pascal'schen Wette". Allerdings, warnte ich, sollte Gott nicht unter irgendwelchen Nutzenkriterien angenommen werden, sondern aus innerer Überzeugung.
„Ich glaube, das ist etwas für mich. Die vier Punkte muss ich mir in der nächsten Pause aufschreiben", meinte Pepi.
Er tat dies dann auch im mittelalterlichen Städtchen Cirauqui. Dort notierte er jeden Punkt fein säuberlich in sein Pilgertagebuch. Vielleicht schrieb er, wie Hape Kerkeling, eine tägliche Erkenntnis auf. Dass es heute die „Pascalsche Wette" ist, darauf würde *ich* jetzt wetten. Doch vergessen wir vorerst einmal die dumme Zockerei. Dafür ist mir der liebe Gott dann doch zu wichtig.
Schon von weitem zog uns die Schönheit des Ortes Cirauqui in den Bann. Er liegt auf einem Hügel, der im Volksmund „Kreuzotternest" genannt wird. Das Städtchen hat seine besten Tage hinter sich und zählt heute nur noch ein Drittel der Einwohner, die es im 19. Jahrhundert hatte. Durch seine Lage und Architektur fühlt man sich zurück ins Mittelalter versetzt. Würden hier nicht die zahlreichen Pilger Rast machen, Cirauqui wäre bestenfalls ein Freilichtmuseum mit einem Altersschnitt der Einwohner von 70-plus.
Junge Menschen findet man hier kaum. Fast alle wanderten in die großen Städte Spaniens oder ins Ausland ab. Viele architektonische Juwelen verfallen, obwohl es seitens der Region immer wieder Bemühungen gibt, junge Familien mit finanziellen Anreizen herzulocken und sie von den Vorteilen

des beschaulichen Lebens auf dem Land zu überzeugen. Bisher jedenfalls mit wenig Erfolg.
Am Camino beobachtete ich einen generellen Trend der mediterranen Länder Europas: Überalterung, Landflucht und Bevölkerungsschwund. Spaniens Aufschwung in den letzten Jahrzehnten machte das Land vom Armenhaus zu einem modernen Industriestaat. Dank der EU-Förderprogramme verfügt es heute über die wohl modernste Verkehrsinfrastruktur Europas. Hier am Land ist von dieser positiven Entwicklung aber nichts zu bemerken. Die Zeit scheint stehen geblieben.
Das heißt aber nicht, dass die Menschen unglücklich oder unzufrieden wären. Das höchste Lebensalter in Europa kann nicht nur mit gesundem Essen erklärt werden. Möglicherweise hat die entschleunigte Welt, die im Kapitalismus als rückschrittlich gilt, auch ihre Vorteile.
Der Kontakt der Einheimischen, die meist kein Wort englisch sprechen, zu den Pilgern hält die Alten jung. Arbeit bis ins hohe Alter betreiben die meisten gerne. Denn was hätten sie hier sonst zu tun? Außerdem ist es nie schlecht, zur kleinen Rente ein paar Euro dazuzuverdienen.
„Nur kein Stress. Jeder kommt dran", ließ sich ein älterer Herr nicht aus der Ruhe bringen, als sich lange Schlangen vor seiner Bar bildeten.
Diese Einstellung scheint hier überall vorzuherrschen. Chaos und Unordnung wird hier durch menschliche Wärme und Improvisationskunst kompensiert. Egal, wie groß der Stress auch sein mag. Für einen Scherz oder eine Geschichte ist immer Zeit. Auch wenn die meisten nichts verstehen. Gesprochen wird hier ausnahmslos ein Regionaldialekt, mit dem wohl auch manche Spanier ihre liebe Mühe hätten. Aber das

macht nichts. Am Ende geht jeder mit einem Lächeln im Gesicht weiter.
Während ich zu Beginn der Pilgerreise eher die negativen Effekte dieser Mentalität bemerkte, lerne ich nun immer mehr die Vorzüge zu schätzen. Mehr noch: Ich beginne zunehmend unser mittel- und nordeuropäisches Lebensmodell zu hinterfragen.
Das Einzige, was auf dem Weg nach Cirauqui stört, ist eine Autobahn, die mal rechts mal links die Idylle vernichtet.
„Na, redet ihr schon wieder über den Tod und über den lieben Gott?", überraschte uns eine bekannte Stimme aus dem Hintergrund. Es war Thomas, der deutsche Physiker. Er grinste, als ob er uns nicht ernst nehmen würde.
Darauf antwortete Pepi mit einer Schlagfertigkeit, die ich ihm nicht zutraute: „Nein. Wir wetten auf den lieben Gott!"
Verdutzt schüttelte Thomas den Kopf und ging noch schneller weiter, als er gekommen war. So, als wolle er vor uns flüchten.
Den Rest der heutigen Etappe ging jeder alleine. Ich freute mich auf Estella, das heutige Ziel. Im Mittelalter gehörte die Stadt zu den reichsten des Camino. Sie verfügt über einige Prachtbauten und wird deshalb „Toledo des Nordens" oder „Estella die Schöne" genannt. Der „Codex Calixtinus", wichtigster mittelalterlicher Pilgerführer, lobt sie als gastfreundliche Stadt, in der es „gutes Brot, exzellenten Wein sowie Fleisch und Fisch im Überfluss gibt".
Für mich sind solche Orte immer Segen und Fluch zugleich. Statt mich auszurasten, machte ich mich gleich in Badeschlapfen auf zur Besichtigungstour. Schließlich verzichtete ich darauf, Sportschuhe mitzunehmen, um Gewicht zu sparen.

Nachdem ich als erster in Estrella ankam, reservierte ich gleich für alle ein Bett und informierte Pepi und Paulo via SMS.
Schnell duschen, Bett machen, Wäsche waschen, um nur keine Minute zu verlieren, die kulturellen Schätze ausgiebig anzusehen. Diesen ständigen Drang, nichts zu versäumen, bin ich von meinen zahlreichen Reisen gewohnt. Einerseits wollte ich mich hier davon frei machen und meinen Trauerfall aufarbeiten. Auf der anderen Seite zeigte es mir, dass der Tatendrang sehr zum Aufhellen meiner Stimmung beitrug.
An jedem Ort gab es etwas, das in Erinnerung bleiben wird. In Estrella war es für mich die mittelalterlicher Brücke Puente de la Carcel. Obwohl sie kleiner ist, als die Puente de la Reina, bleibt sie trotzdem mein persönlicher Favorit. Ihre spitze Form fügt sich perfekt in das Stadtbild ein. Ich überquerte sie bestimmt drei oder viermal, um sie in allen Einzelheiten unter die Lupe zu nehmen.
Estella gilt als mittelalterliches Juwel. Den Reiz machen mehrere steile Hügel im Stadtzentrum aus, gekrönt von Kirchen und Klöstern. Alles nicht gerade förderlich zur Regeneration meiner ohnehin geplagten Beine.
Als ich als Abschluss meiner Tour die Stille des Kreuzwegs der spätromanischen Kirche San Pedro de la Rua genoss, ging ich geistig nochmals die Konversationen des heutigen Tages durch.
War also Gott nun Einbildung oder Realität? Kann man Gott überhaupt rational beweisen, wie es Amselm von Canterbury und Thomas von Aquin vorgaben? Ist Gott das ausschließlich moralische Regulativ der Vernunft, wie Immanuel Kant meinte? Müssen wir den Sprung wagen, alleine und ohne Erfolgsgarantie, wie Sören Kierkegaard behaupte-

te? Oder wetten wir ganz einfach auf Gott und machen ihn zu einer wohl kalkulierten Kosten-Nutzen-Analyse, von der Pepi so begeistert war?

Wenn Gott die Wahrheit ist, so fragte ich mich, ist uns diese überhaupt zugänglich? Oder sind das reine Hirngespinste und Psychologismen, die in sich eine gewisse Rationalität haben können, aber schon nicht mehr?

Was mir fehlte ist das, was Paulo von seinem mystischen Erlebnis schilderte oder Menschen mit Nahtoderfahrungen berichten. Etwas, das eine innere Gewissheit darstellt, aber nur individuell als Wahrheit anerkannt wird.

Die, die es nicht erlebten, können durch Schilderungen möglicherweise etwas erahnen, aber nie wirklich begreifen.

Bis jetzt hatten wir zum Thema ja nur über christliche Denker diskutiert. Spannender finde ich aber den Zugang des antiken Philosophen *Platon (428 oder 427 - 348 oder 347 v.Chr.)*, den er im 7. Buch seiner „Politeia" beschreibt.

Er geht davon aus, dass der menschlichen Erkenntnis die Wahrheit zugänglich ist. Dabei sind drei Voraussetzungen für den Erkenntnisprozess notwendig: Name, Begriff und Bild. Erst in einem vierten Schritt kann es zur eigentlichen wissenschaftlichen Erkenntnis kommen, dem rationalen Urteil.

Alle Komponenten können niedergeschrieben und schriftlich fixiert werden. Damit ist jedoch laut Platon ein sehr grundsätzliches Problem verbunden: Namen sind willkürliche Bezeichnungen und nur Hilfsmittel zur Verständigung. Somit entsteht eine ständige Differenz zwischen Zeichen und Bezeichnetem.

Name, Begriff, Bild sowie rationales Urteil sind unsicher und ständiger Kritik, Weiterentwicklung und Verwerfung ausge-

setzt. Platon geht davon aus, dass wirkliche Erkenntnis, losgelöst von allen sinnlichen Beschränkungen, erst in einem fünften Schritt möglich wird: der Idee.
Das Problem dabei: Letztere lässt sich weder schriftlich noch mündlich mitteilen.
In seinem berühmten *Höhlengleichnis* bringt Platon den Vergleich mit gefesselten Personen, die sich in einer Höhle befinden. Hinter ihnen tragen Menschen Gegenstände, die die Gefesselten jedoch nicht sehen können, sondern lediglich Schatten davon. Schattenbilder sind jedoch nur unsere Sinneseindrücke. Um aber hinter die Schatten, zur eigentlichen Wahrheit, dem An-sich-Sein der Dinge vorzudringen, gilt es die Gegenstände selbst zu erkennen.
Genau hier setzt Platons fünfter und letzter Schritt der Erkenntnis an, die er als Idee bezeichnet. Letztere wird als ein Urbild gesehen, während die Schatten, also sinnlich wahrnehmbaren Dinge, nur Abbilder dieses Urbildes sind.
Um es mit einem Beispiel verständlicher zu machen: Pudel, Schäfer oder Dackel gehören zur Gattung der Hunde. Den Hund „an sich" gibt es aber in der sinnlichen Welt nicht. Genauso wenig existieren „der" Pudel, Schäfer oder Dackel schlechthin, sondern nur die jeweiligen konkreten Tiere, egal ob sie Rex, Nero oder Strolchi heißen. Letztere sind durch Namen, Begriffe und Bilder konkret fassbar. So heißt ein bestimmter Hund Nero, ist 3 Jahre alt, männlich und hat eine schwarze Schnauze. Dass wir ihn, das konkrete Einzeltier, als Tier erkennen können, so Platon, bedarf es einer Uridee des Tieres schlechthin. Wenn man so will einer „Hundheit".
Das Problem an den platonischen Ideen besteht darin, dass sie nicht schriftlich fixierbar sind. Sie sind auch nicht mitteilbar. Auch die Idee von der „Hundheit" erscheint uns absurd,

denn „den Hund an sich“ gibt es ja nicht. Zumindest nicht in unserer Höhle, der irdischen Welt.
Mit den platonischen Ideen ist das in etwa so, als ob jemand, der bis dato nur die Höhle kannte und Schatten sah, aus ihr hinaussteigt und in die Sonne schaut. Anfangs ist es unangenehm, sie blendet. Die Augen schmerzen. Aber schrittweise erkennt man eine völlig andere Welt, die jene, die in ihrer Höhle geblieben sind, nicht begreifen können. Sie lässt sich aber nicht mitteilen und wenn man es versucht, hört sie auf zu existieren. Jeder Versuch den Mitmenschen etwas davon mitzuteilen scheitert.
Die Folge: Spott, Hohn und Anfeindungen. Wenn es ganz schlecht läuft, die Einweisung ins Irrenhaus. Es ist, als würde man einem Blinden die Farben beschreiben.
Nach demselben Prinzip stellten sich später Denker des Christentums die Sache mit Gott vor. Auch von ihm sehen wir nur Schatten. Gott selbst bleibt uns in der sinnlichen Welt verborgen.
Im Gegensatz zu den Schatten sind Ideen nicht permanenter Kritik, Unsicherheit und Veränderlichkeit unterworfen, sondern unveränderlich und ewig.
Das Brisante besteht darin, dass Platon die Welt der Ideen nicht als Wahrscheinlichkeiten, sondern als Wahrheiten auffasst, die aber den Menschen grundsätzlich zugänglich sind.
Genauso geht es Leuten mit Nahtoderfahrungen und mystischen Erlebnissen. Vielleicht sind es nur kurze Momente, ein verschwommener Blick, aber es reicht aus, um das Leben auf den Kopf zu stellen. Sie sind nicht mitteilbar und wenn, nur über Symbole als Annäherungen.
Bei Platon fällt übrigens die Idee immer mit dem Wahren, Schönen und Guten zusammen.

Es ist schon erstaunlich. Diese Gedanken stammen nicht von einem Esoterik-Guru, sondern einem rational denkenden Menschen, an dessen Gedanken sich Philosophen und Theologen bis heute abarbeiten.
In meiner Jugend hielt ich Platon für einen Spinner. Heute lerne ich die Tiefgründigkeit seiner Vorstellungen immer mehr zu schätzen.
„Natürlich ist das Wahre immer auch das Schöne und Gute", zweifelte Paulo keine Sekunde, als ich ihn beim Abendessen darauf ansprach.
Sein Gähnen zeigte mir jedoch, dass er keine Lust mehr hatte, das näher zu begründen. Es war mein Fehler, ihn nach drei schweren Gängen und reichlich Rotwein darauf anzusprechen.
Wie heißt es so schön? Morgen ist auch noch ein Tag!

5

CAMINO-MEDIZIN FÜR POLITIKER

Los Arcos – Logrono

Der ausgiebige Genuss von Wein und das Pilgern waren für Pepi, Paolo und mich kein Widerspruch. Im Gegenteil. Unsere Verbindung wurde enger, die Gespräche über „Gott und die Welt“ intensiver.

Dass wir aber am nächsten Tag schon am frühen Morgen den Rebensaft zu uns nahmen, hatte einen ganz anderen Grund. Beim Kloster Santa Maria la Real de Irache, dem einstigen Benediktinerkonvent, gab es die Möglichkeit, von einem Brunnen gratis Rotwein zu trinken. Es handelt sich dabei um ein bei den Pilgern beliebtes Fotomotiv und einen Ort, der zum Verweilen einlädt.

„Pfui Teufel. Was ist das für ein grauenhaftes Zeug!“, fluchte Pepi.

Der Vino Tinto wird sicher nie einen Preis gewinnen. Aber warum sollten die Winzer ihre besten Tropfen für diesen Pilgergag zur Verfügung stellen?

Gespritzt, also mit Wasser verdünnt, war er aber durchaus trinkbar. Es ging ohnehin nicht um den Genuss. Vielmehr machte ich mir einen Spaß, ein Video zu drehen. Darin lobte ich polemisch die Weinqualität, warnte aber, nur den

rechten Hebel für den Wein zu betätigen und nicht den linken, wo lediglich Wasser herausfloss.
Während wir herumscherzten kam eine Gruppe näher. Ich erkannte sofort jene hübsche Dame, die ich in der Herberge von Pamplona halbnackt sah. Ungewollt trat sie den Beweis an, auch in einem Pilgergewand sexy auszusehen.
Sie trug aufreizend kurze Jeans mit Fransen. Dies verstärkte den Effekt ihrer langen schlanken Beine. Als sie mir schon von weitem zuwinkte, schenkte ich schnell Rotwein ein und eilte ihr mit meinem weißen Plastikbecher entgegen. Sie nahm diese etwas „andere" Erfrischung gerne entgegen und umarmte mich. Welch grandioser Tagesbeginn!
Sofort kam die junge Frau mit mir ins Gespräch: „Hallo. Ich heiße Indira und bin aus Indien. Mein Vater war ein großer Anhänger unserer früheren Premierministerin Indira Ghandi. Deshalb trage ich ihren Namen."
Indira lebt aber seit zwei Jahren in Florenz, wo sie Kunst studiert. Dann wollte sie mir noch etwas sagen, meinte aber: „Ich glaube, das erzähle ich dir später."
Jetzt war der Moment gekommen, an dem ich meinen „Aktienkurs" bei der exotischen Pilgerin weiter steigern konnte. Stolz übergab ich ihr ihre Sonnenbrille, die sie in Pamplona vergessen hatte.
Nach einem Freudenschrei meinte sie mit breitem Grinsen: „Als Dankeschön lade ich jetzt *dich* auf ein Glas Wein ein", und bediente sich am Gratisrebensaft des Brunnens.
Humor hat die junge Dame. Das muss man ihr schon lassen. Überhaupt war Indira ein durch und durch fröhlicher Mensch, mit einem ständigen Lächeln im Gesicht.
Es sollte nicht der letzte Becher sein, den wir hier miteinander tranken. Nach einer halben Stunde kam ein Mann vom

Kloster auf uns zu. Mürrisch stellte er klar, der Brunnen sei nicht dazu da, sich schon am Morgen zu betrinken.
Paulo und Pepi waren schon weitergegangen, ohne mich zu informieren. Sie merkten, dass meine Konversation mit Indira noch länger dauern konnte.
Natürlich nützte ich die Gelegenheit und wanderte den ganzen Tag mit meiner neuen Begleiterin. Hauptthema, wie sollte es anders sein, war der Tod meiner Freundin Alina. Dabei vermied ich es aber Mitleid zu erregen. Auch, wenn das bei vielen Frauen angeblich die Attraktivität steigern soll. Doch ich fand es pietätlos.
Unser Gespräch war schon absurd. Während ich trauerte, einen Menschen verloren zu haben, brach für Indira die Welt zusammen, weil sie ungewollt jemanden dazu bekam.
Bereits vor zwei Jahren ging sie den Camino und lernte einen Pilger kennen, von dem sie schwanger wurde. Für ihre Eltern in der Heimat ein Skandal. Von nun an musste sie auf eigenen Beinen stehen. Erschwerend kam hinzu, dass der Vater ihres Kindes nicht nur jegliche finanzielle Zuwendung verweigerte, sondern auch den Kontakt abbrach. Weil ihr Sohn am Jakobsweg gezeugt wurde, nannte sie ihn Camino.
Was für eine Geschichte!
Ich hatte schon viel gehört, aber auf so etwas wäre sogar der verrückteste Filmregisseur Hollywoods wohl nie gekommen. Eine indische Pilgerin mit einem Camino-Baby, das auch noch so heißt. Unglaublich!
Los Arcos, wo wir in der gleichen Unterkunft übernachteten, bot für mich den Vorteil, in einem unscheinbaren Ort Station zu machen. Mit Ausnahme der beeindruckenden Iglesia de Santa Maria und ihrem gotischen Kreuzgang, die ich mit Indira besichtigte, gab es hier nicht viel. Gott sein Dank!

Denn jetzt war es mir wichtiger, diese spannende Persönlichkeit besser kennenzulernen.
Am Hauptplatz vor der Kirche tummelten sich die meisten Pilger. Auch heute war wieder ein wunderbarer Maitag, der zum Verweilen im Freien einlud. Deshalb irritierte es mich etwas, als Indira meinte, sie wolle Lebensmittel einkaufen und in der Herberge kochen. Nachdem sie mir bereits vorher erzählte, die gesamte Wanderausrüstung nur geliehen zu haben, wusste ich, dass sie dies aus finanziellen Gründen tat. Deshalb lud ich sie zu einem Pilgermenü ein.
Am nächsten Morgen führte mich Indira in die Kunst der indischen Meditation ein. Sie versuchte mir Techniken während des Gehens beizubringen. Ich machte zwar aus reiner Höflichkeit mit, konnte damit aber nicht viel anfangen. Stattdessen richtete ich meinen Blick auf die immer kahler werdende hügelige Landschaft und freute mich auf das idyllische Städtchen Torres del Rio.
Nachdem ich Indira die Historie des Camino, von der sie scheinbar noch keine Notiz nahm, grob skizzierte, erklärte ich ihr anhand der Heilig-Grab-Kirche Iglesia del Santo Sepulcro die jeweiligen Kunststile.
Eine peinliche Aktion von mir. Was hat mich geritten, eine Kunststudentin über ihr Kerngebiet zu belehren? Wahrscheinlich wollte ich nur mit meinem Wissen prahlen.
Indira sah aber mit einem Lächeln darüber hinweg und genoss es scheinbar, dass ich die Klappe nicht halten konnte. Ich versuchte deshalb alles, um mich wieder etwas zurückzunehmen. Wirklich gelungen ist es mir aber nicht.
Kurz vor Viana bemerkte ich eine kleinwüchsige ältere Frau. Sie wanderte nur mit einem Minirucksack auf dem die brasilianische Nationalfahne befestigt war. Hinkend mühte sie

sich im Schneckentempo ab. *So* würde die Arme Monate nach Santiago brauchen.

„Eins zu Sieben!", rief ich ihr mit einem Lächeln zu. Während Indira ratlos dreinschaute, verstand mich die Pilgerin sofort. Verzweifelt schlug sie die Hände zusammen: „Was für eine Schande. Ich habe drei Tage lang nur geweint!"

Sie verstand meine Anspielung auf das Halbfinale der Fußball-Weltmeisterschaft 2014 zwischen Brasilien und Deutschland sofort. Dass sich diese schwärzeste Stunde des Rekordweltmeisters ausgerechnet im Heimatland ereignete, schmerzt noch heute die Brasilianer doppelt. Schon bei der vorangegangenen Heim-WM 1950 galt die knappe 1:2 Niederlage gegen Uruguay als nationales Trauma.

Aber 1:7 verlieren, das passiert höchstens Fußballzwergen.

Die Sorge der Brasilianerin, die sich uns als Maria vorstellte, war aber weniger das fußballerische Debakel, als vielmehr ihr Gesundheitszustand. Trotz ihres hohen Alters von über 70 Jahren und einiger Krankheiten, ließ sie sich nicht von ihrem Traum, einmal den Camino zu gehen, abhalten. Sie erzählte, dass sie ihren großen Rucksack täglich von einem Lieferdienst zur nächsten Station bringen lässt.

„Ich gehe so lange ich kann. Einmal länger, einmal kürzer. Aber immer ganz langsam. Meine Tagestour schaffe ich nie. Ich rufe dann ein Taxi, das mich zur Herberge bringt. Bitte erzählt nicht weiter, dass ich immer kurz davor aussteige und so tue, als wäre ich alles gegangen", beichtete Maria.

„Warum tust du das? In deinem Alter ist das doch keine Schande", wollte Indira wissen.

Maria überlege etwas und meinte: „Weißt du, die erste Etappe habe ich ja wirklich geschafft. Da klatschten die Pilger und umarmten mich. Das war so ein tolles Gefühl. Wegen meiner Behinderungen wurde ich gefeiert wie ein Popstar. Jetzt kennen mich viele Pilger am Camino. Das will ich jeden Tag erleben."

Hier zeigte sich der positive Geist des Camino. Es geht nicht um „Kilometerfressen" und sportliche Höchstleistungen, sondern um ganz andere Dinge.

Indira und ich merkten, dass Maria bereits mit ihren Kräften am Ende war und überredeten sie, zumindest ins Zentrum des Städtchens Viana mitzugehen. Die mittelalterliche Architektur bot nicht nur einen schönen Rahmen für eine Pause, sondern auch die Möglichkeit, die Kirche Iglesia de Santa Maria de la Asuncion zu besuchen. Nach einigem Zögern überzeugten wir Maria, uns dorthin zu begleiten.

Um ihr Interesse zu wecken, erzählte ich von jener historischen Persönlichkeit, die beim Eingang begraben war: *Cesare Borgia.* Er starb im Jahr 1509.

Lediglich eine unscheinbare Bodenplatte erinnert noch an den unehelichen Sohn von Rodrigo Borgia, besser bekannt als Renaissance-Papst Alexander VI. Dieser „Stellvertreter" Christi auf Erden gilt vielen als Inbegriff für die Verfehlungen der Oberhäupter der Katholischen Kirche. Alexander verstieß gegen sämtliche Tabus. Für Macht und Reichtum tat er alles. Er zeugte sogar mehrere Kinder, die er dazu nutzte, eine weltliche Dynastie aufzubauen.

Sein Sohn Cesare Borgia, der erfolgreiche Feldherr des Kirchenstaates, galt dem italienischen Philosophen, Politiker und Literaten *Niccolo Machiavelli (1449 - 1516)* als Idealbild eines Fürsten. In seinem Hauptwerk „Der Fürst", formuliert er Grundsätze der Staatsräson.

Seine These: Damit ein Herrscher die Notwendigkeiten des Staates erfüllen kann, muss dieser strikt zwischen Moral und

Politik trennen, weil er sonst, gemeinsam mit dem Staat, untergeht. Deshalb muss es einem Fürsten egal sein, ob er als gut oder als böse gilt. Der Zweck heiligt alle Mittel. Wichtig ist nur der Erfolg.

Es macht auch nichts, dass publikumswirksamer Schein mehr zählt, als die Wirklichkeit.

Machiavelli versucht nicht, wie politische Philosophen vor ihm, die Welt zu sehen, wie sie sein soll, um moralische Grundsätze zu formulieren. Denn die Menschen sind für ihn grundsätzlich schlecht, egoistisch und hinterlistig.

Deshalb ist es aus seiner Sicht besser, grausam zu sein, als milde. Liebe kann als Schwäche aufgefasst werden. Die Kunst des Staatsmanns, so Machiavelli, liegt jedoch darin, die Furcht der Untertanen nicht so weit zu treiben, dass sie in Hass und Verachtung umschlägt. Denn am Ende geht es immer nur um eines: Macht zu erhalten und auszubauen. Dafür sind alle Mittel recht: Lüge, Intrige, Gewalt, aber auch der Anschein von Gottesfurcht.

Sich nicht willkürlich Güter der Untertanen anzueignen, nicht an Frauen zu vergreifen oder zu töten, sind für Machiavelli Grundsätze, die Machtmissbrauch verhindern sollen.

Meine Erklärungen wurden von Maria unterbrochen, als sie plötzlich laut zu klatschen begann.

„Bravo! Cesare Borgia ist mein Held. Auch unser brasilianischer Präsident hat diese Eigenschaften.

Ich bin stolz auf ihn!“, brüllte Maria, ohne sich dafür zu genieren.

Indira und ich sahen uns verdutzt an. Hörten wir da richtig? Maria entpuppte sich als glühende Anhängerin des brasilianischen Präsidenten Cair Messias Bolsonaro. Er gilt als rechtskonservativer „Anti-Establishment“-Politiker, der ul-

trakonservative Ansichten vertritt. Seine Politik ist rassistisch, schwulen- und frauenfeindlich. Gleichzeitig huldigt er Militärdiktaturen und wird von fundamentalen Evangelikalen unterstützt. Extremer Wirtschaftsliberalismus, Wissenschaftsfeindlichkeit und das Leugnen des Klimawandels sind die Fundamente seiner Ideologie. Auf Kritik der Medien reagiert er dünnhäutig. Fakten interessieren ihn nicht. Er konstruiert sich lieber die Welt so, wie sie ihm gefällt.
Kurz: Bolsonaro ist ein brasilianischer Donald Trump.
Nun lernten wir Maria von einer ganz anderen Seite kennen. Sie war nicht nur die nette, kranke, ältere Frau, sondern steigerte sich zunehmend in eine Schimpftriade auf „böse“ Zuwanderer, Atheisten, Muslime und die liberale Demokratie hinein.
Wie sie das alles mit ihrem christlichen Glauben in Verbindung bringt, war mir schleierhaft. Doch es liegt wohl an meiner eigenen Naivität, dass ich zwischen ihrem christlichen Glauben und ihren politischen Ansichten einen Zusammenhang suchte. In ihrer emotionalen Erregung hatte es ohnehin keinen Sinn, mit ihr eine Diskussion zu beginnen. Deshalb gingen Indira und ich zügig nach Logrono weiter.
Maria, wieder etwas freundlicher gestimmt, meinte, sie könne eine Herberge für uns vorreservieren, weil sie dort ohnehin mit dem Taxi hinfahren werde. Wir nahmen das Angebot dankend an und tauschten die Telefonnummern aus.
„Was war denn das?“, fragte Indira, noch immer schockiert von Marias Gefühlsausbruch. Machiavellis Ausführungen boten einen guten Ausgangspunkt, um uns auf dem Weg nach Logrono einmal grundsätzlich über Politik zu unterhalten.
Indira konnte mit Machiavellis These nichts anfangen, wo-

nach Skrupellosigkeit, Gewalt oder Lüge Grundlage von Politik sein sollten, wenn es nur dem Machterhalt dient.
Ich pflichtete ihr bei und erzählte von meinen jahrelangen Erfahrungen als Kommunalpolitiker in Wien. So kann ich dem Spruch „Freund-Feind-Todfeind-Parteifreund“ sehr viel abgewinnen. Lügen, Intrigen, Kleinkriege und Untergriffigkeiten sind komischerweise in den eigenen Reihen am größten.
Politischer Aufstieg hat oft wenig mit Einsatzbereitschaft, Kompetenz oder der Existenz einer politischen „Hausmacht“ zu tun. Wenn Machiavelli davon spricht, dass Schein statt Sein wichtig für Erfolg sei, kann ich das heute täglich im Internet beobachten.
Die neuen Sozialen Medien eignen sich dabei als perfekte Werkzeuge zur Selbstdarstellung. War es früher einigen Wenigen vorbehalten, sich einer großen Öffentlichkeit zu präsentieren, ist dieses Privileg heute nicht mehr nur auf sie beschränkt. Ein jeder kann, wenn er nur genug „Freunde“ oder Follower hat, seine Botschaften transportieren. Worum es geht, ist Aufmerksamkeit. Durch die Inflation an Selbstdarstellern werden nur noch die Verrücktesten wahrgenommen. Je provokativer und skandalöser desto besser. Hauptsache auffallen. Das bringt Klicks und immer mehr Menschen, die sich das ansehen.
Andere wiederum biedern sich um jeden Preis den Einflussreichen an, um durch sie gefördert zu werden.
Eine Trennung von beruflich, politisch und privat gibt es oft nicht mehr. Dies bedeutet aber nicht nur eine Einschränkung an intellektueller Freiheit, sondern auch eine Verkümmerung von Innovation.
Viele Politiker bewegen sich in einem ständigen Hamster-

rad. Sich Auszeiten zu nehmen und von Zeit zu Zeit eigene Positionen zu überdenken, ist unmöglich. Was immer mehr verloren geht, ist die Fähigkeit, nicht nur einzelne Bäume, sondern den Wald als Ganzes zu erkennen. So wird Politik beliebig und in sich widersprüchlich. Kompensiert kann dieses Defizit meist nur durch Selbstinszenierung werden.

Jetzt war *ich* nicht mehr zu halten. Ich führte nur noch einen Monolog, bis sich Indira das Wort einfach nahm.

Sie machte einen spannenden Vorschlag: „Wenn das wirklich so ist, wie du es schilderst, sollten führende Politiker einmal in ihrem Leben den Jakobsweg gehen. Das ist echte Medizin, neu durchzustarten und sich selbst zu hinterfragen."

Wow! Darauf hätte ich auch kommen können, anstatt über die „politische Klasse" herzuziehen. Indiras Vorschlag war naheliegend und doch utopisch.

Wir kamen zum Resümee, dass Machiavelli heute mehr Aktualität hat, als wir anfangs glaubten. Da müssen wir gar nicht Marias Ansichten teilen.

Nun war es nicht mehr weit. Ein langer Abstieg trennte uns von unserem Etappenziel Logrono. Wir blieben kurz stehen und genossen das herrliche Panorama im Abendlicht. Aus dem Häusergewirr der 150.000 Einwohner zählenden Hauptstadt der Weinregion La Rioja ragte die Kathedrale Santa Maria de Redonda. Es störte nur ein viel zu groß geratener hässlicher Gebäudekomplex das prächtige Gesamtbild.

„Erfrischungen, kommen Sie näher", rief eine Frau, die uns von weitem zuwinkte. Vor ihr ein Tisch mit Getränken, Snacks und Andenken vom Jakobsweg. Die alte Frau wirkte wie von einer anderen Zeit. Sie trug eine abgenützte Schürze und ein Kopftuch.

Verständigung war kaum möglich. Nur bruchstückartig ver-

stand ich sie. Die Frau kam mir irgendwie bekannt vor. Von woher kannte ich sie nur?
Nach einigem Grübeln erinnerte ich mich an eine Fernsehdokumentation über Pilgerwege, die über sie berichtete. Es war die Tochter der berühmten Dona Felisa, die 2002 im Alter von 92 Jahren starb. Eine kleine golden Tafel erinnerte noch an sie. Den größten Teil ihrer Lebenszeit verbrachte sie hier am Weg, um sich mit dem Verkauf von Kleinigkeiten ein Zubrot zu verdienen.
Maria, so heißt die Tochter, sah wie ihre Mutter den Lebenssinn im Jakobsweg.
„Wisst ihr. Ich bin zwar Jahrzehnte lang am Camino, um Pilger mit Erfrischungen zu versorgen. Aber gehen konnte ich ihn nie. Und Santiago kenne ich auch nicht“, blickte Maria auf ihr Leben zurück.
Ihre Familie war zu arm, um den Ort zu verlassen. Auch heute, wo sie wenigstens eine kleine Rente hat, führt sie ein bescheidenes Leben. Laut eigener Aussage ist sie gerade deswegen der glücklichste Mensch der Welt. Zwar kennt sie nicht den gesamten Jakobsweg, dafür umso mehr Geschichten über ihn.
„Irgendwann werde ich die Erlebnisse der vielen Menschen mit ins Grab nehmen. Aber ich hoffe, ich habe noch ein paar Jahre“, lächelte sie.
Diese Maria beeindruckte Indira und mich. Ganz im Gegensatz zur brasilianischen Maria. Sie zeigte, dass wahrer Reichtum in uns selbst liegt. Viele Menschen akkumulieren mehr und mehr Güter und werden dennoch immer unglücklicher.
Maria konnte vielleicht deshalb ihren Lebenssinn finden, weil es keine anderen Optionen gab. Daraus machte sie das

Beste. An ihr können sich einige von uns ein Beispiel nehmen! Bravo!

Plötzlich klingelte mein Mobiltelefon. Ihre brasilianische Namensvetterin fuhr mich mit militärischem Befehlston an: „Sag mal, wo bleibt ihr denn? Kommt sofort her!"

Verärgert legte sie auf.

Für Indira und mich die Gelegenheit, das lehrreiche Gespräch zu beenden. Die spanische Maria hätte uns wohl noch stundenlang mit Geschichten unterhalten. Doch wir mussten weiter.

Indira kam am Weg noch einmal auf unsere Diskussion zurück.

„Findest du nicht, dass Politiker eigentlich Philosophen sein sollten?", fragte sie, als ob ihr ein Geistesblitz gekommen wäre.

Sie wirkte beinahe enttäuscht, als ich darauf hinwies, dass diese Idee uralt ist.

Schon der antike griechische Philosoph *Platon (428 oder 427 - 348 oder 347 v.Chr.)* verfasste zu diesem Thema das Werk „Politeia". Darin stellt er die Frage, wie die Verfassung eines gerechten Staates aussehen müsste. Er beginnt ganz grundsätzlich und fragt: Wieso schließen sich überhaupt Menschen zu einem Gemeinwesen zusammen?

Seine Antwort: Weil sie so den Überlebenskampf besser bewältigen können.

Nach dem primitiven Zusammenschluss in Familien oder Stämmen kommt es zu rudimentären Staatswesen, wo Arbeitsteilung und Spezialisierung stattfinden und über die Abdeckung der Grundbedürfnisse hinaus produziert wird. Es entstehen durch Markt und Geld immer neue Bedürfnisse. Sie entsprechen dem menschlichen Verlangen, ständig

besser leben zu wollen. Die dafür notwendigen Ressourcen konnten damals primär durch Expansion sichergestellt werden. Darin sieht Platon den Hauptgrund aller Kriege. Er untersucht deshalb unterschiedliche Staatsformen auf ihre Vor- und Nachteile.
Es handelt sich dabei um Tyrannis, Demokratie, Oligarchie und Aristokratie. Sie existieren meist nicht in Reinkultur, sondern als Mischformen. Den ersten drei Staatsformen kann Platon wenig abgewinnen. Nur eine Aristokratie hält er für nachhaltig und gerecht. Für ihn sollten deshalb Könige Philosophen werden, oder Philosophen Könige.
Platons Idealstaat besteht aus drei Ständen. In der Hierarchie am niedrigsten sind dabei der Dienst- und Nährstand, der für die beiden anderen Stände aufkommen muss. Dazu zählen Bauern und Handwerker.
Der Wächterstand hingegen umfasst die Soldaten. Wächter sind die tragende Säule des platonischen Staates, denn nur die Besten gehen in den Stand der Herrscher über.
So wie ich Platon verstehe, ist dieses System aber durchlässig. Denn man kann bei entsprechender Leistung auf- oder absteigen: Die Überwindung des Geburtsrechts als zivilisatorischer Fortschritt. Das erscheint uns heute als selbstverständlich. Doch in der Antike waren diese Vorstellungen revolutionär. Denn um Herrscher zu werden, ist bei Platon nicht mehr die Abstammung aus einer Adelsfamilie von Bedeutung, sondern wie nützlich jemand für den Staat ist.
Platons Idealstaat verkörpert die Eigenschaften des Menschen: Vernunft, Mut und Besonnenheit. Die drei Stände sind für ihn ein Abbild dessen.
Jedem Stand wird eine ethische Grundnorm zugeordnet, denn Platon erkennt Gerechtigkeit darin, dass jeder Stand

das seine tut. Dafür gibt es jeweils entsprechende Erziehungs- und Bildungsprogramme.
Interessant sind vor allem die „kommunistischen" Vorstellungen für den Wächterstand: Platon plädiert einerseits dafür, Frauen gleichzustellen, um an Staatsverwaltung und Krieg teilnehmen zu können. Er forciert eine Aufhebung von Privatbesitz und Privatleben. Das geht so weit, dass es sogar Regelungen zur Paarung der Geschlechter gibt, um den optimalen Nachwuchs zu „züchten".
Dieser „Kommunismus" von Eigentum und Leben soll den Zwist unter den Wächtern verhindern und sie so zu glücklichen Menschen machen.
Beim Herrscher gibt es natürlich keine Gleichheit. Nur der Weiseste und Gerechteste erhält die Legitimation, die Staatsgeschicke zu lenken. Damit sollen Willkür und Misswirtschaft verhindert und das Gemeinwohl der Polis in den Mittelpunkt gestellt werden.
Dem dritten Stand kommt lediglich die Aufgabe zu, die ersten beiden mit Nahrungsmitteln, Produkten und Dienstleistungen zu versorgen, damit sie ihre Aufgaben erfüllen können.
„Das ist ja schrecklich! Das klingt ja auch faschistisch", unterbracht mich Indira. „Ich habe mir da schon etwas anderes vorgestellt!"
Natürlich hatte sie recht! Nennen wir Platons Modell lieber Totalitarismus. Es klingt immer gut, die Herrschaft an die Besten und Weisesten zu delegieren. Doch was verstehen wir darunter?
Maria unterstützt Politiker vom Typus Bolsonaro oder Trump, egal aus welchen Motiven. Indira ist darüber schockiert. Wer hat recht? Wer eignet sich als Herrscher?

Hand aufs Herz: Es ist schon bewundernswert, wie schnell und effizient in China Bauprojekte durchgezogen und Wachstum generiert wird. In Demokratien vollziehen sich Entscheidungen langsam oder es kommt zu gar keinen Ergebnissen. Vieles läuft irrational und chaotisch ab. Auch Sicherheit kann in einem totalen Überwachungsstaat besser gewährleistet werden, als in Staaten wo Freiheitsrechte des Einzelnen geschützt sind. Möglicherweise auf Kosten einer effizienten Strafverfolgung.

Über Jahrzehnte lernte ich die Defizite von Demokratie und Rechtsstaat in der politischen Praxis kennen. Ich musste schweren Herzens akzeptieren, dass nicht Platons „Philosophenkönige", sondern Intriganten, intellektuelle Leichtgewichte, Egoisten und seelenlose Selbstdarsteller Leader in Demokratien werden können.

Und trotz allem, so mein Resümee, hatte der britische Premierminister Winston Churchill recht, als er die Demokratie als Schlechteste aller Staatsformen bezeichnete, es aber trotzdem keine bessere gibt. Demokratie erscheint oft mühsam und ineffizient. Und ist doch die Staatsform des geringsten Übels.

„Weißt du Indira. Vielleicht, bewirkt die Suche nach einem Ideal genau ihr Gegenteil. Der Vorteil der Demokratie besteht *gerade* im Unfertigen und Fehlerhaften. Aber ist das nicht auch bei jenen Menschen so, die wir lieben?", fragte ich meine indische Pilgerfreundin.

„Das stimmt schon", gab sie zu. „Deshalb sollten alle Politiker zumindest einmal den Camino gehen und sich selbst hinterfragen", setzte Indira einen Schlusspunkt.

Wir standen jetzt vor unserem Quartier in Logrono. Die Zeit war wie im Flug vergangen.

6

DER FERNE ALLAH

Logrono – Najera

Beim Eintreten in die Herberge wurden wir von einem ausufernden Streit überrascht. Es kam sogar zu Handgreiflichkeiten, die nahestehende Personen nur mit Mühe schlichten konnten. Im wilden Durcheinander erkannten Indira und ich zunächst nicht, worum es überhaupt ging. Doch die lauten Schreie in grottenschlechtem Englisch verrieten, dass es sich dabei um Maria handelte.

„Scheiß Muslim, was machst du überhaupt hier?“, schrie sie hasserfüllt.

„So seid ihr Christen! Hier am Camino könnt ihr überall sehen, wie ihr uns abgeschlachtet habt“, brüllte ein junger Mann mit orientalischem Aussehen und schweizerischem Akzent zurück.

Erst die Hartnäckigkeit des Besitzers der privaten Herberge sorgte wieder für etwas Entspannung. Er wies beide Streitparteien in die Schranken und stellte klar, dass Religion und Herkunft in seinem Haus keine Rolle spielen. Es gehe lediglich darum, wie man sich benehme. Er nahm eine Weinflasche und sagte: „Entweder ihr trinkt die heute noch miteinander und versöhnt euch, oder ihr fliegt beide raus!“

Maria gab ihrem Gegenüber nur widerwillig die Hand. Indira und ich machten den beiden Streithähnen das Angebot, uns später am Hauptplatz vor der Kathedrale Santa Maria de la Redonda zu treffen und die Flasche gemeinsam zu trinken.

Bei der Besichtigungstour in Logrono fiel mir öfter als zuvor das Motiv des heiligen Jakobus als Maurentöter auf. Eines fand sich in der Kathedrale mit ihrem prachtvollen goldenen Hauptaltar. Noch mehr schockierte mich die riesige Skulptur über dem Haupteingang der Iglesia de Santiago el Real, die einen brutalen Jakobus zeigt, der einen Muslim umbringt. Für mich stellte sich die Frage, wie wir heute damit umgehen sollen. Denn solche Darstellungen sind ein Skandal.

Es gibt eigentlich nur zwei Möglichkeiten zur Lösung des Problems. Die Skulptur zu beseitigen oder Muslimen zu sagen, sie können ja daheimbleiben, wenn es sie stört.

Hier in Spanien wählte man jedoch eine dritte, wie ich meine, vernünftige Variante: Der Camino steht für alle offen. Religiöse Intoleranz ist ein „No go“. Aber bekennen wir uns zu unserer Vergangenheit und nehmen sie als Erbe der Geschichte ernst. Schließlich werden auch nicht alle Bauten aus der Nazizeit abgerissen.

Wegen der lebhaften historischen Altstadt und ihrer zahlreichen Bars entschieden sich Indira und ich ausnahmsweise kein preiswertes Pilgermenü zu essen, sondern eine Weinbar zu besuchen, dort ein paar Tapas zu konsumieren und unsere Streithähne einzuladen. Als sie kamen, stellte sich der junge Mann als Mohammed vor: „Fast alle nennen mich aber nur Mo. Da falle ich nicht so als Migrant auf.“

Mo lebt in Genf und startete von dort den Jakobsweg. Er betrieb lange einen Imbissstand, der aber pleiteging.

Den Camino geht er aus Protest. Er beklagte sich, wie sehr er von der autochthonen Bevölkerung gemieden wird, weil er streng gläubiger Muslim ist und seine junge Frau Kopftuch trägt. Dabei lebt er bereits in zweiter Generation in der Schweiz.

Ursprünglich kamen seine Eltern aus Anatolien. Obwohl er die schweizerische Staatsbürgerschaft besitzt und in einem der reichsten Länder wohnt, überlegt er nun in seine Heimat zurückzukehren.

„Hier am Camino will ich nachdenken, was ich in Zukunft machen will“, bekannte Mo.

„Worum ging es bei eurem Streit?“, fragte Indira.

„Ach, nur eine Unachtsamkeit von mir. Ich wollte mich entschuldigen. Doch als Maria den Halbmond auf meinem Rucksack und den Koran in meiner Hand sah, verlor sie völlig die Kontrolle“, rechtfertigte sich Mo.

„Das stimmt nicht!“, schrie ihn Maria an. „Du hast mich absichtlich gerempelt!“ Der Streit eskalierte erneut.

„Stopp! Hört endlich auf. Stoßen wir auf einen friedlichen Camino an“, versuchte ich die Lage zu beruhigen.

„Als Muslim konsumiere ich keinen Alkohol. Daher kann ich keinen Wein mit euch trinken“, entschuldigte sich Mo.

„Dann bleib doch daheim!“, fuhr ihn Maria an.

Ehrlich gesagt. Auch ich dachte nicht daran, dass streng gläubige Muslime keinen Alkohol konsumieren. Waren wir nicht wirklich etwas ignorant?

Indira und ich gaben jeglichen weiteren Vermittlungsversuch auf und kehrten enttäuscht zur Unterkunft zurück.

Dort entbrannte der Streit zwischen Maria und Mo erneut. Dazwischen mischte sich eine Person im Priestergewand. Ich konnte es kaum glauben. Paulo war auch hier.

Als ich ihn mit einer herzlichen Umarmung begrüßte, waren auch die beiden Streithähne plötzlich still. Paulo stellte sich ihnen vor und erzählte, dass wir bereits viel über Gott, den Tod und andere Fragen geredet hatten. Er fachte damit ungewollt den Streit weiter an.

„Ja, dann fahrt doch nach Clavijo und schaut euch an, wie ihr uns Muslime abgeschlachtet habt. *Das* solltet ihr auch mal diskutieren", fauchte Mo.

„Ihr Muselmanen habt doch Spanien besetzt und das Land okkupiert", ließ sich Maria diese Ungezogenheit nicht gefallen. „Heute passiert das gleiche wieder, wenn das mit den Flüchtlingen so weitergeht."

„Ruhe!", schrie Paulo und machte einen Vorschlag: „Was ist, wenn wir miteinander nach Clavijo fahren und dort offen über alles reden? Deal?"

Daraufhin bot Jose, der Besitzer der Herberge, an, uns mit seinem Wagen dorthin zu bringen. „Aber nur, wenn ihr euch wie zivilisierte Menschen benehmt", schränkte er ein.

Am nächsten Morgen brachen wir bereits auf, als es noch dunkel war. Auf dem Weg erklärte Jose die Bedeutung des Ortes Clavijo.

Der Legende nach kämpften dort die christlichen Truppen unter König Ramiro im Jahr 844 gegen die Mauren. Der Herrscher weigerte sich den jährlichen Tribut von hundert Jungfrauen an die Muslime zu zahlen. Doch das christliche Heer war den feindlichen Truppen deutlich unterlegen und drohte unterzugehen. Es wird erzählt, dass daraufhin Jakobus auf einem weißen Pferd erschien und so viele Muslime tötete, bis die Christen siegten. So entstand die Legende von „Santiago Matamoros" – Jakobus der Maurentöter. Dieses Motiv findet sich in zahlreichen Kulturgütern am Camino.

Als sich Mo beschwerte, wie schrecklich die Christen seien, unterbrach ihn Jose ziemlich schroff: „Vieles davon ist reine Erfindung. Es gibt nicht einmal Belege, dass diese Schlacht je stattgefunden hatte. Allerdings existiert ein wahrer Kern. Der Norden Spaniens konnte nie von den Mauren erobert werden. Deshalb wurde er zum Ausgangspunkt der Reconquista, der Rückeroberung muslimisch besetzter Gebiete. Wisst ihr, solche Legenden gab es immer schon. Sie dienten zur Motivation im Kampf, förderten Identität und Glauben und befriedigten ökonomische Interessen. So soll Ramiro I. als Dank für das Eingreifen des Jakobus einer Wein- und Getreidesteuer zugestimmt haben, um damit die Kathedrale in Santiago de Compostela zu bauen. Doch auch dabei dürfte es sich um eine Mär handeln, denn erst dreihundert Jahre später berief man sich darauf."
Maria und Mo wirkten überrascht, als Jose darauf hinwies, dass viele Christen auch *für* die Mauren kämpften. Zudem sei Jahrhunderte lang die islamische Zivilisation der europäischen überlegen gewesen. Natur-, Geisteswissenschaften und Recht - Europa hinkte lange hinterher.
„Die großen Fortschritte im Hochmittelalter und der Renaissance wären ohne den Islam nie möglich gewesen. Bedenke das Maria", redete Jose wie ein Lehrer mit seiner Schülerin. Er schaffte es nach und nach sowohl Mo als auch Maria zum Nachdenken zu bringen.
Beide starrten aus dem Autofenster, versuchten aber so zu tun, als würde es sie nichts angehen.
Der anstrengende Aufstieg zur Burg war nur mit Taschenlampen möglich. Oben angekommen erschloss sich uns ein atemberaubender Blick, obwohl es erst zu dämmern begann. Vor uns die weiten Felder des angeblichen Schlachtfeldes von

Clavijo. Als schließlich die Sonne aufging, sprach keiner ein Wort.
Wir vernahmen nur ein leises Rauschen des Windes. In diesen besonderen Momenten macht es keinen Sinn über Geschichte, Schuld oder Glauben zu diskutieren. Alle spürten intuitiv, dass es da eine Kraft gab, jenseits aller Religionen und Kulturen.
Jeder nützte diese unvergesslichen Augenblicke auf seine Art. Ich versuchte die einzigartige Wirkung von Licht und Landschaft durch klassische Musik zu verstärkten. Paulo nahm den Rosenkranz und sprach ein stilles Gebet. Dabei bewegte er zwar seine Lippen, ohne einen Ton von sich zu geben.
Mo streckte seine Hände aus, wie es für Muslime typisch ist. Maria starrte mit offenem Mund vor sich hin, während Indira meditierte.
Einzig Jose schien sich mehr für unsere Rituale, als für das Naturschauspiel zu interessieren. Das Schweigen setzte sich bei der Rückfahrt nach Logrono fort.
Oft bedarf es keiner Worte, um dennoch alles zu sagen. Denn wir sind trotz aller Unterschiede Menschen mit den gleichen Sorgen, Bedürfnissen und Ängsten.
Ich spürte das Verlangen, mich im Namen der Gruppe bei Jose für dieses einzigartige Erlebnis zu bedanken. Orientierungslos wühlte ich in meinem Rucksack. Da fiel mir ein, dass mir meine Mutter vor der Abreise ein paar Mozartkugeln, eine süße Spezialität aus Österreich, mitgegeben hatte. Ich nahm die Köstlichkeit nur aus Höflichkeit mit. Nun war ich aber froh, Jose im Namen der Gruppe etwas Besonderes schenken zu dürfen. Der Besitzer der Pilgerherberge war sichtlich berührt. Aber es war *sein* Verdienst, die Stimmung völlig zu drehen.

Zurück am Jakobsweg erschien mir der Spirit beim Abmarsch ein anderer als vorher.

Nicht, dass Maria und Mo eine totale Wandlung durchgemacht hätten. Aber sie redeten nun respektvoller miteinander. Paulo schien diese Gelegenheit nützen zu wollen. Er machte den Vorschlag, gemeinsam über Islam und Christentum zu diskutieren. Zeit hatten wir auf der langen Etappe nach Najera schließlich genügend.

Als alle damit einverstanden waren, bat er Mo etwas über den Islam zu erzählen.

„La ilaha illa Allah wa Muhammad rassul Allah. Es gibt keinen Gott außer Gott und Mohammed ist sein Prophet", antwortete Mo, als hätte man ihm eine Prüfungsfrage gestellt. Danach - langes Schweigen.

„Ist das alles?", flüsterte Indira ungläubig.

Ich war froh, dass nun Paulo als Theologe die Sache in die Hand nahm und versuchte, systematisch die Unterschiede zwischen Islam und Christentum darzustellen, ohne sich als Gelehrter aufzuspielen. Er beschränkte sich in seinen spannenden Erklärungen nur auf das Wesentliche:

„Der Islam steht in der Tradition Abrahams. Letzterer wird im Koran Ibrahim genannt und als erster Muslim angesehen. Im Alten Testament, auf das sich auch Juden und Christen berufen, liebt Gott sein auserwähltes Volk. Doch es wendet sich oft von ihm ab und zweifelt an ihm. Der Gott des Alten Testaments wird vom Volk Israel als liebend, verzeihend aber auch als rachsüchtig und strafend wahrgenommen.

Mit Jesus, mit dem laut christlichem Glauben Gott Mensch wird, der am Kreuz für die Sünden der Menschheit stirbt, und am dritten Tag von den Toten aufersteht, entwickelt sich im Neuen Testament ein ganz anderer Gottesbegriff. Hier ist die Rede von einem Gott auf Augenhöhe mit den Menschen. Er erniedrigt sich sogar selbst und zeigt so seine Liebe. Gott ist nun nicht mehr nur Nationalgott eines Volkes, sondern der ganzen Welt. Jesus kritisiert die Fundamente des Alten Testaments: Opferkult, Selbstgerechtigkeit und Vorschriftenfundamentalismus. Er stellt die Liebe in den Mittelpunkt und ruft dazu auf, diese auch den größten Feinden zu schenken. Jesus droht nicht, sondern wirbt wie um eine Braut, seinem Beispiel zu folgen und an ihn zu glauben. Den Menschen ist es freigestellt, sich für ihn zu entscheiden oder auch nicht.

Der Prophet Mohammed ruft Anfang des 7. Jahrhunderts zu einer Rückbesinnung auf jene ursprünglichen Traditionen auf, die auf Stammvater Abraham zurückgehen. Er lehrt, Jesus sei nie auferstanden und auch nicht Gottes Sohn. Doch als Prophet spielt er im Koran eine wichtige Rolle. Der Islam sieht sich als Bewahrer des echten Monotheismus, übernimmt das Gottesbild des Alten Testaments und entwickelt dieses weiter. Allah, das ist der ferne, starke und mächtige Gott. Islam bedeutet soviel wie Hingebung oder Unterwerfung unter den Willen Gottes. Er ist durchaus *auch* ein Angstgott, der straft und lobt. Einer, der nur über Propheten kommuniziert und den Menschen sonst verborgen bleibt. Mo, habe ich deiner Ansicht nach alles richtig beschrieben?“, fragte Paulo.

Mo war sichtlich mit dieser Frage überfordert und zögerte lange.

„Ich denke, du hast es auf den Punkt gebracht, wenn auch etwas einseitig“, stotterte der schweizerische Muslim etwas verlegen, ohne zu beschreiben, was er damit meinte. Ihm

war anzumerken, zwar die Vorschriften im Islam penibel zu kennen und einzuhalten, aber sonst nicht viel darüber nachzudenken, wer sein Gott überhaupt ist.
Um Pfeffer in die Konversation zu bringen, bekannte ich mich dazu, persönlich große Probleme mit dem Gottesbild im Islam zu haben. Nicht Liebe oder Vergebung stehen dort im Vordergrund. Nein, Allah wird als strenger, aber gerechter Richter gesehen. Nach dem stark vereinfachten Motto: Bist du brav und machst alles, was im Koran steht, wirst du dafür belohnt. Tust du es nicht, kommst du in die Hölle. Tue, was man dir sagt. Das Denken überlasse dem lieben Gott.
„Was hast du dagegen? Es ist doch mehr als gerecht", wusste Mo mit meiner Aussage nichts anzufangen.
Dann wurde es total absurd. Maria, seine große Gegenspielerin, verteidigte ihn sogar. Nur mit Argumenten aus ihrem christlichen konservativ-fundamentalistischen Weltbild. Die größten Glaubensgegner waren sich näher, als sie dachten.
Nach rationalen Gesichtspunkten hatten Maria und Mo nicht unrecht.
Wieso sollten jene, die sich an Gottes Gesetze hielten, dafür nicht belohnt werden? Weshalb Rettung zum Nulltarif? Argumentierten nicht auch die Schriftgelehrten so, die den Tod Jesu forderten? Ist aber nicht gerade *hier* der Kern des Christentums?
Es gibt keine andere Religion als das Christentum, wo sich Gott erniedrigt. Wo noch tritt der *eine* Gott als Mensch in die Sphäre von Raum und Zeit ein?
Jesus steht einerseits in der Tradition des Alten Testaments, distanziert sich aber gleichzeitig davon.
Es beginnt ein völlig neues Zeitalter. Jesus verurteilt sogar jene „Musterschüler", die alle Vorschriften auf Punkt und

Beistrich einhalten. Denn es sind meist genau *diese* Menschen, die sich gegenüber dem Nächsten unmenschlich und belehrend verhalten.
Jesus hingegen erhöht die Sünder, die Gescheiterten, die Ärmsten, die scheinbar Niedrigsten und vollzieht damit eine „Quadratur des Kreises".
Und warum tut er dies? Aus Liebe!
Mit dem Bekenntnis zu diesem Gottesbild, das Paulo und ich leidenschaftlich verteidigten, waren Maria und Mo völlig überfordert. Die beiden sahen als Hauptkriterium für das Seelenheil die Einhaltung von Gebetsvorschriften und Traditionen. Mörder und Vergewaltiger gehören verurteilt, am besten mit Hilfe der Todesstrafe.
Indira, Paulo und ich sahen uns an und schüttelten den Kopf. Wir ließen Maria und Mo ihre Hasstriaden ausleben. Je mehr sie loslegten, um so besser verstanden sie sich. Der Hass einte sie. Wer hätte das gedacht? Vom Feind zum Freund in weniger als 24 Stunden!
„Naja Jürgen. Der Islam wird nicht von allen Muslimen so interpretiert, wie von Mo. Auch der Islam ist vielfältig. Aber ich bestreite nicht, dass es sehr grundsätzliche Unterschiede zum Christentum gibt", erinnerte Paulo, ohne die Konfliktlinien zu relativieren.
Wir befanden uns nun mitten im Rioja-Weinanbaugebiet. Auf dem ganzen Camino Frances bemerkte ich nirgendwo mehr solch kräftige Farben wie hier. Es dominierte das helle Braun der Erde und das extreme Hellgrün der Weinreben und Gräser. Verstärkt wurde die Wirkung dieses visuellen Schauspiels durch das ständige Wechseln der Intensität der Sonne. Durch die Bewölkung veränderte sich das Licht alle paar Sekunden.

Störend war dabei nur, dass Maria und Mo nicht aufhörten zu reden. Dabei handelte es sich nicht um eine differenzierte Debatte, sondern um eine nicht enden wollende Aneinanderreihung von Empörungen, die nur dazu dienten, sich gegenseitig recht zu geben.

Nach ungefähr drei Stunden Gehweg verabschiedete sich Maria im Ort Navarrete von uns. Sie wollte hier eine längere Pause einlegen und dann mit dem Taxi nach Najera fahren. Gemeinsam mit Paulo und Indira besuchte ich die Iglesia de Asuncion. Die Pracht und Monumentalität des Hauptaltars, der von Gold nur so überquoll, standen in krassem Missverhältnis zur Kleinheit von Navarrete.

Es ist das vielleicht eindrucksvollste Beispiel, wie verschwenderisch die Spanier nach der Ausbeutung der südamerikanischen Kolonien mit ihren Ressourcen umgingen. Für jeden ökonomisch Interessierten ist es aber auch eine Warnung.

Spanien glaubte durch das viele Gold so reich zu sein, um davon für immer gut leben zu können. Die Flut an Gold führte aber zu einer Preisinflation. Immer mehr Güter wurden nicht mehr im In-, sondern im Ausland produziert. Dadurch entpuppte sich der scheinbare Segen des Edelmetalls als Fluch. Spanien sank immer mehr zum Armenhaus in Europa ab und verlor bald seine Stellung als Weltmacht.

Beim Verlassen der Kirche bat mich eine ältere Frau, eine persönliche Eintragung in ein Pilgerbuch vorzunehmen. Von der Aufforderung überrumpelt und schon etwas unter Zeitdruck, machte ich es mir ganz einfach.

„Love Alina“, notierte ich eilig.

Die Frau sprach mich darauf an und fragte in einem kaum verstehbaren spanischen Regionaldialekt, ob das meine Freundin sei. Durch ihre Gesten und meine durchschnittlichen Italienischkenntnisse wusste ich sofort, was sie meinte. Ich deutete kurz: „Muerte. Tod.“

Erschrocken machte sie ein Kreuzzeichen, nahm mich an der Hand und sprach etwas, das ich nicht verstand. Wahrscheinlich waren es tröstende Worte. Gerührt dankte ich ihr und machte mich auf den Weg nach Najera, denn Indira und Paulo waren bereits vorausgegangen.

Die Bucheintragung ließ die Diskussion vom Vormittag in einem anderen Licht erscheinen. Was würde passieren, würden die Maßstäbe, die Mo und Maria so vehement verteidigten, vom Herrgott auf Alina angewendet werden?

Sie stellte sich mir als eine völlig andere Person vor, als sie tatsächlich war. Ein schweres Vergehen. Ein Vertrauensbruch. Sie ließ aus unerfindlichen Gründen ihre Mutter „sterben“, was ebenfalls nicht den Tatsachen entsprach.

Geht es nach den strengen Maßstäben von Mo und Maria, sah es für Alina also nicht gut aus ins Paradies zu kommen. Doch es stellt sich die Frage, wer es dann überhaupt schaffen kann. Denn schließlich gibt es auch ihre positiven Eigenschaften: Herzlichkeit, Einfühlsamkeit oder Solidarität mit den Schwächeren.

Wie werden gute Taten im Gegensatz zu den Schlechten gewichtet? Wiegt ein schweres Vergehen mehr als viele kleinere? Was ist überhaupt ein schweres Vergehen?

Wir Menschen haben die Sicht nur aus *einer* Perspektive. Aber wir wissen nicht, weshalb jemand so geworden ist, wie er ist. Steht es uns überhaupt zu, zu urteilen? Oder sollte das nicht der liebe Gott machen, so es ihn gibt?

Menschen, die in geordneten Verhältnissen groß werden, haben ganz andere Voraussetzungen für ein „gutes“ Leben als jene, die um das nackte Überleben kämpfen müssen.

Wie „misst“ also Gott? In dem Moment wurde mir das unfassbar Revolutionäre der Lehre Jesu gegenüber den anderen Glaubensrichtungen erstmals wirklich bewusst. Es geht dort nicht um das exakte „Messen“. Vielmehr brauchen wir Demut und bedürfen der Gnade.

In diesem Zusammenhang erscheint Allah als Richtergott, der zwar vergibt und gerecht ist, aber auch streng urteilt, etwas Angst einflößend.

Der christliche Gott, liest man das Neue Testament, ist hingegen unendlich barmherzig.

Jorge Mario Bergoglio (geb. 1936), alias Papst Franziskus I., spricht in seinem schmalen Büchlein „Der Name Gottes ist Barmherzigkeit“ sogar davon, dass Gott immer einen Türspalt zum Himmel, selbst für die allerschwersten Fälle, aufmacht. Er tut alles, damit wir durchgehen. Nur tun müssen wir es selber, sonst wären wir nicht frei.

„Hoffentlich hat der Papst recht“, sprach ich zu mir.

Trost fand ich vor allem darin, dass aus der Nahtodforschung viele Fälle bekannt sind, die von einer Lebensrückschau sprechen, in welcher sie auch die Position des Anderen einnehmen können. Die Betroffenen verfügen so über eine Gesamtsicht. Viele erzählen, dass Dinge die sie im Leben gar nicht wahrnahmen, große Konsequenzen für andere bedeuteten, die ihnen so nie bewusst waren.

Der entscheidende Punkt dabei ist, meinem Verständnis des christlichen Glaubens nach, weniger die Frage nach Strafe und Belohnung, sondern vielmehr eine Art des „Hineinreifens“. Das bedeutet: verzeihen, Frieden machen und um Vergebung bitten.

Wenn man so will, sich mit sich und den anderen zu versöhnen, um so die Liebe des Lichts überhaupt empfangen zu

können. Was sich einfach anhört, ist aber in der Praxis nicht so leicht.
Wir kennen das aus unserem Alltag. Wie oft schaffen wir es nicht zu verzeihen? Wie oft sind wir stur, verbohrt und machen so die ganze Situation immer schlimmer?
Wir lösen eine regelrechte Negativspirale aus, aus der wir immer schwerer herauskommen. Für mich ist das, was in den Religionen als „Hölle“ bezeichnet wird, genau damit gemeint. Und *nicht* Fegefeuer oder ewige Verdammnis.
Eine ethische Lebensweise, geprägt von Nächstenliebe, frei von Hass und Rache, verkürzt möglicherweise diese Übergangsphase.
Nicht umsonst heißt es bei Sterbenden: Er ist „friedlich“ gestorben, während bei anderen das Loslassen ein schmerzhafter Prozess ist. Die Positionen dazu sind aber in der Kirche nicht einheitlich.
Besonders befremdend erscheint mir heute der Zugang des Philosophen und Theologen *Aurelius Augustinus (354 - 430)* in seiner Schrift „Ad Simplicianum“.
Er vertritt die Ansicht, weil alle Menschen mit der Erbsünde belastet wären, käme es nur auf die Gnade Gottes an, ob jemand gerettet würde, *unabhängig* von seinem Verhalten. Die Erbsünde Adams, so glaubt er, wurde automatisch auf alle Menschen mit übertragen. Sogar das neugeborene Kind ist bereits damit behaftet. Sippenhaftung also.
Wenn der Mensch aus guter Absicht handelt, dann nur, weil dieser Wille von Gott selbst im Menschen bewirkt wird. Augustinus geht davon aus, dass alle Menschen die Strafe Gottes verdienen. Dessen Gnade ist ein reines Geschenk, denn er könnte ja auch niemanden retten. So sind es wenigstens einige. Gott ganz allein bestimmt, wen er begnadigt.

Wie kommt Augustinus zu dieser eigenartigen Argumentation? Er beruft sich dabei auf den Römerbrief 5:12-21, der sich wieder auf das Alte Testament bezieht. Dort wird festgehalten, dass Gott den Stammvater Israels, Jakob, liebt. Seinen Bruder Esau hingegen hasst er. Und zwar von Geburt an.
So sehr Augustinus bis heute in der Katholischen Kirche eine große Rolle spielt. Seine Gnadenlehre wurde von ihr sehr bald verworfen. Das ist auch gut so! Wer kann heute eine solche Ansicht nachvollziehen?
Im Grunde ist sie nämlich noch schlimmer, als die des fernen Allahs. Denn der ist zwar streng, aber immerhin gerecht.
Aber der liebe Gott des Aurelius Augustinus? Einer, der alle gnadenlos in Sippenhaft nimmt und willkürlich aussortiert?
So habe ich die Lehre Jesu *nie* verstanden.
Kurz vor dem Eintreffen in Najera, der einst blühenden Residenzstadt der Könige von Navarra, begann es heftig zu regnen. Bis jetzt wurden wir mit traumhaften äußeren Bedingungen verwöhnt.
Dass das Kloster Santa Maria la Real und der Panteon Real mit seiner königlichen Krypta nicht zugänglich waren, störte mich gar nicht. Ich wollte lieber möglichst schnell in die nächstgelegene Herberge. Denn für heute reichte es mir.
Das mehr als spartanische Refugio verfügte über einen Schlafsaal mit 100 Betten, hatte aber nur zwei Duschen. Meine Körperhygiene musste also warten. Willkommen im Diesseits der irdischen Probleme!
Die großen Gedanken über Allah versus Jesus, Barmherzigkeit und Gnade waren mir vorläufig einmal egal. Mich interessierte nur noch eine heiße Dusche und ein deftiges Essen. Mahlzeit!

7

DAS BIBEL-PARADOXON

Najera – Santo Domingo de la Calzada

Der Regen hörte die ganze Nacht nicht auf. Erstmals benötigte ich zusätzlich zu meinem dünnen Leinenschlafsack eine Stoffdecke. Der immer intensivere Niederschlag ging parallel mit einem radikalen Temperatursturz. Nicht einmal die hundert Pilger, die dicht gepfercht in einem Raum schliefen, sorgten für erträglichere Temperaturen. Heizungen – Fehlanzeige!

Bereits um fünf Uhr früh wurde ich von leiser Kirchenmusik geweckt. Ich dachte zuerst, es wäre der Weckdienst des Refugios. Doch die ständige Wiederholung des Refrains - irgendetwas mit ‚Agnus Dei' - entpuppte sich als Klingelton eines Mobiltelefons.

Was anfangs bei den Pilgern das Gefühl erzeugte, man könne noch etwas liegenbleiben, wandelte sich nach etwa fünf Minuten in kollektiven Ärger. Entweder schlief der Besitzer des Handys so tief, dass er es nicht hörte, oder das Gerät war irgendwo dazwischen gerutscht. Irgendwann hörte die Dauerschleife der Kirchenmusik endlich auf.

Doch von Ruhe keine Spur! Im Dunkeln packten die ersten Pilger ihre Utensilien zusammen. Noch nerviger war

das unmotivierte Herumleuchten mit den Taschenlampen. Als dann immer mehr Leute, früher als geplant, aufstanden, drehte irgendjemand ohne Vorwarnung das Licht auf und fragte: „Ist wer dagegen, dass ich wieder abdrehe?"
Als Antwort gab es weder ein Ja oder Nein, sondern lediglich ein Raunen.
Auch ich schloss mich dem Tross an und begann zusammenzupacken. Durch den Engpass an Toiletten und Bädern verwendete ich die freie Zeit, um vor die Tür zu gehen. Mit Entsetzen sah ich den sintflutartigen Regengüssen zu. Jene Leute, die jetzt unter die Dusche wollten, konnten dies genauso gut im Freien tun. Die Intensität war nicht viel geringer, die Wassertemperatur ebenfalls.
Ich wartete eineinhalb Stunden, zog noch ein extra Frühstück ein, doch die Wetterlage wurde nicht besser. Glücklicherweise war die heutige Etappe nach Santo Domingo de la Calzada sehr kurz und in einem halben Tag zu absolvieren. Während einige Pilger beschlossen, einen Pausentag einzulegen, um den unwirtlichen Wetterbedingungen zu entgehen, erinnerte ich mich an den Spruch: „Ein echter Pilger geht immer, egal bei welchem Wetter!"
Erstmals war ich gezwungen, meinen Poncho - einen Umhang, der auch den großen Rucksack vor Nässe schützt - überzuziehen. Ohne Hilfe eines Hospitaleros wäre es mir unmöglich gewesen, diesen anzuziehen.
In jenem Moment, als ich starten wollte, erreichte mich eine Nachricht von Paulo: „Treffpunkt 18 Uhr beim Hühnerstall."
„Spinnt er jetzt schon ganz? Oder beliebt Hochwürden zu scherzen?", schoss es mir durch den Kopf. Bei dem Sauwetter war mir aber überhaupt nicht danach.

Die Etappe nach Santo Domingo de la Calzada kann mit einem Wort zusammengefasst werden: Horror!
Wege, die noch gestern bestens begehbar waren, verwandelten sich zu einer Schlammstraße. Während ich in den vorhergegangenen Tagen jene Pilger beneidete, die mit komfortablen Laufschuhen marschierten, war ich nun dankbar für meine weniger angenehmen, dafür wasserdichten Trackingschuhe. Liebte ich gestern noch das braun-grüne Schauspiel der Farben, hasste ich es heute. Die Nässe an sich war nicht das Problem, sondern ihre Kombination mit Kälte und Wind.
Am Weg machte ich keine einzige Pause und marschierte durch. Dazu kam, dass ich die ganze Zeit alleine ging. Es waren heute deutlich weniger Pilger auf der „Piste" als sonst. Nachdem ich mich an die unwirtlichen Bedingungen gewöhnte und das Wetter nicht mehr beklagte, schlug auch meine Stimmung um. Wie könne ich nur das schöne Wetter schätzen, wenn es nie ein solch Grauenhaftes gäbe, wie heute?
Als ich wieder fähig war, die Widrigkeiten zu vergessen und mich auf mein Inneres zu konzentrieren, katapultierten mich meine Gedanken wieder zurück zur gestrigen Diskussion. Ein grundlegender Gedanke ließ mir keine Ruhe. Ich wollte darüber noch heute mit Paulo diskutieren. Wenn es sein muss, auch beim Hühnerstall. Wo immer der sein mag.
Es ging um folgendes: Jener Gott, der im Koran beschrieben wird, und sich grundlegend vom Gott der Liebe im Christentum unterscheidet, ist derselbe Gott, auf den sich im Alten Testament Juden und Christen berufen. Es handelt sich um jenen Weltenherrscher, den Jesus seinen Vater nennt.
Wie konnte man *gleichzeitig* an einen rachsüchtigen, gewalt-

tätigen Gott des Alten und den liebenden, vergebenden Gott des Neuen Testaments glauben?
Das Judentum beschränkte sich schon immer auf das Alte Testament. Die Geschichte des jüdischen Nationalgottes JAHWE, der einen Bund mit seinem Volk schließt, ist vor allem bei der Landnahme des gelobten Landes Kanaan eine blutrünstige Abfolge von Kriegen, Strafen und Racheaktionen – sowohl für das Volk Israel selbst, als auch dessen Gegner.
Im Gegensatz dazu finden wir im Neuen Testament einen Gott von so umfassender Liebe, dass dieser den Bund mit den Menschen völlig neugestaltet. Gott erscheint dort wie die Mutter eines Kindes. Egal ob es etwas „leistet" oder nicht. Es wird geliebt, um seiner selbst willen, und deshalb gerettet.
Es verwundert nicht, dass Mo oder Maria damit überfordert waren. Beide sahen das Leben als einen Wettbewerb, sich Gott zu unterwerfen und alles zu tun, um ihm zu gefallen. Wer dies nicht leistet, wird gnadenlos aussortiert. Eine Haltung, die im Kapitalismus völlig normal, ja systemimmanent ist. Aber im Glauben?
Je mehr ich über dieses Bibel-Paradox nachdachte, umso tiefer wurde die Kluft zwischen meiner Ablehnung des Alten und der Würdigung des Neuen Testaments. All jene, die die Bibel nicht als Märchen einschätzen, sondern ernstnehmen, kommen da ins Schwitzen.
War nun das Alte Testament ein Abschnitt der Geschichte, in dem die Menschen erst reifen mussten? Ist das Neue Testament dessen vollkommene Ablösung? Könnte man die beiden nicht trennen? Fragen über Fragen.
Jetzt war mir der Dauerregen endgültig egal. Denn hier geht es immerhin um Existenzielles.

Wenn Juden und Muslimen Gesetzestreue und Tradition wichtiger sind als Liebe und Vergebung – Bitteschön!
Was ich aber nicht begreife: Wieso hält das Christentum am Zusammenspiel von Altem und Neuem Testament fest? Es passen beide ganz einfach nicht zusammen.
Jetzt ging ich noch schneller als vorher. Gewiss wegen des miesen Wetters, aber auch weil ich so schnell wie möglich mit Paulo darüber sprechen wollte.
In Santo Domingo de la Calzada, dessen Existenz auf den Eremiten Domingo de Viloria zurückgeht, gönnte ich mir den Luxus eines Hotels mit Einzelzimmer. Für die Garantie einer funktionierenden Heizung, war ich gerne bereit den dreifachen Preis zu zahlen, den eine gewöhnliche Herberge kostete. Nur so konnte ich mein völlig durchnässtes Gewand waschen und trocknen.
Bevor ich Paulo kontaktierte, sah ich mir die Stadt an. Domingo de Viloria, der Namenspatron des Ortes, widmete sein ganzes Leben dem Jakobsweg. Er rodete das damals dicht bewaldete Gebiet, erbaute eine Brücke und befestigte die lang gestreckte Straße, die durch das Zentrum führt. Auch Herbergen und ein Hospital wurden aufgrund seiner Initiative geschaffen. Heiliggesprochen soll er wegen seines großen Charismas worden sein. Obwohl mir schon die Füße schmerzten, konnte ich es nicht lassen, auf den Turm der Kathedrale zu steigen und von dort die Aussicht zu genießen. Das Panorama erinnerte mich an einen Skiort. Mit dem Unterschied, statt der Piste den Pilgerweg kilometerweit sehen zu können.
Als ich den Innenraum des Sakralbaus betrachtete, hörte ich plötzlich ein Gegacker von Hühnern.
Konnte das wahr sein? Bildete ich mir dies nur ein, weil mir

wieder in den Sinn kam Paulo anzurufen? Noch bevor ich Zeit zum Überlegen hatte, stand mein Pilgerfreund vor mir. Nun war alles sonnenklar. *Hier* wollte er sich mit mir treffen. Jetzt war es ungewollt sogar noch eine halbe Stunde früher. Und mit dem Hühnerstall meinte Paulo jenen Käfig in der Kathedrale, in welchem ein Paar weißer Hühner gehalten wird. Selbstverständlich hatte er auch schon die Legende dazu ausführlich studiert.

Sie erinnert an einen Pilger, der die Liebe einer Wirtstochter verschmähte. Deshalb beschuldigte die Beleidigte ihn des Diebstahls. Doch das war eine Lüge. So endete der Unglückliche unschuldig am Galgen. Die Eltern des Verurteilten sahen aber ihren getöteten Sohn am Rückweg ihres Pilgerweges hier, in Santo Domingo de la Calzada, auf dem Rücken des Ortsheiligen. Nachdem sie dem Richter, der ihn zu Unrecht verurteilte, davon erzählten, antwortete dieser nur: „Euer Sohn ist doch tot, wie die Brathühner auf meinem Teller!“

Darauf erhoben sich die Brathühner mit Gegacker und lebten wieder. Der Richter erkannte nun, ein falsches Urteil getroffen zu haben, und ging deshalb den Rest seines Lebens mit einem Strick um den Hals. Ein Zeichen der Reue.

„Weißt du Jürgen, der Käfig mit den Hühnern in der Kathedrale steht als Symbol für diese Geschichte. Ich kenne auf der Welt keine Kirche, wo es so etwas gibt“, leuchteten Paulos Augen. Er erkannte aber sofort, dass mich diese Legende gar nicht interessierte. Ungeduldig sprach ich ihn auf das Bibel-Paradoxon an, das mich schon den ganzen Tag beschäftigte. Weshalb, fragte ich ihn, kann man nicht das Alte Testament den Mythen zuordnen, wenn das Neue Testament völlig entgegengesetzte Fundamente hat?

„Na du hast es aber eilig!“, lachte mein italienischer Pilgerfreund.
Ich erwartete von ihm Protest. Das musste doch für einen katholischen Priester ein absolutes „No Go“ sein.
Paulo reagierte aber anders als erwartet und kam zum Punkt: „Dein Einwand ist völlig berechtigt. Die Idee von der Abtrennung des Alten Testaments hatte aber jemand anderer viel früher als du. Sorry!“
Er kam ohne Umschweife auf die Lehren des Theologen *Marcion (85 - 160)* zu sprechen. Paulo berief sich dabei auf Barbara Alands Buch „Was ist Gnosis?“.
Maricon trennt zwischen dem „bösen Gott“ des Alten Testaments und dem „guten Gott der Liebe“ im Neuen Testament. Bei ersterem handelt es sich um einen Demiurgen, also einen Schöpfergott. Er verlangt Unterwerfung und Einhaltung seiner Gesetze. Für Marcion ist der Gott des Neuen Testaments jener, der mit Christus Mensch wird. Er meint aber *nicht* den von den Propheten des Alten Testaments vorausgesagten Messias des Schöpfergottes.
Für Marcion ist der Gott des Neuen Testaments ein göttliches Wesen mit einem Scheinleib. Sein, wenn man so will, Gottvater, ist also nicht der Gott des Alten Testaments, sondern ein unerwarteter neuer Gott, der seinen Sohn aus Liebe opfert und so den Sündern Erlösung und ewiges Leben sichert.
Marcion bezieht sich dabei auf den Apostel Paulus. Letzterer erkennt einen nicht auflösbaren Gegensatz zwischen der Kernbotschaft der mosaischen Gesetze und den Evangelien.
Obwohl ich Probleme damit hatte, dass da plötzlich ein guter Gott - von wo auch immer - auftaucht, der den alten Gott verdrängt.

Unsympathisch war mir dieser Gedanke jedenfalls nicht. Im Gegensatz zu mir hatte Paulo als Katholik große Probleme damit. Es sprach aber für ihn, dass er nicht gleich die übliche „Keule“ auspackte, Marcion sei ein Ketzer, der die Heilige Schrift nicht respektiere.

„Ich denke, dass es so etwas wie eine fortschreitende Offenbarung Gottes in der Geschichte gibt. Zuerst kämpfen die Menschen auf primitive Weise wie die Tiere um ihr Überleben. Durch ihr Leben in Gruppen brauchen sie einen Kodex des Zusammenlebens. Sie machen Erfahrungen mit dem Tod geliebter Menschen, sehen Phänomene in der Natur, die sie nicht erklären können und entwickeln so schrittweise ein Gefühl für Metaphysik. Sie sind nun fähig an Götter zu glauben, die Eigenschaften wie Menschen besitzen. Alles andere wäre zu abstrakt. In diesem Umfeld versucht der, wenn man so will, „wahre“ Gott bei den Menschen anzudocken. Zuerst bei Abraham als Person, seinem Volk und schließlich der Menschheit. In dieser ersten Phase kann sich Gott nur auf dem Entwicklungsstand offenbaren, der gerade vorherrscht. So verstehen Menschen in einer Kriegergesellschaft, in der es Hierarchien gibt, Gott nur durch strenge Gesetze und Rituale. Das erscheint heute etwas eigenartig. Doch versuche dich in diese Zeit zu versetzen“, betonte Paulo.

„Es ist doch der Gott des Alten Testaments, der Willkür statt Ordnung walten lässt. Er vernichtet Städte, aber auch sein auserwähltes Volk. Für mich hat der Gewaltaspekt, der uns heute so befremdend im Alten Testament erscheint, Erziehungscharakter. Stell dir mal vor, Jesus wäre in der Zeit der Jäger und Sammler oder der Alten Hochkulturen in die Welt gekommen? Sie hätten damit gar nichts anfangen können. Selbst in seiner Zeit, der Römischen Antike, verstanden ihn

die meisten nicht. Ich denke, es war notwendig, den Menschen eine Entwicklungsphase zuzugestehen, damit sie sich in Freiheit für ihn entscheiden können oder auch nicht. Du kannst ja auch einem Kleinkind nicht komplizierte philosophische Theorien erzählen. Nein! Es muss erst eine Entwicklung durchmachen, dass es weiß, worum es geht, um sich den Dingen anzunähern. Dann wird es fähig, sich mit den Grundfragen unserer Existenz auseinanderzusetzen und sich den letzten Dingen zu stellen. Oder eben nicht. Wir sind nicht Marionetten Gottes, sondern eigenständige Wesen, die selber entscheiden können, ob wir an ihn glauben", meinte Paulo etwas ergriffen.
Es war, als hätten meine Fragen etwas aus seinem Inneren herausgekitzelt, das nun zur Welt kam. Doch viel Zeit zum Nachdenken gab er mir nicht. Wie in Trance sprach er immer weiter:
„Außerdem müssen wir auf die Gattung der Texte achten. Die Gewaltorgien, die im Alten Testament herrschen, wurden oft als Stilmittel der Übertreibung genutzt. Vergleichen wir es am besten mit einem Bericht über ein Fußballspiel. Wenn es dort heißt, eine Mannschaft wurde vom Platz gefegt, meinen wir das auch nicht wörtlich. Vielmehr will der Erzähler die Überlegenheit unterstreichen.
Ein weiterer Aspekt, weshalb das Alte Testament so wichtig ist, besteht darin, dass dieses Hineinreifen der Menschen nicht planlos, sondern auf Jesus ausgerichtet ist. Ohne die Propheten des Alten Testaments, die Aussagen machten, die aus der damaligen Perspektive nicht verstanden werden konnten, würde die Person Jesu in einem ganz anderen Licht erscheinen. Und wenn ich jetzt auch noch damit anfange, zu erzählen, wie viele Prophetien es im Alten Testament gibt,

wie viele sich bewahrheiteten und wie groß rein statistisch gesehen die Chance ist, dass das alles nur ein Zufall sein kann, dann kommen wir zu einem Thema, über das wir ein andermal reden sollten."

Paulos Argumente klangen plausibel.

Dass er sich eigene Gedanken machte und nicht nur die Dogmen Roms unreflektiert herunterbetete, machte seine Thesen noch glaubwürdiger.

Obwohl ich gerne die Debatte weitergeführt hätte, merkte ich, dass es für heute genug war. Wir verabredeten uns, die morgige Etappe wieder miteinander zu marschieren. Treffpunkt war jedoch nicht der Hühnerstall, sondern die Frühstücksbar in meinem Hotel.

8

DAS ULTIMATIVE ZIEL

Santo Domingo de la Calzada – Belorado – San Juan de Ortega

Guten Morgen! Am nächsten Tag überraschte mich eine vertraute Stimme aus meinem Heimatland. Pepi holte mich gemeinsam mit Paulo von meinem Nobelquartier ab. Die nächsten beiden Nächte würden auf alle Fälle spartanischer werden.

In den einfachen Pilgerherbergen, vor allem in Klöstern, spürt man nämlich den wahren Geist des Camino. Eine der letzten Enklaven der Verweigerung der Moderne und des Profits. Klar, vom Jakobsweg leben tausende Menschen, fast keiner der Einheimischen arbeitet hier nur zum Spaß. Dennoch gibt es in den jeweiligen Regionen gesetzliche Preisbeschränkungen für die Unterkünfte der Pilger.

Ich lernte sogar einen deutschen Hartz IV-Empfänger kennen, der mit dem wenigen Geld hier viel besser auskommt als zu Hause. Er pilgert seit Jahren den Camino Frances mit seinem Hund auf und ab und fand so sein Glück. Zuhause wäre er mangels Jobaussichten nur dem Alkohol verfallen.

Besonders streng bei den Preisbeschränkungen ist die Provinz Castilla y Leon. Kastilien gilt als das „echte“ Spanien und ist besonders stolz darauf. Nach der Überquerung der

Grenze von der autonomen Region La Rijoa nach Kastilien/Leon wird man sofort auf diesen Umstand aufmerksam gemacht.
Störend empfand ich aber die überdimensionalen Säulen mit der Kilometeranzeige bis Santiago. Sie erinnerten mehr an einen Sportevent, als an einen Pilgerweg. Wie ich später feststellen sollte, stimmten diese auch gar nicht, denn wenige Kilometer vor Santiago hören sie ganz einfach auf.
Die Kilometersäulen symbolisierten in gewisser Weise auch die gestrige Diskussion mit Paulo. Er meinte ja, das Alte Testament sei so etwas wie eine fortschreitende Offenbarung. Die Propheten und deren Weissagungen deuten nämlich auf den zentralen Dreh- und Angelpunkt des Neuen Testaments hin: Jesus.
Deshalb, so Paulo, kann man beide Teile der Bibel nicht einfach abtrennen. Sie hängen von einander ab.
„Wer glaubt schon Prophezeiungen? Und wenn sie eintreten, ist das entweder Zufall oder konstruiert", mischte sich Pepi in die Debatte ein.
„Ich kann deinen Zweifel vollkommen vorstehen, Pepi", zeigte Paulo Verständnis.
„Ja, es könnte sein, dass nach Jesu Leben alles so konstruiert worden wäre, dass es mit den Prophezeiungen im Alten Testament zusammenpasst. Wir wissen aber, um ein Beispiel zu nennen, dass das Buch des Propheten Jesaja etwa 700 Jahre *vor* Christus geschrieben wurde. Auch wenn es von dieser Zeit keine Originalschriften mehr gibt, haben wir mit den Schriftrollen von Qumran am Toten Meer archäologische Beweise, die bis 200 Jahre vor Christus zurückreichen. Und bei Jesaja finden sich sehr viele dieser Prophezeiungen. Ich will jetzt keine Vorlesung halten. Aber glaubt mir, da sind

wir auf sicherem Boden. Jetzt kann es natürlich sein, dass das alles nur ein einziger Zufall war. Allerdings gilt es zu berücksichtigen, dass es so viele Aspekte zu unterschiedlichen Zeiten in unterschiedlichen Konstellationen gibt, dass das alles kein Zufall sein kann. Wenn ihr mir nicht glaubt, dann verlasst euch ganz einfach auf eine nüchterne Wahrscheinlichkeitsrechnung", brach Paulo seine Erklärungen von einer auf die andere Sekunde ab.

Er kramte in seinem Rucksack herum und holte einen Zeitungsartikel heraus, den er offensichtlich sammelte.

„Schaut euch das mal an. Werner Gitt, ein deutscher Informatiker, hat nach jahrelangen Forschungen insgesamt 3.268 Prophezeiungen, die sich im Alten Testament finden, analysiert. Dazu hat er in der Zeitschrift Factum einen Aufsatz mit dem Titel ‚Der prophetisch-mathematische Gottesbeweis' verfasst.

Angenommen jede Prophetie treffe nur zu 50 Prozent ein. Demnach würde die Wahrscheinlichkeit, dass 3.268 Prophezeiungen nur zufällig eintreten, bei 1,7 zu 10 hoch
-984 liegen. Nach dem Komma folgen also fast 1.000 Nullen, ehe die Zahl 17 auftaucht. Wenn ihr beiden euch also nicht auf den reinen Glauben verlassen wollt, dass diese 3.268 Fälle nur Zufälle sind, dann stützt euch ausschließlich auf diese unglaublichen Zahlen.

Oder nehmt die statistische Analyse des Mathematikers Peter W. Stoner her. Er spricht in seiner Publikation ‚Science speaks' von 1.093 Prophezeiungen in der Bibel, die auf Jesus verweisen und erfüllt wurden. Das Alte Testament beinhaltet alleine 48 Prophezeiungen, die nur die Kreuzigung Jesu vorhersagen. Stoner meint, dass die Wahrscheinlichkeit, wenn sich nur diese erfüllen, bei eins zu einer Trillion Trilli-

on Trillion Trillion Trillion Trillion Trillion Trillion Trillion Trillion Trillion Trillion Trillion läge. Also, liebe Freunde. Zufall, so gut wie ausgeschlossen“, grinste Paulo.
Pepi und ich wussten, worauf er hinauswollte. Verstanden haben wir es aber nicht.
Wie die Forscher das ausrechneten, war mir aber überhaupt nicht klar. Worauf beziehen sich die 3.268 Prophezeiungen von Werner Gitt und worauf jene 1.093 von Peter W. Stoner? Mathematik und Statistik zählen nicht zu meinen Stärken. Selbst Pepi als erfahrener Buchhalter und Zahlengenie, konnte allem nicht folgen. Und Paulo wollte es vielleicht gar nicht näher untersuchen, wenn das Ergebnis so für ihn doch so „schön“ war.
Doch lassen mir einmal das Zahlengewirr. Zumindest hatte Paulo erreicht, dass auch ich zugestehen musste, dass Altes und Neues Testament unweigerlich zusammengehören müssen. Da war es mir völlig egal, ob die Statistiker sich um die eine oder andere Trillion verrechneten oder nicht.
Dass mich ein Theologe mit Hilfe der Statistik und Mathematik zu überzeugen versuchte, erschien mir etwas merkwürdig.
Eines zeigte dieser Camino aber schon nach etwa einem Drittel der Wegstrecke: Meine ursprünglichen Überzeugungen waren schon jetzt etwas ins Wanken geraten. Verließ ich mich beim Weggehen noch ganz auf die Nahtodforschung und sah in allen Religionen nur einen mythischen Ausdruck vom Unsagbaren, war ich mir da nun nicht mehr so sicher. Sollte dieser Camino nicht nur ein Weg zur Verarbeitung des Todes meiner Freundin Alina sein, sondern auch zu Gott?
Es mussten Argumente sein, die mehr sind, als nur das Plädoyer alles brav zu glauben, nach dem Leitspruch der po-

pulären Show-Physikergruppe Science Busters: „Wer nichts weiß, muss alles glauben."

Auf der anderen Seite können wir nie alles wissen. Die wirklichen Einsichten finden nicht ausschließlich auf rationaler Ebene statt. Nein, die Ratio ist nur Teil der Wirklichkeit.

Paulo hatte es besonders eilig. In Belorado musste er heute einen Besprechungstermin wegen seines Via Francigena-Projekts wahrnehmen. Schließlich ist er „dienstlich" hier.

Dass Belorado außer der mittelalterlichen Festung mit einem schönen Blick über das Umland nicht besonders viel zu bieten hat, war mir nicht unrecht. Noch in voller Wandermontur brachten Pepi und ich das kurze Sightseeing hinter uns.

In unserer Herberge traf ich immer wieder Pilger, denen ich am Weg begegnete, aber außer ein paar belangloser Wortwechsel kaum näher kannte.

Kulinarische Auswahl gab es hier nicht viel. Angeboten wurde die sehr deftige Spezialität der Morcillas, einer Art Blutwurst. Wer das nicht wollte, musste sich mit einem Thunfischsalat zufriedengeben.

Ich lernte diese Einfachheit am Camino immer mehr schätzen. Die Pilger sollten ehrliche Hausmannskost und keine Fertigprodukte erhalten, aber vor allem satt werden. Nachschlag war immer möglich.

Apropos große Portionen. Dafür war im Mittelalter die Stadt Villafranca Montes de Oca bekannt, die wir am nächsten Tag nach etwa drei Stunden Gehzeit durchquerten. Das nahegelegene Montes de Oca-Gebirge, das Pepi, Paulo und ich durchquerten, soll früher einer der gefährlichsten Orte des Caminos gewesen sein. Hier trieben Räuber und Banditen ihr Unwesen.

Heute waren alle Wege durch den gestrigen intensiven Re-

gen schlammig. Es gab wohl kaum einen Pilger, der nicht ausrutschte.
Die Debatte über das Alte und Neue Testament und dessen Ausrichtung auf Jesus als Ziel der Geschichte beschäftigte mich noch immer. Ich konnte nicht loslassen.
Mich erinnerte das alles - wieder einmal - an die Gedanken des Philosophen *Georg Wilhelm Friedrich Hegel (1770 - 1831)*, die er in seinem fast unlesbaren Werk „Phänomenologie des Geistes“ beschreibt.
Was er meint, ist deshalb so schwer zu verstehen, weil er versucht, die gesamte Dynamik des Seins, das aus ständigem Werden und Vergehen besteht, zu erfassen.
Beim Start des Caminos wurde mir die Tiefgründigkeit seines Denkens bewusst, als ich mir die Frage stellte, was überhaupt der Anfang sei.
Zur Wiederholung: Für ihn ist es das Sein, das dem Nichts gegenübersteht. Diese unüberwindlichen Gegensätze stehen nicht starr nebeneinander, sondern sind ein Prozess. Die These (Setzung) „Sein“ und ihre Antithese (Gegensatz) „Nichts“ heben sich auf und werden in der Synthese (Vereinigung) zum „Werden“.
So, wie die Pflanze in verschiedenen Gestalten - Same, Blüte, Frucht - erscheint, trägt sie doch überall den Bestandteil derselben Pflanze in sich. Die verschiedenen Stadien sind nur Momente eines Gesamtprozesses, der für Hegel die „wahre Pflanze“ ist. Die verschiedenen Formen unterscheiden sich nicht nur, sie verdrängen und negieren sich dadurch. Ihre organische Einheit in der Dynamik des Werdens und Vergehens bildet erst als Ganzes die Wahrheit.
Hegel verwendet, wie bereits beschrieben, den dialektischen Dreischritt: These, Antithese, Synthese. Letztere wird zur

neuen These, nur auf einer qualitativ neuen Stufe. Dieser Prozess wiederholt sich ständig. Doch was will er uns mit dieser abstrakten Gehirnakrobatik, die ich lange nicht verstand, eigentlich sagen?

Die Funktionsweise, die ich anhand des Anfangs und der Pflanze vereinfacht beschrieb, wendet Hegel auch auf die Geschichte an. Auch diese besteht für ihn in einem großen dialektischen Dreischritt.

Zunächst gibt es für ihn das, was er den reinen Weltgeist (These) bezeichnet – die pure Logik. Zum Beispiel war 3x3=9 schon immer und zu allen Zeiten so. Unabhängig davon, ob wir es erfassen oder nicht.

Dem gegenüber steht die Natur (Antithese) – pure Materie. Mit dem Auftreten der Menschheit wird die Synthese von Weltgeist und Natur zum Bewusstsein (Synthese). Nicht umsonst heißt es in der Bibel: „Und das Wort ist Fleisch geworden.“

Bei Hegel steht Gott nicht mehr außerhalb der Geschichte, sondern ist selbst Bedingung und Resultat dieser. Sein Weltgeist verwirklicht sich über den Gang der Geschichte. Wir können diesen immer nur punktuell betrachten, also bestenfalls Ausschnitte davon. Trotzdem, so Hegel, geht alles einen bestimmten, zielgerichteten Weg.

Was das Ziel oder Resultat ist, kann immer erst gesagt werden, wenn der Prozess abgeschlossen ist.

Wenn ich nun frage, wer ich, Jürgen, konkret bin, kann das erst getan werden, wenn ich tot bin. Für Hegel ist nämlich immer *das Wahre das Ganze.*

Ich bin nicht der leichtgläubige Ministrant meiner Kindheit, nicht der Atheist meiner Jugend, nicht der gläubige Mensch, der jedoch Probleme hat, sich auf eine bestimmte Religion festzulegen. Nein. Was ich bin, weiß ich erst, wenn mein Leben beendet ist. Die Abschlussrechnung im Restaurant, wenn man so will – ohne Trinkgeld.

Alle diese Stufen meines Daseins sind widersprüchlich. Sie negieren sich, sind aber trotzdem Teil meiner Persönlichkeit. Ich als Person bin nur Teil der Menschen in Wien, als Abschnitt einer zeitlichen Epoche. Solange unsere Menschheitsgeschichte fortschreitet, ist auch ihre Wahrheit in letzter Instanz nicht erkennbar.

Hegel geht davon aus, dass der Weltgeist auf ein Ziel - maximaler Freiheit - hinstrebt. Vereinfacht gesagt entwickelt sich die Menschheit als solches in eine positive Richtung. Allerdings kann es auf diesem Weg auch Rückschritte geben.

„Die Richtung stimmt!", meinte die Vorsitzende Pamela Rendi-Wagner am Wahlabend des schlechtesten Wahlergebnisses in der Geschichte der österreichischen Sozialdemokratie und erntete dafür Hohn und Spott. Doch verhält sich Hegel nicht genauso?

Auch bei ihm stimmt die Richtung. *Trotz* Holocaust und Atombomben. Für Hegel sind es „nur" zeitlich begrenzte Rückschritte zum ultimativen Ziel des Weltgeistes, der durch die List der Vernunft seine eigenen Zwecke durchsetzt.

Am Ende des geschichtlichen Prozesses ergibt dann alles einen Sinn. Und (hoffentlich) ein Happy End.

Die Weltgeschichte als spannender Hollywood-Thriller? Persönlichkeiten der Weltgeschichte - von Cäsar bis Napoleon, von Hitler bis Ghandi - als „Geschäftsführer" des Weltgeistes?

Lange Rede, kurzer Sinn: Wenn Altes und Neues Testament völlig widersprüchliche Gottesbilder vertreten, quasi als These- und Antithese: Was könnte die Synthese daraus sein?

Ja, es braucht Gesetze, Gebote, Rituale, Traditionen und Durchsetzungsgewalt – *einerseits.*
Andererseits sind wir Menschen nicht in der Lage, diese ausnahmslos einhalten. Jeder von uns sündigt. Der eine mehr, der andere weniger. Jesus wurde aber gekreuzigt und ist auferstanden, um alle Menschen zu erlösen. Wenn aber alle Menschen erlöst werden, wieso braucht es dann noch Gesetze, Gebote und Rituale?
Könnte eine Synthese so aussehen, dass die Menschheit aus Einsicht und Vernunft keine Gesetze und Gebote benötigt, sondern durch Liebe zu anderen und damit zu Gott, sich zu einem Wesen „hineinreift“, das weder Gnade noch Vergebung notwendig hat?
Ich weiß, eine vielleicht nie erreichbare Utopie! Da scheint ja noch Marxens kommunistische Zukunftsgesellschaft realistischer.
Aber zumindest als Gedankenexperiment nicht uninteressant. Und vor allem *eine* mögliche Erklärung, weshalb es das Alte Testament als „Vorspiel“ zum Neuen Testament vielleicht doch braucht.
Kann es sein, dass der Weg Gottes zu den Menschen nur auf *diese* Weise die Freiheit sicherstellt, sich entweder *für* oder *gegen* ihn zu entscheiden? Denn sonst wären wir ja nur Marionetten Gottes. Aber wer will das schon sein?
Hegel hat mich immer fasziniert, aber auch abgestoßen. Was bildet er sich eigentlich ein? Spielt er nicht selbst den lieben Gott? Wie kann ein Mensch glauben, den Gesamtzusammenhang unseres Daseins erklären zu können? Eine überhebliche Anmaßung? Oder doch ein Geniestreich?
Ist da nicht der Zugang von *Sören Kierkegaard (1813 - 1855)* realistischer?

Er glaubt nämlich, dass man Gegensätze nicht, wie Hegel meint, auflösen kann, sondern *aushalten* muss.
Beim dänischen Philosophen gibt es zwar auch Widersprüche, die aber so stehenbleiben müssen. Es gehört zum Leben, diese zu akzeptieren und sich für eine der beiden Seiten zu entscheiden.
Entscheide ich mich, wie Mo und Maria, für den Gott des Alten Testaments, der Unterwerfung verlangt? Oder stehe ich zum Gott des Neuen Testaments, für den Paulo brennt? Den Gott der Liebe, der seine eigenen Grundlagen über den Haufen wirft, aber trotzdem derselbe Gottvater des Alten Testaments bleibt. Beide Möglichkeiten haben ihren Preis.
So müssen Maria und Mo es aushalten, selbst zum Opfer ihrer Ansprüche zu werden. Paulo hat zu akzeptieren, dass möglicherweise Menschen erlöst werden, die es gar nicht verdienen. Wie umgehen mit Verbrechern wie Hitler, wenn er im letzten Moment um Gnade fleht und diese auch bekommt? Andererseits: So wie ich Paulo kenne, wird er damit kein großes Problem haben.
Gibt es nun eine List der Vernunft, einen genialen Plan Gottes, den wir erst verstehen, wenn er abgeschlossen ist? Oder ist es die Nichtauflösbarkeit der Gegensätze, die uns prägt und uns so die Freiheit zu entscheiden erst ermöglicht?
Ich weiß es nicht! Aber vielleicht liefert mir der Camino noch Antworten?
Wie mich der Jakobsweg prägte, kann auch ich erst am Ende sagen, vorausgesetzt das Wahre ist das Ganze.
„Verdammt!“ Ein durch meine Unachtsamkeit verursachter Sturz katapultierte mich von einem Moment zum anderen wieder ins Hier und Jetzt. Das Brennen meiner Handflächen ließ mich wieder in der Welt des Banalen ankommen. Doch

Gott sei Dank ist außer ein paar Abschürfungen nicht viel passiert.
Jetzt erst wurde mir bewusst, dass ich schon lange ganz alleine ging. Waren die anderen vor oder hinter mir?
Als mich in San Juan de Ortega, dem Etappenziel, Pepi mit einem frisch gezapften Bier empfing, wusste ich die Antwort.
„Was ist los? Wir haben dich angesprochen, doch du warst so in Gedanken versunken und hast nicht reagiert. Deshalb sind wir weitergegangen!", rechtfertigte sich Pepi.
Ich signalisierte ihm, er müsse kein schlechtes Gewissen haben. Im Gegenteil.
„Mir sind ein paar Dinge klargeworden. Da nehme ich gerne in Kauf, von den letzten Kilometern nichts mitbekommen zu haben", scherzte ich.
San Juan de Ortega ist ein ganz spezieller Ort. Er besteht lediglich aus einem Klosterkomplex und ein paar Häusern. Davon sind die meisten verfallen. Eine „Kathedrale in der Wüste" sozusagen. Refugio und Wirtshaus bilden einen Teil davon.
Der heilige Juan de Ortega zog nach einer Wallfahrt nach Jerusalem an diesen Ort. Aus Dank für die wundersame Rettung während eines Sturms errichtete er dem heiligen Nikolaus von Bari, dem Schutzpatron der Seeleute, eine Kapelle. Also jenem Nikolaus, der der Tradition nach jährlich am 6. Dezember zu den Kindern kommt. Hoffentlich ohne Krampus.
Um die Kapelle entstand später eine Klostergemeinde. Noch bevor ich in der Herberge eincheckte, besichtigte ich mit Pepi die Klosterkirche mit dem Grabmal von Juan.
Früher machten Frauen, deren Kinderwünsche nicht erfüllt wurden, hierher eine Wallfahrt. Eine davon war angeblich

Isabell von Kastilien, Gattin von Fernando von Aragon, bekannt als Katholische Könige. Sie gelten als Gründer der spanischen Nation. Isabell brachte nach ihrem Besuch des Ortes drei Kinder zur Welt und sicherte so den Fortbestand der Dynastie.
„Dieses Nest ist ja bedeutender als es scheint", lachte Pepi, der sich nun immer mehr für Kultur und Geschichte zu interessieren schien.
Als ich die Pilgerherberge betrat, traute ich meinen Augen nicht. Es war, als hätte ich den Stall meiner Großmutter betreten, in welchem sie Holzvorräte lagerte. Die Schlafräume des Klosters erschienen mir als Musterbeispiel eines Refugios. Hier wurden alle Vorurteile bestätigt: kalt, feucht und renovierungsbedürftig. Überall typischer Klosterduft. Eine Mischung aus Weihrauch und Kerzen.
Bei einem Film über den Camino sollte diese Herberge auf alle Fälle dabei sein. Dazu herrschte hier aufgrund des Platzmangels ständig Chaos.
Ich flüchtete nach einer eiskalten Dusche - Warmwasser gab es nicht - in das danebenliegende Wirtshaus. Hier konnten nie im Leben alle Pilger Platz finden. Deshalb entschlossen sich Pepi und ich so früh wie möglich dort zu sein. Sicher ist sicher! Einen Plan B gibt es nämlich in dieser Einöde nicht.
Als Pepi schon mal einen Likör namens „cuarenta y tres" kredenzte, der zu unserem neuen Kultgetränk werden sollte, wusste ich sofort, dass das wieder eine Nacht mit erhöhtem Promillepegel wird. Der Alkoholkonsum lag hier deutlich über dem Verbrauch zu Hause. Allerdings sahen wir ihn am Camino als „Medizin", um uns durch einen tiefen Schlaf optimal von den Anstrengungen erholen zu können.
In meiner psychischen Situation brachte der Alkohol aber

manchmal negative Begleiterscheinungen mit sich. Wurde etwa das Gespräch auf den Tod von Alina gelenkt, konnte dies schnell in einer depressiven Phase mit Weinanfällen enden. Heute war das aber nicht der Fall.

Zu später Stunde gesellte sich auch Paulo zu uns. Ich erzählte ihm von meinen heutigen Überlegungen zum Alten und Neuen Testament, von Hegel und von Kierkegaard.

Noch mehr interessierte mich jedoch, weshalb er in Pamplona, fast in einem Nebensatz meinte, ich sei auf dem besten Wege zu Jesus. Und das, obwohl ich kein Kirchengänger bin, und einiges an der Katholischen Kirche zu kritisieren habe.

Statt einer Antwort gähnte er nur, blickte auf die Uhr und meinte knapp: „Ich glaube das verschieben wir auf morgen."

Ich erschrak, denn es war exakt 21:59 Uhr. Eine Minute bevor das Refugio zusperrte. Gerade in kirchlichen Herbergen wurde ein Zuspätkommen nicht geduldet. Die Geistlichen mögen zwar um die Gnade Gottes beten, doch für Zuspätkommer gibt es keine. Ordnung muss sein. Es kann doch nicht jeder machen, was er will!

9

GLEICHES HEIL FÜR ALLE?

San Juan de Ortega – Burgos

Los geht's! Auch psychologisch ist der Camino eine echte Herausforderung. 800 Kilometer zu Fuß wären für mich noch vor einigen Wochen undenkbar gewesen. Diese unglaubliche Wegstrecke erscheint für unerfahrene Wanderer surreal. Selbst wenn man sie mit dem Auto fährt, ist das noch eine Tortur.

Im Leben stehen wir immer wieder vor langen Wegstrecken. Etwa in der Schule oder im Beruf. Sehr gut kann ich mich noch erinnern, als wir beim Bundesheer in der ersten Hälfte des Präsenzdienstes die Wochen zählten, die wir bereits absolvierten. Die zweite Hälfte beobachteten wir dann, wieviel wir noch vor uns hatten.

Zwischenziele sind ein wichtiges Instrument zur Bewältigung einer langen Strecke. Auch den Camino geht man Etappe für Etappe, Ort für Ort. Nur wer sich kleine Ziele setzt, bewältigt das große Vorhaben.

Heute galt es die Stadt Burgos zu erreichen. Aufgrund der zahlreichen Sehenswürdigkeiten, vor allem der prachtvollen Kathedrale, plante ich bereits zu Beginn hier einen Pausentag ein. Symbolisch steht die Stadt für das erste Drittel *meines*

Jakobsweges. Unser gesamtes Leben basiert auf einer langen Wegstrecke mit Zwischenetappen. Der Unterschied: Wir wissen, *dass* das Ende kommt, aber nicht *wann.*

Hier am Camino kennen wir das Ziel: Santiago. Aber wir sind nicht sicher, ob wir dort jemals ankommen werden. Zu Fuß natürlich.

Diese Dimensionen wirkten lächerlich, als ich mit Pepi und Paulo in Atapuerca ankam. Der Ort zählt zu den wichtigsten archäologischen Ausgrabungsstätten der Welt. Die ältesten Knochenreste die man hier fand sind 1,2 Millionen Jahre alt. Damit gilt der „Homo antecessor" als ältester in Europa nachgewiesener Menschentyp. Er existierte schon vor Homo sapiens und Neandertaler. Leider liegen Fundorte und Höhlenmalereien der Sierra Atapuerca zwölf Kilometer vom Camino Frances entfernt. Mit dem Rückweg wären es insgesamt 24 Zusatzkilometer gewesen. An eine Besichtigung war deshalb nicht zu denken. Schließlich hatten wir - anders als in Logrono - keinen Chauffeur, der uns mit dem Auto hin- und zurückbrachte.

Nicht zu vergessen: die archäologischen Stätten liegen auf militärischem Sperrgebiet. Wir mussten uns deshalb mit einer Informationstafel im Ort begnügen.

Pepi ließ sich vom Zahlenspiel beeindrucken. Als Buchhalter war das schließlich sein Job.

Er starrte die Tafel lange an und meinte: „Wahnsinn! 1,2 Millionen Jahre sind nicht einmal ein Wimpernschlag verglichen mit der Entstehung der Welt. Ich erinnere mich noch an ein Schulprojekt. Unsere Klasse bastelte eine 46 Meter lange Stoffleiste. Die 46 Meter entsprachen 4,6 Milliarden Jahren. Zu dieser Zeit begann die Entstehung des Sonnensystems. Etwa nach 6 Metern entstanden Vulkane und Ozeane, nach 8 bis 16 Metern primitives Leben. Nach 41 Metern entwickelten sich Tier- und Pflanzenarten. Erst 10 bis 3 Zentimeter vor dem Ende der Stoffleiste traten die ersten Vor- und Frühmenschen auf."

Dann schwieg Pepi einige Sekunden. Wir spürten, dass Zahlen ihn mehr bewegten, als Paulo und mich. In seiner jahrzehntelangen Tätigkeit als Bilanzbuchhalter einer großen Baufirma entwickelte er ein Sensorium dafür, dass Zahlen nicht nur kalte Fakten sind, sondern eine Geschichte erzählen. Ich hatte fast den Eindruck, für Pepi waren sie spannender als jeder Krimi. Der sonst so zurückhaltende Zuhörer wurde nun zum Dozenten in einem Fach, das er beherrschte.

„Die Funde hier hätten wir nur einen einzigen Zentimeter vor dem Ende der 46 Meter langen Stoffleiste eintragen müssen. Egal ob wir vom Alten Testament oder der Zeit Jesu reden. Ein Eintrag ist unmöglich, weil jeder Stift zu dick wäre", erklärte Pepi.

Es war beeindruckend, was er aus einer simplen Infotafel, an der die meisten Pilger uninteressiert vorbeigingen, alles herauslesen konnte.

„Jesus ist zeitlich gar nicht so weit von uns entfernt wie wir denken", bemerkte Paulo, als ob er die Debatte für heute eröffnen wollte.

„Wieso kommst du immer wieder auf Jesus zu sprechen? Warum bist du dir so sicher, dass *er* der wahre Gott ist? Haben nicht *alle* Religionen Heilscharakter? Außer dem Buddhismus vielleicht? Paulo, bitte mache jetzt keine Werbeveranstaltung für die Katholische Kirche. Ich will grundsätzlich diskutieren", fuhr ich meinem Pilgerfreund ins Wort.

„Dann beschreibe mir mal wie *du* das siehst", schlug Paulo vor.

Das hatte ich nun davon! Jetzt musste ich ein paar Sekunden tief Luft holen.
Ich schilderte Paulo, wie es mir zwar gelungen war, meinen Atheismus zu überwinden und an die Kraft einer allumfassenden Liebe zu glauben. Immerhin ein Fortschritt.
Über meine Beschäftigung mit der Nahtodforschung glaubte ich auch an ein Leben nach dem Tod und die Sinnhaftigkeit unseres irdischen Daseins. Ein großes Problem hatte ich jedoch schon immer, mich auf eine *bestimmte* Religion festzulegen.
Gesetzt dem Fall, nur eine Glaubensrichtung hätte recht. Was wäre dann mit den anderen?
Im christlich geprägten Europa ist es einfach, das Christentum kennenzulernen. Aber was ist mit den Ureinwohnern im Regenwald, die noch nie von Jesus hörten? Sind sie deshalb verdammt? Vor etwa 500 Jahren war das Problem noch einfach zu lösen: Sie mussten nur missioniert werden! Aber heute?
Gerade die drei großen monotheistischen Religionen - Judentum, Christentum und Islam - vertreten einen allumfassenden Wahrheitsanspruch.
Der Ägyptologe und Religionswissenschaftler *Jan Assmann (geb. 1938)* geht in seinem Buch „Religion und Intoleranz" sogar so weit, den monotheistischen Eingottglauben grundsätzlich als intolerant einzustufen. Denn dieser basiert auf einem absoluten Wahrheitsanspruch.
An Paulo gerichtet stellte ich klar: „Damit habe ich ein großes Problem! Du etwa nicht?"
Wie erwartet verteidigte sich Paulo sofort mit der im Zweiten Vatikanischen Konzil formulierten Konstitution „Lumen gentum".

Dort heißt es dem Sinn nach: Auch Menschen, die das Evangelium Christi nicht kennen, aber nach Gott aus ehrlichem Herzen suchen, können ewiges Heil erlangen. Mehr noch. Durch die allumfassende Liebe werden auch Atheisten und Anhänger nichtchristlicher Religionen gerettet, wenn sie ihrem Gewissen gemäß leben.
Die Antwort befriedigte mich aber nicht. Das würde bedeuten, dass weiterhin das Christentum die Wahrheit verkörpert. Aber deswegen müssen nicht alle anderen untergehen. Obwohl ich kein Bibelexeget bin, weiß ich, dass das mit dem Inhalt der Evangelien nicht so einfach in Einklang zu bringen ist. Jesus betont sehr wohl, dass jene, die an ihn glauben, Heil finden.
Doch hier beginnt die Verwirrung. Heißt das in der Fußballersprache, dass diese Menschen schon mal in die höhere Liga aufsteigen? Müssen andere erst die Qualifikation für den Aufstieg spielen? Kann man auch absteigen? Können diese Absteiger wieder aufsteigen?
Es gibt aber noch einen zweiten Aspekt. Ist es möglich, dass *alle* Religionen nur unterschiedliche Wahrnehmungen darstellen, die um die *eine* göttliche Wirklichkeit kreisen? Religion spiegelt diese göttliche Wirklichkeit nur kulturell und in bestimmten historischen Zeiträumen. Denn ein und derselbe göttliche Kern kann unterschiedlich aufgefasst werden. Die göttliche Wirklichkeit als Erfahrungsgegenstand und die vielfältigen religiösen Erfahrungen als subjektiver Erfahrungseindruck können verschieden und doch auf ihre eigene Art wahr sein.
Der Theologe und Religionsphilosoph *John Hick (1922 - 2012)* vertritt in seinem Werk „Die kopernikanische Revolution in der Theologie“ die Ansicht, dass die göttliche Wahr-

nehmung tatsächlich erfahrbar ist. Allerdings nehmen wir diese nicht so wahr, wie Gott tatsächlich ist, sondern nur in ihrer Relation zu uns. Gott *„an sich"* bleibt uns aber verborgen. Oder er ist zu groß, um ihn vollständig zu begreifen. Sehr wohl können wir Ausschnitte davon erfahren und zwar schon hier und jetzt.

Ähnliche Ansichten hat der Philosoph *Immanuel Kant (1724 - 1804)* in seiner Erkenntnistheorie. In seinem berühmten Werk „Kritik der reinen Vernunft" geht er davon aus, dass wir die Dinge nicht in ihrer reinen Form wahrnehmen, sondern wie durch einen Filter. Anschauungsformen dafür sind Raum und Zeit. Das eigentliche Ding dahinter bleibt uns verborgen.

Wenn wir also von Gott reden, muss uns bewusst sein, dass wir von etwas sprechen, das mit der menschlichen Sprache nicht mehr ausgedrückt werden kann. Das deckt sich mit Aussagen von Menschen mit Nahtoderfahrungen oder mystischen Erlebnissen.

„Jürgen, ich gehe mit dir konform und weiß was du meinst", antwortete Paulo. „Dennoch denke ich, dass die Person Jesus einzigartig ist. Ich glaube, dass all das, was du beschreibst trotzdem *er* ist. Er zeigt sich aber unterschiedlich und wir erkennen ihn oft nicht. So wie in Emmaus, als er mit den Aposteln ging."

Den Unterschied zwischen Paulo und mir verstand ich folgendermaßen: Für ihn ist Jesus *da*s Wort Gottes. Für mich hingegen *ein* Wort Gottes.

Paulo konnte meinen Relativismus nicht teilen und stellte klar: „Tut mir leid mein Freund. Es kann, wenn sich zwei Menschen in einer Sache widersprechen, nur *einer* recht haben. Denn sonst hört sich das mit der Wahrheit auf. Für mich

ist Jesus *die* Wahrheit. Ein bisschen Wahrheit gibt es nicht!" Aus seiner Sicht gibt es in allen Religionen Ähnlichkeiten und Überschneidungen. Dass man Erlösung nicht erarbeiten oder verdienen kann, sondern nur durch das Opfer der Kreuzigung „geschenkt" bekommt, war für Paulo von einer derartigen Radikalität und Einzigartigkeit, dass sich so das Christentum von allen anderen Religionen abhebt.
„Wisst ihr. Das Einzige, das wir tun müssen, ist das Angebot der Vergebung anzunehmen. Sorry, da kann ich nicht mehr sagen, alle anderen haben auch irgendwie recht. Nein, so etwas gibt es nur im Christentum. Punkt!"
Zum ersten Mal wurde der sonst so offene Priester autoritär. Oder war er nur konsequent?
Macht sich nicht heute, nachdem der Katholischen Kirche massenhaft die Menschen weglaufen, in Europa eine „Wohlfühlreligion" breit, wo sich alle irgendwie wiederfinden können?
Paulo kritisierte, dass meine Thesen dazu führen, selbst den lieben Gott zu spielen, weil ich meine persönliche Anschauung als neue Wahrheit setze. Die Wahrheit kann aber nur von Gott selbst kommen.
„Wo findet sich diese Wahrheit? Nicht in deiner eigenen Phantasie lieber Jürgen, sondern in der Heiligen Schrift. Auch sie ist manchmal widersprüchlich und schwer verständlich. Aber immer noch jene Grundlage, über die wir uns streiten müssen", untermauerte Paulo seinen Standpunkt.
Irgendwie beneidete ich meinen römischen Pilgerfreund für seine Standhaftigkeit. Er war der Letzte, den ich verdächtigte, reiner Dogmatiker zu sein. Ich kenne keinen anderen Geistlichen, der seine eigene Lehre mehr hinterfragt. Aber

irgendwo gab es für ihn einen Bereich, der nicht mehr relativiert werden konnte.
Die intellektuelle Auseinandersetzung mit Paulo über solch grundlegende Fragen war ein echtes Vergnügen. Zudem wurde ich das Gefühl nicht los, dass irgendetwas dran war an seiner Argumentation.
Nach dem Aufstieg zur Hochebene Matagrande blieb ich so in die Sache vertieft, dass ich ganz vergaß, dort ein Foto zu machen. Denn Burgos lag uns bereits zu Füßen.
Weil wir aber eine falsche Abzweigung nahmen, waren wir gezwungen, eine hässliche Wegvariante durch seelenlose Industriegebiete zu gehen. Pepi und Paulo überlegten schon den Bus für die letzten paar Kilometer ins Stadtzentrum zu nehmen.
Ich verweigerte dies mit dem Hinweis, dass wir hier pilgern. Da wird jeder Meter marschiert. Daraufhin gingen beide mit mir weiter.
Im Stadtzentrum angekommen, gönnten wir uns den Luxus eines Hotels mit Einzelzimmer und Wellnessbereich, um dort zwei Nächte zu verbringen. Von meinem Quartier hatte ich freien Blick auf die Kathedrale Santa Maria, ein gotisches Meisterwerk, für dessen Besichtigung ich mir am nächsten Tag mehrere Stunden Zeit nahm.
Mir fiel sofort auf, dass die Kathedrale vollständig restauriert war und kein einziges Gerüst aufgestellt werden musste. Ein seltenes Erlebnis, denn Sandstein reagiert sensibel auf Umwelteinflüsse.
Das Innere der Kathedrale ist eine Welt für sich. Eine Unzahl von Kapellen und Räumen machte es nicht ganz leicht, den Gesamtplan zu erkennen. Unter dem mächtigen Kuppelgewölbe am Grab des spanischen Nationalhelden Ro-

drigo Diaz de Vivar, genannt *El Cid*, sah ich plötzlich Mo wieder. Von allen Zufallsvarianten, ihn zu treffen, war diese Stelle, jene mit den größten Chancen. Immerhin ging es hier wieder um den Kampf Christentum gegen Islam.
El Cid gilt bis heute als Ideal jenes Ritters, der die Tugenden Ehre und Stolz verkörpert. In Spanien wurde er als Kämpfer gegen die muslimischen Mauren berühmt. Doch das ist nur die halbe Wahrheit, denn er kämpfte auch *für* sie.
Aber davon wollte Mo nichts wissen. Statt einer differenzierten Betrachtung wetterte er wieder gegen die „bösen" Christen, die, wie heute im Nahen Osten, die Welt unterjochen.
Ich ließ mich auf keine weitere Debatte mehr ein, da er nicht bereit war, sich mit Fakten auseinanderzusetzen. Er suchte nur nach Nahrung für sein ohnehin feststehendes Weltbild. Deshalb wollte ich ihm dabei auch behilflich sein.
Ich wusste, dass sich im Dommuseum ein herrlicher Altar mit dem heiligen Jakobus befindet. Er zeigt in unvergleichlicher Dynamik jenen Moment, an dem er einen Muslim tötet. Die Figurengruppe ist so etwas wie die „Mona Lisa" der Santiago Matamoros-Motive. Sie wird in zahlreichen Büchern über den Camino immer wieder angeführt.
„Bist du nun zufrieden?", fragte ich Mo polemisch.
„Ja, danke", lachte er.
Ich hatte den Eindruck, dass damit das Eis zwischen uns gebrochen war und nutzte die Gelegenheit, ihn zu einer Sightseeingtour durch die Stadt einzuladen. Als Krönung dieses wunderbaren Tages gingen wir auch gemeinsam zum Abendessen.
Jetzt taute er endgültig auf. Nach der Beichte seiner Lebensgeschichte merkte ich, dass er aus Frust über sein eigenes Leben dazu neigte, Sündenbocke zu suchen. Seine Rolle als

konservativer Muslim war so etwas wie ein Schutzschild und Protest gegen die westliche Gesellschaft. Ähnlich wie früher Punks gegen die bürgerliche Gesellschaft rebellierten.
Mo ist ein Paradebeispiel, dass Integrationsprobleme nicht ausschließlich durch Androhung und Sanktionen, sondern auch durch Einfühlvermögen und Dialog gelöst werden können.
Er erzählte mir, dass er in seiner muslimischen Community in Genf jene Geborgenheit findet, die ihm die westliche Gesellschaft angeblich verweigert. Der politische Islam eignet sich dafür bestens als ideologisches Fundament.
„Ich habe oft den Eindruck, ich kann es niemanden rechtmachen, weil ich anders aussehe und meine Frau Kopftuch trägt", meinte Mo resignierend.
Ich erzählte ihm von meiner spannenden Diskussion mit Paulo und dass wir auch nicht überall einig sind. Trotzdem sehen wir Gegenargumente des anderen nicht als grundsätzlichen Angriff, sondern als Bereicherung.
Doch Paulo und ich kommen beide aus dem gleichen Kulturkreis. Vielleicht ist es deshalb auch einfacher?
Im muslimischen Bereich wird noch immer sehr leicht Tradition und Glaube vermischt. Eine weitere Bruchlinie besteht darin, dass der Islam - anders als das Christen- und Judentum - keine Aufklärung durchgemacht hat.
Eine strikte Trennung zwischen Kirche und Staat, Glauben und Wissenschaft, sowie die Anwendung der so genannten historisch-kritischen Methode der Auslegung heiliger Texte, sind in muslimischen Gesellschaften meist unmöglich.
Mo staunte, dass sich Paulo und ich in der Debatte vom Vortag darüber einig waren, dass das Seelenheil für *alle* grundsätzlich möglich sei. Oder besser: sein sollte.

Deshalb fragte ich Mo: „Würdest du dir das nicht auch wünschen? Hat nicht jeder Mensch auf *seine* Art und Weise Zugang zu Gott?"

Als ich sah, dass er darauf nicht antworten konnte oder wollte, ließ ich es dabei. Ich glaubte ihn nämlich damit zu überfordern.

Die anschließende Nutzung des Wellnessbereiches meines Hotels schenkte mir jene Energie, die ich für die nächsten anstrengenden Tage brauchen konnte. Zudem hatte ich einen gesegneten Schlaf, wie kaum zuvor. Eine Großstadt wie Burgos hat schon ihre Vorzüge.

10

HABT (KEINE) ANGST

Burgos – Hontanas – Boadilla del Camino

Der Luxus eines Einzelzimmers spiegelt zwar nicht das typische Pilgerfeeling, ist aber in fünf Wochen von Zeit zu Zeit notwendig. Dennoch freute ich mich jetzt wieder auf bescheidene Massenquartiere und die Möglichkeit neue Leute kennenzulernen. Ist nicht *gerade* die Abwechslung die Würze des Lebens?

Unser irdisches Dasein kennzeichnet ständiges Werden und Vergehen, das gleichzeitig in einem Spannungsverhältnis zur Sehnsucht nach Stabilität und Kontinuität steht. Sicherheit und Geborgenheit können aber nach einiger Zeit öde werden. Wandel ist aufregend, abwechslungsreich, aber auch anstrengend. Veränderung muss man ebenso aushalten können, wie Stillstand.

Veränderung erzeugt aber auch Angst. Wir wissen nicht, wohin die Reise geht. Die einen sehen Angst als Antrieb. Für andere hingegen wirkt sie hemmend.

Besonders interessierte ich mich für Mo's Angst, die er gestern nur zögerlich preisgab. Angst schafft eine Mischung aus Abwehrreaktion, Unterwürfigkeit, Rebellion und Hass. Eigenschaften, die er nie verbergen konnte.

Die etwa 32 Kilometer von Burgos nach Hontanas boten eine gute Gelegenheit über Mo's Ängste zu sprechen. Schließlich waren wir beide unter uns.
Die kommenden Etappen bis Leon gelten als die unattraktivsten des Camino Frances. Der Weg führt durch die Meseta. Dabei handelt es sich um eine spanische Hochebene, etwa 650 bis 800 Meter über dem Meeresspiegel. Die Landschaft ist sanft hügelig aber auch flach und karg. Sie diente Jahrhunderte lang als Weideland. Im Sommer und Herbst sieht es hier aus wie in der Wüste. Doch schon jetzt im Mai konnte von einer üppigen Vegetation keine Rede sein.
„Hast du Angst vor Gott?", fragte ich Mo ganz direkt.
Er konterte mit einer Gegenfrage: „Ist das nicht die Aufgabe Gottes?"
Mo kannte durch seine kulturelle Prägung keinen anderen, als einen gerechten aber strengen Himmelvater, dem man sich unterwirft. Er begreift nicht, weshalb sich Gottes Sohn ans Kreuz nageln lässt und den qualvollsten und niederträchtigsten Tod stirbt.
„Das ist doch Gott nicht würdig", schüttelte er ungläubig den Kopf.
Mo war überzeugt, dass Gott zwar die Menschen liebt, aber nur wenn sie gehorchen, sich seinen Gesetzen unterwerfen und die Traditionen pflegen: „Was ist schon das kurze irdische Leben gegen den Lohn, der in der Ewigkeit wartet?"
In diesem Moment wurde mir klar, welch verheerende Auswirkung Religion haben kann. Religionen sind wie ein Messer: Man kann damit Leute töten oder Brot schneiden.
Der Glaube muss meiner Ansicht nach Orientierung bieten, aber eindeutig lebensbejahend sein. Religion soll Angst *nehmen* und *nicht* Angst *machen.*

Der Theologe und Psychoanalytiker *Eugen Drewermann (geb. 1940)* meint in diesem Zusammenhang, dass wir die Religion nicht brauchen, wo es um einen allmächtigen oder weisen Planer geht. Seiner Ansicht nach widerlegen die modernen Naturwissenschaften die Vorstellung von einem allmächtigen und gütigen Gott, wenn wir uns ansehen, wie die Welt beschaffen ist: brutal, ungerecht und voller Fehler.
Seiner Meinung nach ist dieses abstrakte Denken entfremdend und blendet den wahren Grund der Frage nach Gott aus: die Suche nach einem absoluten Halt, inmitten einer Welt, wo es diesen nicht gibt.
Er folgert daraus: Wir brauchen Gott nicht, um die Absurdität des Lebens und die Welt, wie sie nun mal ist, zu erklären. Nein, nur um ihr zu widersprechen, brauchen wir Religion. Dadurch, so Drewermann, wäre Glaube *ohne* Angst möglich. Die dargelegten Zusammenhänge fasste der Theologe *Matthias Baier (1976)* in seinem Buch „Gott ohne Angst“ aus dem umfangreichen Gesamtwerk Drewermanns sehr gut zusammen.
Immer wieder unterstreicht letzterer die therapeutische Beziehung zu Gott als spezifisch christliches Moment.
Er prangert an, dass die Katholische Kirche diesen zentralen Punkt zu wenig aufgreift. Dem scharfen Kritiker Drewermann wurde unter anderem dafür die katholische Lehr- und Predigtbefugnis entzogen. Später folgte sogar seine Suspension als Priester.
Das ist Amtskirche zum Abgewöhnen! Ein Förderprogramm für Massenaustritte. Dabei hätte die Lehre Jesu gerade heute so viel zu bieten.
Ich kann mich gut mit Drewermanns Thesen identifizieren. Mo hingegen schüttelte nur den Kopf und verstand nicht,

dass Religion Halt in einer Welt des Chaos geben soll. Für ihn blieb Gott der ferne Richter, dem man gefälligst gehorcht und sich unterwirft. Wer das befolgt, kommt in den Himmel. Egal, ob mit oder ohne Jungfrauen. Sicher ist sicher!
Was ist denn schon das Einhalten von ein paar Gesetzen und Traditionen, für den Lohn, der einem nach dem Tod erwartet?
Mo ging unbeirrt davon aus, dass ich, wie alle anderen Nicht-Muslime, in der Hölle schmoren werde, wenn ich nicht zum Islam konvertiere. Doch, so meinte er, könne ich das jederzeit ändern.
„Willst du mit mir sachlich diskutieren oder mich nur zum Muslim bekehren?“, fuhr ich ihn an. Wir kamen einfach auf keinen grünen Zweig.
Ich erkannte immer stärker, dass Mo keineswegs als Parademuslim bezeichnet werden kann. Denn auch der Islam ist vielfältig. Viele seiner Ansichten wirken sicherlich auch auf andere Muslime befremdend. Es ist eben wie überall: Pauschalurteile sind immer problematisch.
Als ich Mo bei unserer Ankunft in Hontanas fragte, ob er mit mir in die gotische Kirche San Roman mitgehen und für Alina eine Kerze anzünden wollte, winkte er ab: „Lieber nicht. Ich weiß nicht, ob Allah das gefällt.“
Er zog sich stattdessen mit seinem kleinen Gebetsteppich zurück. Mir fiel auf, dass er *so* gläubig auch nicht sein konnte, wie er immer vorgab. Von den fünf Pflichtgebeten im Islam hat er jeden Tag mindestens drei ausgelassen. Vielleicht ist *sein* Allah doch nicht so streng? Zumindest schien Mo darauf zu hoffen. Doch zugeben würde er dies nie.
Am nächsten Tag brach ich ganz alleine schon früh auf, um nach eineinhalb Stunden bei der Ruine San Anton stehen-

zubleiben. Gegründet wurde das ehemalige Kloster im 12. Jahrhundert als Pilgerhospital des Sankt Antonius-Ordens. Die Legende spricht davon, dass viele Pilger vom Antoniusfeuer geheilt wurden.

In diesem Moment kam plötzlich eine existenzielle Angst über mich. Jene Angst, die ich gestern noch bei Mo kritisierte.

Was ist, wenn Mo doch recht hat? Was würde dies für Alina bedeuten? Schließlich hatte sie mich belogen und andere auch! Was, wenn es diesen gerechten aber strafenden Allah wirklich gibt und nicht den liebenden Jesus, der alle Schuld auf sich nimmt?

Ist es dann nicht sogar besser, wenn nach dem Tod gar nichts mehr ist? Dann müsste ich mir zwar um Alina keine Sorgen machen, würde sie aber nie wiedersehen.

In dem Moment verstand ich erst *wirklich* die Worte Eugen Drewermanns, die ich bisher zwar intellektuell verarbeitete, aber nicht existenziell. Ich betete und hoffte, dass *alle* Menschen sämtlicher Religionen plus Atheisten und Agnostiker gerettet würden, auch die Allerschlimmsten! Zumindest wenn sie ihre Verfehlungen ernsthaft bereuen.

Jetzt hoffte ich, dass es Gerechtigkeit im irdischen Sinne *nicht* geben würde. Nur Gnade und Barmherzigkeit.

Nun flossen bei mir die Tränen. Mir wurde heiß und kalt zugleich. Es wühlte mich alles derart emotional auf, dass mich ein Schwindelgefühl überkam und ich mich sogar auf die Klostermauer stützen musste.

„Was ist los mit dir? Hast du gestern zu viel getrunken?“

Es war Paulo. Spontan umarmte ich ihn und zitterte dabei. Als wir weitergingen, erzählte ich ihm, was mir widerfuhr.

„Solche Momente sind ganz normal. Auch mir geht es hin

und wieder so“, beruhigte Paulo. Zusammen wanderten wir weiter nach Castrojeriz. Die eigentliche Faszination war nicht der Ort selbst, sondern der Blick von unten. Ganz oben thronte die Burg. Darunter befanden sich die mittelalterlichen Gebäude mit ihren Sakralbauten.
Die Stadt war im 11. Jahrhundert sogar Königsresidenz und wichtiger Stützpunkt im Kampf der Christen gegen die Muslime. Vom Tafelberg Alto de Mostelares bot sich ein atemberaubender 360 Grad-Blick über die Weiten der Meseta. Paulo nutzte einen stillen Moment, um nochmals auf meine Zweifel zurückzukommen.
Als hätte er etwas Verwerfliches begangen, gestand er, entgegen des Mainstreams in der Katholischen Kirche, auch Sympathien für die Lehren Eugen Drewermanns zu hegen.
Paulo vertrat die Ansicht, dass uns gerade die Kritik an „Religionen der Angst“ noch näher zum Kern der Botschaft Christi bringt, die das Gegenteil vertritt.
„Weißt du. Die Amtskirche verzettelt in so viele Nebenthemen, dass das Fundament der Frohbotschaft untergeht. Wir reden zu viel über Verbote oder Maßregelungen, aber zu wenig über die Liebe. Menschen die abtreiben oder sich scheiden lassen, wenden sich von der Kirche ab, obwohl sie an sich gläubig wären. Denn die Kirche verurteilt sie nur. Sie haben Angst vor uns! Was ist die Gegenreaktion auf diese Angst? Schuldzuweisung! Gleichzeitig missbrauchen Priester Kinder und Jugendliche sexuell. Die Einhaltung des Zölibats wird oft nicht gelebt, aber Skandale von höchster Stelle vertuscht. Da ist es doch logisch, dass jemand der Wasser predigt, aber Wein trinkt, nicht mehr ernst genommen wird. Dabei sehnen sich so viele Menschen nach der Botschaft Christi. Aber wir in der Kirche reiben uns lieber an Neben-

schauplätzen auf, anstatt die Angst zu bekämpfen", meinte Paulo selbstkritisch.
Der italienische Priester musste sicherlich als Exote in seinem „Verein" gelten. Dabei bräuchte es mehrere Paulos in der Katholischen Kirche, die so ungeschminkt Probleme ansprechen.
Ich sehe es in meinem eignen Umfeld. Eine Diskussion über die Frohbotschaft Christi ist heute kaum möglich, weil den jungen Menschen gegenwärtig auch die Grundlagen fehlen. Viele melden sich vom Religionsunterricht ab und kennen damit wichtige Elemente ihrer eigenen Kultur nicht mehr.
Ich sehe das größte Problem im Ignorieren der Kirche. Sie interessiert die meisten nicht. Verständlich. Warum soll jemand für etwas brennen, das er gar nicht kennt? Erst, wenn ich von etwas Notiz genommen habe, kann ich mich daran abarbeiten; es unterstützen, kritisieren oder ganz ablehnen!
Angst und Desinteresse sind wohl die Hauptfaktoren, warum sich so viele Menschen von der Kirche abwenden. Diese Entwicklung lässt nicht einmal den atheistische Linken-Politiker *Gregor Gysi (geb. 1948)* kalt. Er hat mittlerweile Angst vor einer gottlosen Gesellschaft und sieht in der Kirche die einzige Institution, die allgemeinverbindliche Moralvorstellungen aufstellen muss, wie er im Jahr 2019 im Berliner Tagesspiegel zugab.
Die Politik, so Gysi selbstkritisch, kann das jedenfalls nicht. Spätestens jetzt sollten die Alarmglocken läuten.
Als wir im unscheinbaren Ort Boadilla del Camino ankamen, riet mir Paulo das Buch „Der Begriff Angst" des dänischen Philosophen *Sören Kierkegaard (1813 - 1855)* zu lesen. Dort schildert er die Angst des Menschen als Ursprung seiner eigenen Freiheit. In dem Moment, in dem wir frei wäh-

len können, sind wir auch für unsere Handlungen verantwortlich. Am Beispiel vom Sündenfall Adams im Paradies beschreibt Kierkegaard, welch drastische Konsequenzen dies haben kann.
„Weißt du, lieber Jürgen. Freiheit, Sünde und Angst gehören für mich unweigerlich zusammen, um wählen zu können. Die Botschaft Christi zeigt uns aber eine viel wichtigere Komponente des Glaubens: nämlich die Hoffnung. Angst wirkt meist destruktiv, Hoffnung hingegen setzt ungeahnte positive Kräfte frei“, so das Resümee von Paulo.
Das war ein perfektes Schlusswort zum heutigen Tag, das mir einen Eintrag in mein Pilgertagebuch wert war.

11

WARUM JESUS?

Boadilla del Camino – Carrion de los Condes – Terradillos de los Templarios

Weitergehen oder fahren? Für Paulo und mich stellte sich die Frage nicht. Wir gehen weiter. Die nächsten drei bis vier Etappen auszulassen, nach Leon zu fahren, und dann erst den Camino wieder fortzusetzen, ist reine Einstellungssache. Für echte Pilger aber unvorstellbar. Doch was sind heute schon echte Pilger?

Genau genommen gehören auch Paulo und ich nicht dazu, weil wir nach Saint-Jean-Pied-de-Port anreisten. Und selbst jene, die von zu Hause losmarschierten, fliegen von Santiago wieder heim.

Im Mittelalter gingen die Wallfahrer aber von zu Hause nach Santiago und dann wieder zurück. *Das* sind echte Pilger!

Bisher sah ich aber erst einen Einzigen in die entgegengesetzte Richtung marschieren. Ob er den ganzen Weg zurück ging oder sich nur einen Scherz erlaubte, kann ich nicht beurteilen.

Amtlich gilt als Pilger, wer die letzten 100 Kilometer nach Santiago absolviert: zu Fuß, mit dem Rad oder auf dem Pferd.

Nur so kommen die jährlich stark anwachsenden Pilgerzahlen zustande.
Eine andere Unterscheidung finde ich noch spannender. Laut Statistiken sollen nur noch 40 Prozent den Camino aus religiösen Gründen gehen. Natürlich sagt das wenig aus. Wozu zähle *ich* in der Statistik? Ich glaube zwar an Gott, habe aber einen eigenen Zugang zum Thema. Im Zweifel würde ich „aus religiösen Gründen“ ausfüllen. Dagegen spricht, dass ich vor allem Suchender bin, auf keine Konfession festlegt.
Bei Paulo ist die Sache eindeutig. Er ist Priester und katholisch. Setzen! Römisch eins. Musterpilger!
Pepi hingegen glaubt an Gott, hat sich mit der Begründung nicht so genau beschäftigt und geht ihn primär, weil er Leben und beruflichen Ruhestand feiert. Was wird er ausfüllen?
Mo ist Muslim aus Überzeugung. Den Camino geht er aber aus ganz anderen Gründen, sicher nicht aus religiösen.
Bei Maria ist der Fall klar. Religiöse Gründe.
Ebenso bei Thomas, dem deutschen Atheisten. Keine religiösen Gründe.
Und Indira? Ich nehme mal an, das weiß sie selber nicht so genau.
Wie immer diese Zahl zustande kam. Feststeht, dass so gesehen eine deutliche Mehrheit keine Pilger in engerem Sinne sind. Na und?
Jetzt - bei der Debatte „Weitergehen oder fahren?“ - ging es lediglich darum, keinen Meter der Strecke auszulassen. Bei dieser Kategorie des „echten Pilgers“ zählte schon mal Maria nicht dazu. Denn sie fährt jeden Tag mit dem Taxi. Ich denke: „Wer misst, misst Mist.“ Der englische Premier-

minister Winston Churchill soll in diesem Zusammenhang angeblich gesagt haben: „Ich traue keiner Statistik, die ich nicht selbst gefälscht habe."

Doch lassen wir die Debatte.

Paulo und ich wollten weitergehen, auch wenn die nächsten Etappen bis Leon als langweilig gelten. Es heißt aber auch, dieser Teil des Camino bietet beste Möglichkeiten zu meditieren. Wenig Ablenkung durch Legenden, Sehenswürdigkeiten oder landschaftliche Reize. Einfach gehen und kilometerlang kein Haus sehen.

Einsamkeit schafft ungeahnte Möglichkeiten zur Selbstreflexion und Kontemplation. Nicht umsonst verbrachten die ersten Mönche, etwa der heilige Antonius, ihr Leben in Abgeschiedenheit. Vor allem die Weiten der Wüste gelten als Orte, wo einem Gott näher scheint, als anderswo.

Ich erinnere mich an die Schilderungen einer Bekannten, die eine Wüstendurchquerung in Jordanien auf „den Spuren des Volkes Israel" unternahm. Die Einsamkeit, der Verzicht auf Mobiltelefon und Fotoapparat, sowie die Übernachtungen im Freien prägten sie nachhaltig. Nicht der Erlebnischarakter, sondern spirituelle Erfahrungen veränderten sie innerlich. Damit kamen Ehemann und Kinder anfangs nicht zurecht. Doch sie selbst bereute nichts. Im Gegenteil.

Eine derartige Erfahrung würden wir am Camino auf den nächsten Etappen wohl nicht erleben. Aber wer weiß, was noch alles kommt?

Als wir die ersten Kilometer entlang des Canal de Castilla gingen, beklagte sich Maria, sie spüre nichts vom legendären Geist des Camino. Sie hätte sich weit mehr erwartet. Immerhin war die Anreise lang und teuer.

„Bis jetzt ist das alles ein normaler Wanderweg. Etwas länger als sonst, mit anderer Landschaft und Architektur. Aber sonst? Alles wie zu Hause in Brasilien", war Maria enttäuscht.

Ob es für sie nicht besser gewesen wäre, die wichtigen heiligen Stätten gleich direkt zu besuchen? Rom, Jerusalem, Lourdes oder Fatima. Dort gäbe es viel zu sehen.

„Hier gehe ich nur durch verfallene Dörfer und kahle Landschaften. *Das* soll der berühmte Camino sein?", konnte sich die Brasilianerin kaum noch beruhigen.

Gerade sie, die Tiefgläubige, hatte scheinbar etwas nicht verstanden. So, wie sie auch nicht begriff, dass ihre Grundsätze mit dem Christentum kaum etwas zu tun hatten. Es waren bestenfalls liturgische Rituale. Aber mehr schon nicht. In dieses Bild passten auch ihre rein nutzenbezogenen Aussagen.

Jeder von uns kennt das: Wenn man unbedingt etwas will, bekommt man es *gerade* nicht. So, wie überhaupt die wirklich wichtigen Dinge im Leben nicht käuflich sind: Gesundheit, echte Liebe, Sinnerfüllung, Freundschaft, Treue. Sie werden einem geschenkt. Und gekauft sind sie nur vorgespielt und zeitlich begrenzt.

Andererseits waren die Erwartungen Marias nicht unberechtigt. Viele kommen hier her, um etwas zu „spüren". Bücher und Filme wecken Erwartungen, die in der Realität meist nur zu Enttäuschungen führen. Große Wandlungen am Weg erfahren meist nur gestresste Manager. Doch weniger aus Glaubensgründen, sondern weil sie endlich ihr Hamsterrad verlassen und Zeit zum Nachdenken haben.

Menschen die alleine leben, wie Paulo und ich, und auch im Alltag reflektieren, werden - so komisch es klingt - hier mehr abgelenkt, als zu Hause.

Bereichernd empfand ich bis jetzt den Austausch mit Menschen aus aller Welt. Ihre unterschiedlichen Lebensgeschichten sind ein besserer Lehrmeister als Diskussionen über komplexe Theorien.

In Fromista verabschiedeten wir uns von Maria, ohne einen weiteren Treffpunkt zu vereinbaren. Hier in der Meseta ist ohnehin die Chance groß, sich in einer der Herbergen wieder zu treffen.

Paulo und ich wollten unbedingt die Iglesia de San Martin besichtigen. Die Kirche aus dem 11. Jahrhundert gilt als Musterbeispiel der Romanik. Nur den wenigsten ist bewusst, dass sehr viel aus dem Ende des 19. Jahrhunderts stammt. Denn bei der Renovierung wurde etwas „nachgeholfen“ das Mittelalter künstlich wiederzubeleben.

So kurios es klingt. Sie ist nun romanischer, als sie je war und proportionaler. Was ästhetisch beeindruckt, hat aber wenig mit dem Original zu tun. Wenn der Bau aber gerade deswegen in so vielen Kunstbüchern einen fixen Platz hat, will man ihn erst recht sehen.

Leider war uns das, zumindest vorerst, nicht möglich. Die Kirche sperrte erst in einer halben Stunde auf. Als sich Paulo und ich in einer Bar etwas stärkten, kamen plötzlich Thomas und Pepi bei der Tür herein. Wir tranken zusammen einen Kaffee und besichtigten anschließend den Sakralbau.

Der Kirchenraum strahlte etwas Geheimnisvolles aus. Selbst der Atheist Thomas konnte seine Ergriffenheit nicht verbergen. Die kleine Eintrittsgebühr - ein Unikum am Camino - war es absolut wert. Fühlte man sich doch in eine mystische Welt versetzt, die niemanden kaltlässt.

Als wir ein Kruzifix ansahen, provozierte Thomas: „Na, lieber Paulo. Was weißt du denn *wirklich* über deinen Chef da oben am Kreuz?“ Es war geradezu der Startschuss für das nächste Thema, das es auf dem Weg nach Carrion de los Condes zu klären galt.

„Ja, was wissen wir überhaupt über Jesus?“, wollte Pepi wissen.

„Kann es sein, dass er nur eine von vielen herausragenden Persönlichkeiten war und politische Umstände ihn zu dieser Figur machten? Ist nicht alles nur ein Mythos?“

„Stopp!“, fuhr Paulo dazwischen.

„Eure Fragen sind berechtigt. Ich will sie beantworten. Aber nicht durch irgendwelche Dogmen, die ihr mir ohnehin nicht abnehmt, sondern nur durch Fakten. Natürlich gibt es immer wieder abweichenden Meinungen. Aber im Großen und Ganzen gibt es kaum eine Person der Antike, die so gut belegt ist wie Jesus.“

Paulo verwies auf den amerikanischen Journalisten *Lee Strobel (geb. 1952)*. Dieser arbeitete viele Jahre als Gerichtsjournalist und war bekennender Atheist. Er kannte die Methoden, die verwendet werden, wenn es um die Sicherstellung von Beweisen ging. Als seine Ehefrau eine gläubige Christin wurde, ärgerte ihn das so sehr, dass er seine gesamte Energie aufwendete, mittels Fakten nachzuweisen zu wollen, Jesus und der christliche Glaube wären ein Märchen. Er befragte deshalb die anerkanntesten Wissenschaftler. Penibel wendete er dabei jene streng faktenbasierten Methoden an, die er von Gerichtsprozessen kannte.

Ergebnis der langen Recherchen: Er konnte nicht widerlegen, dass es Jesus nicht gab, die Augenzeugenberichte unglaubwürdig waren, sowie biblische und antike Beweise nicht stimmten.

Auch der zentrale Dreh- und Angelpunkt des christlichen

Glaubens, die Auferstehung, wurde nach Abwägung unzähliger Fakten als glaubwürdig befunden. Sein Ziel war es aber keineswegs zum Glauben zu gelangen. Vielmehr wollte er nur sein atheistisches Weltbild untermauern.
Doch schließlich konnte er sich selbst nicht mehr anlügen. Die Beweise waren so erdrückend, dass es sogar ihm nicht mehr schwerfiel an Jesus zu glauben. Er fasste seine Recherchen im Buch „Der Fall Jesus" in populärwissenschaftlicher Form zusammen, um seine Erkenntnisse auch Nicht-Fachleuten zu näherzubringen.
Vor allem Thomas fühlte sich durch diesen Hinweis angesprochen. Ich spürte, wie er, der bis jetzt mit einer gewissen Überheblichkeit über Glaubensfragen sprach, allmählich ernst wurde.
„99,999 Prozent der Wissenschaftler vertreten die Meinung, Jesus hatte tatsächlich gelebt, erhob einen messianischen Anspruch und starb durch Kreuzigung. Es gibt zahlreiche Augenzeugen, die behaupten, er sei von den Toten auferstanden. Dies berichten auch Nichtchristen wie Flavius Josephus, Tacitus oder Plinius der Jüngere. Sie sind unverdächtig, dass ihnen etwas an Jesus lag und glaubten auch nicht an ihn. Die eigentlichen Beschreibungen findet ihr aber in den Evangelien", dozierte Paulo und wurde von Thomas unterbrochen.
„Die Evangelien? Das sind doch Märchen, die erst Generationen nach Jesu Leben niedergeschrieben wurden", zeigte sich Thomas unbeeindruckt.
Paulo konnte diese Behauptungen spielend entkräften. Er wies darauf hin, dass das Markusevangelium, das belegen alte Schriftrollen, bereits auf das Jahr 70 datiert werden kann. Die Apostelgeschichte sogar auf das Jahr 62. Dies wären nur rund 30 Jahre nach dem Tod Christi. Noch älter

sind die Paulusbriefe, die in den 40er Jahre verfasst wurden. Nachdem Paulus etwa zwei Jahre nach dem Tod Jesu bekehrt wurde, fand fünf Jahre danach das erste Treffen mit den Aposteln statt. Obwohl Paulus selbst ein Bekehrungserlebnis hatte, wollte er trotzdem alle Ereignisse genau recherchieren. So fand ein Treffen mit den Aposteln in Jerusalem statt. Sie waren Zeugen aus erster Hand. Er lernte noch weitere Weggefährten kennen und befragte sie unabhängig voneinander.

Paulo legte sachlich dar, dass es nicht sein könne, dass Jesus nur ein Mythos ohne historische Grundlage sei. Während es von Jesus nur wenige Jahre nach seinem Tod Schriften von Augenzeugen gibt, und das mit einer großen Anzahl an Quellen, wurde etwa die Biografie von Alexander dem Großen erst 400 Jahre nach seinem Tod verfasst.

Dass die Evangelien unterschiedlich seien, begründete Paulo mit den verschiedenen Schwerpunktsetzungen. Doch die Kernaussage sei überall gleich. Zumindest wenn man die apokryphen Schriften - also jene, die nicht in den Bibelkanon aufgenommen wurden - ausklammert.

„Wenn Jesus nur ein Hirngespinst ist, weshalb sehen dann Hindus Jesus als eine der zehn körperlichen Manifestationen Vishnus? Wieso anerkennen Buddhisten, auch der Dalai Lama, Jesus als Erleuchtungswesen an, das nach allerhöchster Erkenntnis und Buddaschaft strebt? Weshalb gilt im Koran Jesus als Prophet, der sogar bedeutender als Mohammed ist? Warum spielt Jesus auch bei den Baha'i, Zeugen Jehovas, Mormonen, Sikhs und anderen eine wichtige Rolle?“, fragte Paulo.

Nicht nur Thomas, wir alle schwiegen.

Paulo erklärte, wie das mit den Augenzeugenberichten, anti-

ken Dokumenten und alternativen Theorien ist. Jetzt waren wir mitten in einer Vorlesung, und Paulo unser Professor.
Er sprach klar, strukturiert und aus dem Gedächtnis. Hätte man ihm einen Spickzettel gegeben, könnte er wohl zu jedem Thema spezielle Vorträge aus dem Stegreif halten.
Hatte Paulo wirklich recht? Oder war er nur der „Einäugige" unter den „Blinden"?
Als wir vor dem Ortsschild von Carrion de los Condes vorbeigingen und nicht mehr weit zu unserer Unterkunft hatten, fasste er nochmals in der gebotenen Kürze alle faktenbasierten Argumente für die Existenz Jesu als Person zusammen.
Der seelenlose Ort, mitten in der Einöde, bot für mich die Gelegenheit Wäsche zu waschen und über alles noch einmal nachzudenken. Am historischen Jesus zweifelte niemand mehr. Auch nicht, dass er ein außergewöhnlicher Mensch war, der sich *einerseits* gegen das traditionelle Judentum wendet, sich aber *gleichzeitig* darauf beruft.
Der entscheidende Punkt war aber noch nicht geklärt. Wie ist das mit der Auferstehung? Denn damit steht und fällt alles. Wie sollen wir an so etwas Unglaubliches glauben? Selbst, wenn damals überall Kameras aufgestellt worden wären. Was wüssten wir schon davon? Wie kann man nach 2000 Jahren so etwas ernst nehmen?
Beim Abendessen bat ich Paulo seine Meinung dazu abzugeben. Denn jetzt wurde es *wirklich* spannend.
„Nein, das mache ich sicher nicht!", überraschte uns der italienische Priester.
„Die morgige Etappe werden wir einzeln gehen. Sie eignet sich zur Meditation. Geht in euch! Versucht das, was ihr bisher erlebt habt zu reflektieren und nur für euch zu sein. Ich garantiere euch, ihr werdet nicht abgelenkt."

Wir folgten Paulos Empfehlungen, dieses Experiment zu wagen.
Beim Frühstück studierte ich die Tagesetappe nach Terradillos de los Templarios.
Einfach unglaublich. Die ersten 18 Kilometer war nicht ein einziges Haus eingezeichnet, von einer Bar ganz zu schweigen. Sicherheitshalber füllte ich die Wasservorräte voll.
Doch Wasser gab es bald im Überfluss. Es begann nämlich heftig zu regnen. Auf dieser Wegstrecke doppelt bitter. Denn die schnurgerade Via Aquitana, auf der ich nun ganz alleine ging, ist weitgehend baumlos. In der Antike transportierten hier die Römer das in den Minen von Las Medulas gewonnene Gold von Astorga ins französische Bordeaux. Dass ich auf historischem Boden ging, interessierte mich in diesem Moment wenig.
Mein einziger Wunsch: Es sollte endlich aufhören zu regnen. Nach einer halben Stunde gewöhnte ich mich an die unwirtlichen Bedingungen und akzeptierte sie. Ich wollte nun endlich in die meditative Phase kommen. Doch das war gar nicht so leicht.
Dabei erinnerte ich mich an einen Kurs, den ich im Rahmen eines Kuraufenthaltes besuchte. Unser Coach erklärte, dass das Gehirn ständig denken müsse. Nicht denken geht gar nicht. Er riet deshalb, uns für mehrere Minuten auf einen einzigen Punkt zu konzentrieren. Dadurch komme man in die Meditation. Doch die ersten Übungen dieser Art am Weg gab ich bald wieder auf. Sie sind nur fruchtbar, wenn man vollkommen entspannt sitzt oder liegt.
Hatte Paulo möglicherweise etwas ganz anderes mit Meditation gemeint? Sprach er vielleicht über seine Erfahrungen mit den Ignatianischen Exerzitien?

Es handelt sich dabei um eine Sammlung geistlicher Übungen nach den Praktiken des *Ignatius von Loyola (1491 - 1556)*, dem Gründer des Jesuitenordens. Sie enthalten Anleitungen zu Gebet, Meditation und zur Unterscheidung von „Geistern“ in einer längeren Zeit der Abgeschiedenheit und Stille. Paulo erzählte mir schon zu Beginn des Caminos, dass die Exerzitien ihm aus seiner Lebenskrise geholfen hatten. Es geht hier nicht um abstrakte Theologie, sondern um eine direkte Beziehung zwischen Gott und Mensch. Ignatius leitete die geistlichen Übungen, um Menschen bei ihren Fragen zu begleiten.

Möglicherweise eignen sich Exerzitien für jene, die bereits an den christlichen Gott glauben. Ob dies für mich etwas wäre?

Ich erkannte während des Pilgerns immer mehr, dass es nicht darum gehen kann, um jeden Preis eine bestimmte Richtung einzuschlagen, sondern offen zu sein für alles was kommt.

Bei Thomas hatte ich bisher den Eindruck, dass er dafür nicht bereit ist. Ich erkenne in ihm mich selbst. Wenn auch vor einigen Jahren.

Spätestens nach dem Tod Alinas boten sich mir zwei Wege an. Sollte ich mich mit Groll von Gott abwenden? Oder gerade in der Trauer eine Chance zum Neustart erkennen?

Nun, nach der Hälfte des Caminos, konnte ich eine Zwischenbilanz ziehen. Auch in Zukunft vertraue ich weiter auf meinen Verstand, um Dinge zu hinterfragen und mich nirgendwo einengen lassen.

Durch die Gespräche mit Paulo erkannte ich zunehmend, dass das Christentum viel mehr von Rationalität durchdrungen ist, als zunächst angenommen. Nicht umsonst hat das antike Wissen von Philosophie und Naturwissenschaft primär in den Klöstern des Abendlandes überlebt. Entgegen ihrem Ruf war die Katholische Kirche nie grundsätzlich wissenschaftsfeindlich.

Im Gegenteil: Im Hochmittelalter gab es sogar einen Wettstreit rational begründeter Ideen, der absurde Ausmaße annahm. Viele Geistliche hatten kein Problem mit dem Widerspruch zwischen naturwissenschaftlichen Erkenntnissen und biblischen Aussagen. Würde es rational begründbare Argumente für die Plausibilität der Auferstehung geben, die auch mich überzeugten?

Auf der heutigen Etappe gab es lediglich eine Stelle, an der man sich laben konnte. Mitten in der Einöde stand ein Campingwagen, der Snacks und Getränke verkaufte. Dort sah ich die einzigen Pilger des Tages. Wäre ich hier stehengeblieben, wäre es eine Wanderung wie jeden Tag gewesen. Doch *diese* sollte ausschließlich der Einsamkeit und Meditation gewidmet sein. Schließlich nahm ich Paulos Auftrag ernst. Niemand durfte mich davon ablenken.

Die Landschaft tat es ohnehin nicht. Sie sah kilometerlang unspektakulär gleich aus. Pilger störten nicht, denn dafür war ich zu früh wegmarschiert. Zu groß der Vorsprung zu den anderen.

Außerdem gab es hier nur wenige Orientierungspunkte. Es ging einfach weiter, ohne ein Gefühl zu haben, wann man wo ankommt. Dieser Rahmen ermöglichte es, trotz des schlechten Wetters, in sich hineinzuhören. Denn die Ablenkungen sind gerade am Camino Frances vielfältig.

Bei der Ankunft in Terradillos de los Templarios wurde mir bewusst, wie richtig die Entscheidung war, auch eine solche Etappe zu gehen. Ich reflektierte, was ich bisher erlebte und was sich in meinem Weltbild veränderte.

Auch die berühmteste Abfahrt der Welt - die Streif in Kitzbühel - besteht schließlich nicht nur aus den spektakulären Abschnitten Mausefalle, Steilhangausfahrt, Seidlalmsprung oder Hausbergkante. Dazu gehört *auch* das langweilige Gleitstück.
Deshalb wurde für mich die Meseta zum „Gleitstück“ des Camino Frances. Denn auch das scheinbar Unspektakuläre hat seinen Reiz.

12

AUFERSTEHUNG

Terradillos de los Templarios – Calzadilla de los Hermanillos

Buon Camino", grüßten zwei vertraute Stimmen, als Paulo, Pepi, Thomas und ich unser Frühstück einnahmen. Es waren Indira und Mo. Wir dachten, beide wären mindestens zwei Tagesetappen hinter uns. Sie gingen langsamer und bevorzugten kürzere Strecken. Beide gaben offen zu, teilweise mit dem Bus gefahren zu sein.

Gemeinsam verließen wir Terradillos, einen Ort, in den sich niemand verirren würde, läge er nicht direkt am Camino.

Sein Name verrät, dass die großen Zeiten lange vorbei sind. Er gehörte früher den Templern, einem Religions- und Militärorden, der nach den ersten Kreuzzügen zum Schutz christlicher Pilger gegründet wurde. Der offizielle Name „Orden der armen Ritter Christi" ist uns heute weniger bekannt. Vom Papst wurden sie mit Privilegien wie Steuer- und Zollfreiheit ausgestattet. Anfangs sicherten sie die Wege nach Jerusalem. Später entwickelten sich die Templer am Jakobsweg zu einer der drei wichtigsten Bruderschaften und wurden reich und mächtig. Eine Gefahr für Papst und französischen König.

Deshalb kam es zu Beginn des 14. Jahrhunderts zur Verfol-

gung und Auflösung der Templer. Noch heute ranken sich zahlreiche Legenden um sie.
Doch unser heutiges Thema sollte die Auferstehung sein. Im Gegensatz zu anderen Etappen ergab sich diese Diskussion nicht durch Zufall. Sie sollte vielmehr die Fortsetzung von vorgestern sein.
Umso mehr wunderten wir uns, dass Paulo zunächst keine Anstalten machte, darüber zu reden. Stattdessen fragte er, welche Erfahrungen wir gestern gesammelt hätten.
Thomas sprach weniger über seine Eindrücke, sondern versuchte eine medizinisch-physikalische Abhandlung darüber zu machen, was passiert, wenn man meditiert. Abgesehen davon, so Thomas, könne man beim Gehen gar nicht meditieren.
„Ich sah den ganzen Tag ein Restaurant mit kühlem Bier vor mir. Aber das war nur eine Fata Morgana“, scherzte Pepi.
Als ich schließlich bekannte, einmal Exerzitien machen zu wollen, sahen mich Thomas und Pepi entgeistert an, als hätte ich gerade ein Gelübde für den Gang ins Kloster abgegeben.
„Glaubt ihr an ein Leben nach dem Tod?“, fragte Paulo schließlich.
Ich hatte dabei das Gefühl, den Anpfiff für unsere heutige Debatte vernommen zu haben. Schließlich warteten wir gespannt darauf, wie uns unser italienischer Professor das Thema der Auferstehung näherbringen wollte.
In der Tat gibt es leichteres, als über etwas zu sprechen, das angeblich vor 2.000 Jahren in einer abgelegenen Provinz des Römischen Reiches stattgefunden haben soll.
Paulo legte nun los: „Liebe Freunde! Bei der Auferstehung Christi geht es nicht um ein Dogma, dass ihr glauben müsst oder nicht. Nein, es geht vielmehr um eine historische Be-

hauptung, die entweder wahr oder falsch ist. Wenn hier aufgrund der Fakten Widersprüche auftauchen, können wir sagen, die Behauptung ist falsch. Wenn wir allerdings meinen, ja, die Erzählungen stimmen und erscheinen glaubwürdig, kann man dann noch immer behaupten, dass das alles nur Schwachsinn ist? Oder müssen wir nicht vielmehr bereit sein, völlig neu zu denken?"

Ich konnte Paulo folgen. Er sprach davon, dass wir uns in etwas, das wir Realität nennen, bewegen. Unser Denken ist strukturiert durch Raum und Zeit sowie naturwissenschaftlichen Gesetze. Kurz: alles, was wir empirisch feststellen können.

Um aber die Auferstehung zu begreifen, müssen wir uns darauf einlassen, dass eine andere Dimension in unsere Realität eindringt. Ohne unsere Bereitschaft, dies zu akzeptieren, kommen wir dem Geheimnis der Auferstehung *nie* näher.

Paulo schildete drei Komponenten, mit denen wir die Auferstehung Jesu als historisches Faktum beweisen oder auch widerlegen können. Es sind dies historische Funde, also archäologische Ausgrabungen, Gegenstände oder Zusammenhänge. Weiters schriftliche Quellen. Drittens gibt es noch alternative Theorien, die eine Behauptung beweisen können oder auch nicht.

„Welche historischen Befunde haben wir?", fragte Paulo.

Alle schwiegen.

Er setzte fort: „Denkt doch mal nach. Wir haben ein leeres Grab. Es muss leer gewesen sein, sonst hätte man nicht von Auferstehung sprechen können. Die rasante Ausbreitung des Christentums wäre so nie erfolgt.

Zweitens haben wir den Glauben der frühen Christen. Es ist jener Glaube, der nicht irgendwann später als Mythos oder

Legende fortlebte. Nein, es waren Augenzeugen, denen Jesus erschien und jene, die die Augenzeugen persönlich kannten."
Dann ging Paulo auf etwas ein, dessen Wichtigkeit er schon vorgestern betonte: dass nämlich die ältesten Quellen nur wenige Jahre nach dem Tod Christi verfasst wurden. So reicht der Passionsbericht im Markusevangelium bis zum Jahr 37 zurück. Noch älter ist der Korintherbrief, der schon 2 bis 3 Jahre nach dem Tod Christi verfasst wurde. Auch das Lukasevangelium und die Apostelgeschichte, die beide vom Evangelisten Lukas stammen, wurden laut neuerster Forschung schon vor dem Tod von Paulus niedergeschrieben. Lukas hielt sich penibel an Augenzeugenberichte, die er persönlich überprüfte.
Ein weiteres Indiz für die Glaubwürdigkeit sind ausgeprägte topografische Kenntnisse, etwa von der Stadt Jerusalem. Außerdem wurden die Texte in gewöhnlichem Alltagsgriechisch verfasst. Die Auferstehungsgeschichte liest sich wie ein nüchterner Bericht, ohne literarische Ausschmückungen."
„Erzähl keine Märchen! Warum schildern die verschiedenen Evangelien dann die Auferstehung ganz unterschiedlich?", unterbrach ihn Thomas.
Paulo blieb ruhig und konterte: „Du hast recht Thomas. Aber das ist doch das Schöne. Du kennst ja auch, wie das mit Geschichten so ist. Selbst die Einfachsten werden nicht zur Gänze weitergegeben; Teile vergessen oder Ausschnitte überbetont. Wichtig ist jedoch der Kern der Geschichte und der ist zweifelsfrei überall gleich. Es erhöht den Wahrheitsgehalt sogar, wenn es leichte Widersprüche und Unterschiede gibt. Letztere wurden jedoch nicht vereinheitlicht oder angepasst, sondern absichtlich stehen gelassen."
„Das schließt aber noch immer nicht aus, dass die Auferste-

hung Jesu nicht mehr als eine nette Geschichte ist", war Pepi noch immer skeptisch.
Daraufhin fragte ihn Paulo, wie es dann möglich sei, dass in dieser angeblich erfundenen Geschichte Jesus zuerst den Frauen erschien. Sie galten in der damaligen Zeit nämlich *nicht* als anerkennenswerte Kronzeugen. Wer würde zu dieser Zeit so etwas erfinden?
„Ja gut, da gibt es vielleicht ein paar Zettel, auf die wir uns berufen. Die kann ja auch später jemand geschrieben haben", meinte Indira.
„Diese *Zettel*, wie du sie nennst, sind Papyrusschriften. In der Regel hält Papyrus nicht lange und musste deshalb immer wieder abgeschrieben werden. Wir besitzen heute Originaltexte, die über einen großen Teil der Welt verstreut sind. Du kannst sie meist in Museen bewundern. Wir haben heute 5668 dieser Handschriften. Auch wenn meist nur Teile existieren, können wir heute sagen, dass die Texttreue bei unglaublichen 95 Prozent liegt. Natürlich haben sich auch Fehler eingeschlichen. Aber das ist ganz normal.
Zum Vergleich: von Cäsars ‚Gallischen Krieg' haben wir zehn und von den ‚Historien' Herodots acht Handschriften. Obwohl von beiden historischen Figuren unser Wissen hauptsächlich von diesen wenigen Exemplaren stammt, käme niemand auf die Idee zu behaupten, Cäsar und Herodot hätten nie existiert", argumentierte Paulo.
Er war ganz stolz darauf, dass zwischen dem Ereignis und dem Alter der ältesten Handschrift bei Cäsar 1000 Jahre, bei Herodot 800 Jahre und beim Neuen Testament nur 200 Jahre lagen. Trotz der Vielzahl an Fakten, die niemand widerlegen konnte, war das Ergebnis für uns Nicht-Theologen wenig überzeugend.

„Moment mal! Bevor wir über die Auferstehung reden, sollten wir zuerst einmal über die Kreuzigung sprechen. Im Koran heißt es nämlich, dass sie Jesus nicht getötet und gekreuzigt haben, sondern es *erschien* ihnen nur so. Sie haben ihn nicht mit Gewissheit getötet, sondern Gott hat ihn zu sich erhoben“, meldete sich nun auch Mo zu Wort.
„Wenn du ‚sie‘ sagst, meinst du die Juden. Sprich es ruhig aus! Doch für Juden war der Kreuzestod schlimmer, als würde heute ein Priester Kinder schänden. Deshalb wendet sich zunächst auch Petrus von Jesus ab. Denn er hat Angst und ihm kommen Zweifel. Im Alten Testament steht sogar, dass wer am Pfahl - also am Kreuz - hängt, verflucht ist. Welcher Jude hätte sich so etwas ausdenken sollen?
Auch für die Römer war der Kreuzestod das Schändlichste. Deshalb durften letztere gar nicht gekreuzigt werden. Ich frage dich, wer sich so etwas einfallen lassen soll? Das ist doch absurd!“, konterte Paulo.
Thomas stellte daraufhin die These auf, Jesus hätte möglicherweise die Kreuzigung überlebt. Er könnte aus dem Felsengrab geflüchtet sein. Denn weshalb war der Leichnam nicht mehr im Grab?
Daraufhin fragte ihn Paulo wie das geschehen sein könnte. Als Mediziner müsste Thomas doch wissen, dass Jesus schon aufgrund der vorherigen Geißelungen so geschwächt gewesen wäre, dass er eine Kreuzigung nicht überlebt hätte. Irgendwann geht jedem die Kraft aus. Folge wäre dann ein Tod durch Ersticken. Passierte dies nicht schnell genug, wurden dem Gekreuzigten die Beine gebrochen und ins Herz gestochen. Die Römer waren Profis und konnten bei Fehlern selbst zum Tod verurteilt werden.
Meine Geschichtskenntnisse reichten so weit aus, dass ich

dem historischen Befund Paulos recht geben musste. Nach einem kurzen Schweigen der Gruppe fragte ich schließlich, ob es nicht möglich sei, dass der Leichnam Jesu gestohlen wurde.

Darauf schien Paulo bereits gewartet zu haben. Er stellte die Absurdität meiner Vermutung folgendermaßen dar: „Schon im Neuen Testament gibt es bei Matthäus eine Stelle, wo die Hohepriester von einem Gerücht sprechen, die Jünger Jesu hätten die Wachen bestochen und den Leichnam weggetragen. Es ist schon interessant. Denn wenn die Hohepriester davon sprechen, steht schon mal fest, dass sie zugeben, dass das Grab leer war. Damals wurden Gräber mit einem römischen Siegel verschlossen. Es war bei Androhung der Todesstrafe verboten, dieses zu brechen. Jetzt werdet ihr sicher argumentieren, die Wachen könnten eingeschlafen sein. Doch auch das ist unwahrscheinlich. Und selbst wenn: Glaubt ihr wirklich, dass alle *gleichzeitig* einschliefen?

Wollten etwa die Jünger nur irgendeine spektakuläre Geschichte erzählen? Irgendetwas ohne Grundlage, so wie Donald Trump? Fake News? Was hätte ihnen das genützt?

Sie gingen davon aus, dass Jesus tot war. Wieso sollten sie für einen Toten ihr Leben riskieren? Was hätten sie davon, den Leichnam zu stehlen und zu behaupten, er sei auferstanden? Wir wissen, dass die ersten Christen für ihren Glauben verfolgt wurden. Warum sollten sie etwas erfinden und dafür ihr Leben hingeben? Alles Masochisten?"

Paulo wollte es kurz machen, indem er sich mögliche Einwände gleich selbst beantwortete. Und das in einem derartigen Eilzugstempo, dass wir ihm kaum noch folgen konnten. Wahrscheinlich hatte er so oft darüber debattiert, dass er sich dabei nun langweilte. Gegenargumente hatte ohnehin niemand. Aber dennoch: Ist die Argumentation wirklich so einfach? Wo war der Haken? Irgendetwas war doch hier „faul"?

Doch muss etwas, das wahr ist, immer kompliziert sein?

In Sahagun machten wir eine Pause. Die Stadt war im Mittelalter ein bedeutendes religiöses, politisches und kulturelles Zentrum. Die Abadia de San Benito el Real de Sahagun galt bis ins 19. Jahrhundert als bedeutendstes Benediktinerkloster Spaniens. Bei den mittelalterlichen Gebäuden der Stadt bewunderte ich die architektonischen Einflüsse des Mudejarstils, erkennbar an den Backsteinbauten mit ihren Hufeisenbögen. Die einstige kulturelle Größe Sahaguns ist noch heute überall erkennbar, wenn auch der Ort zunehmend dem Verfall preisgegeben ist. Ein verbreitetes Schicksal am Camino. Alte sterben, Junge ziehen weg. Ruinen bleiben zurück.

Der Versuch, nur ein einziges Sakralgebäude zu besichtigen scheiterte. Überall standen Baugerüste. Renoviert wurde aber schon lange nichts mehr. Bald drohten auch die Gerüste einzustürzen.

Als ich zur Gruppe zurückkehrte, traute ich meinen Augen nicht. Die vereinbarte halbe Stunde Pause war längst überschritten. Doch meine Freunde machten keine Anstalten aufzubrechen. Im Gegenteil. Etwas angeheitert bestellten sie noch eine Runde Bier.

„Na Jürgen, ist dir der Allmächtige erschienen?", spottete Thomas, als er mich sah.

Die Ernsthaftigkeit der Auseinandersetzung mit der Auferstehung schien während meiner Abwesenheit vollständig verfolgen zu sein.

Paulo machte das nichts aus. Im Gegenteil. Ich sah ihm seine Zufriedenheit an. So, als hätte er eine Fernsehdiskussion gewonnen. Paulos wahrer Erfolg war *nicht* alle Fragen erschöpfend behandelt zu haben. Für mich lag seine Leistung darin, den bislang - zumindest nach außen hin - uninteressierten Thomas soweit zu bringen, diese grundlegenden Themen ernst zu nehmen. Der Camino war für ihn längst nicht mehr *nur* ein sportliches Event. Aber das würde er wohl nie zugeben. Mir gefiel es jedenfalls, wie er sich immer mehr den metaphysischen Gedanken öffnete.

Auch von Mo's anfänglicher Aggressivität war nichts mehr zu merken. Jetzt kostete er sogar den Bierschaum, weil wir ihm einredeten, dass dieser keinen Alkohol enthält. Allah möge ihm vergeben!

Am meisten überraschte mich Paulo. Er regte sich weiter maßlos über die Katholische Kirche auf, die er in nüchternem Zustand meist zu verteidigen versuchte. Er plädierte für eine Kirche, die nicht Verbote und Drohungen, sondern Erlösung und Barmherzigkeit in den Mittelpunkt stellt.

„Hätte ich etwas zu reden, würde ich die Hälfte der Kardinäle entlassen", meinte er sogar. Der eilig getrunkene Alkohol ließ sogar beim sonst so besonnenen Theologen die Zunge locker sitzen.

Als ich schon die Hoffnung aufgab, heute hier wegzukommen, brach die Gruppe schließlich nach dreistündiger Pause auf.

„Nun müssen wir uns aber beeilen, sonst bekommen wir keinen Schlafplatz in der Herberge", warnte ich und kam mir vor, wie ein biederer Aufseher, der die Party störte.

Dass die Gegend nach Sahagun auf der staubigen Via Trajana aussah wie Afrika, lag nicht am Alkoholpegel. Obwohl der Sommer noch gar nicht begonnen hatte, waren hier die Gräser bereits gelb.

Die Landschaft erinnerte mich an den Krüger-Nationalpark in Südafrika, den ich vor ein paar Jahren bereiste. Würde jetzt eines der sogenannten „Big Five“ - Löwe, Leopard, Büffel, Nashorn und Elefant - auf uns zukommen? Welch skurriler Gedanke! Natürlich gab es sie hier nicht.
Es brauchte mehr als eine Stunde, bis sich unsere Pilgergruppe wieder etwas ausnüchterte.
Die Folge: Durst. Das körperliche Befinden passte perfekt zur trockenen Landschaft.
Unübersehbar waren hingegen die zahlreichen Störche, für die diese Gegend ein wahres Paradies zu sein scheint. Ihre Nester auf Rauchfängen und Kirchtürmen gehören ganz einfach zum Bild dieser Region. Im „Afrika“ von Nordspanien konnten wir sie in Massen bewundern. Ein Schauspiel, das ich mit meiner Kamera festzuhalten versuchte. Doch es war unmöglich, brauchbare Aufnahmen zu machen.
„Kann es sein, dass jene Menschen, die den Auferstanden sahen, nur Halluzinationen hatten?“, fragte Thomas ohne Vorankündigung.
„Wenn dein Namensvetter - der Apostel Thomas - genauso zweifelte wie du, und deshalb Jesus berühren durfte: Wie kann es sich da um Halluzination handeln? Und selbst wenn. Jesus erschien vielen Menschen. Im Korintherbrief wird sogar von mehr als 500 Zeugen berichtet. Einige suchte Paulus persönlich auf, weil er es ganz genau wissen wollte. Ist es wahrscheinlich, dass alle zeitgleich halluzinierten? Du glaubst das doch nicht wirklich Thomas?“, fragte Paulo.
Thomas hätte zudem wissen müssen, dass Halluzinationen in erster Linie bei Menschen mit psychiatrischen Erkrankungen, also psychischer Instabilität vorkommen. Ursachen dafür können Schizophrenie, Psychosen, extreme Migräne,

Drogenmissbrauch oder schwere Entzugserscheinungen sein.
Ist alles nur ein unglaublicher Zufall gewesen? Vielleicht waren die 500 Zeugen Alkoholiker, Drogenabhängige oder Psychos, die exakt zur selben Zeit Anfälle hatten?
Doch selbst wenn: Warum hatten dann *alle* die gleiche Erfahrung? Weshalb sahen alle nur den Auferstandenen und nicht etwa ein paar schöne Frauen oder gutes Essen?
Thomas grinste. Er wusste selbst, dass das nicht nur unwahrscheinlich, sondern *unmöglich* war.
„Ich gebe mich geschlagen“, meinte Thomas. Er streckte beide Hände in die Höhe, als hätte er gerade kapituliert. Aber sein Grinsen war nicht nur aus Verlegenheit. Irgendetwas in seinem Inneren sagte ihm scheinbar noch immer, dass er das alles nicht glauben könne.
Mich erinnerte die Debatte an jene Skeptiker, die auch Nahtoderlebnisse um jeden Preis ausschließen *wollen*.
Obwohl es unzählige Fallbeispiele von Menschen gibt, deren Hirnaktivitäten nachweisbar nicht mehr funktionierten: Wie konnten sie gleichzeitig über Ereignisse berichten, von denen jeder Anwesende wusste, dass sie sich ereigneten?
Auch hier reichten die Argumente von Halluzination, Sauerstoffmangel bis zu einer zu hohen Endorphinausschüttung und vielem mehr. Es gibt unzählige medizinische und psychologische Einwände, die aber bei genauerer Betrachtung nur verzweifelte Versuche sind, etwas zu rechtfertigen, dass man nun mal glauben will.
So, wie blinder, unbegründeter Glauben gefährlich ist, gilt selbiges für ein stures Festhalten an Theorien, die sich hinter angeblich wissenschaftlichen Thesen verstecken und sie zu Dogmen machen.

Dabei ist es zutiefst unlogisch zu unterstellen, über 500 Personen wären zeitgleich einer Halluzination verfallen und hätten *trotzdem* dasselbe Erlebnis. Genauso wie es irrational ist, psychologische Begründungen anzustellen, wo eigentlich nur noch eine Leiche ist.
Es gibt also am Ende nur eine Möglichkeit, dem Schlamassel zu entkommen. *Will* ich an *meiner* Wahrheit dogmatisch festhalten, oder nicht?
Wenn ich definiere, dass alles, was nicht messbar ist, auch nicht wahr sein kann, werde ich nie Phänomene wie Auferstehung, Nahtoderfahrungen oder mystische Erlebnisse glauben. Es ist allerdings legitim - ja sogar notwendig - nachzufragen, ob das, was ich glaube, auch wahr sein kann und einer kritischen Überprüfung standhält.
Nicht umsonst zweifelten irgendwann die Menschen daran, dass etwa Gewitter der Zorn Gottes seien. Vielmehr gibt es heute rational begründbare Ursachen dafür.
Gerade wir Menschen sind fähig, mittels der Vernunft die Welt zu begreifen. Allerdings bildet sie nur einen Teilaspekt der Realität.
Es gibt scheinbar *auch* etwas, das darüber hinausgeht. Dafür haben wir zahlreiche Hinweise, auch wenn sie nie wissenschaftlich erklärbar sind. Trotzdem sind sie *mehr*, als nur blinder Glaube ohne jegliche Substanz.
Auch der österreichische Quantenphysiker *Anton Zeilinger (geb. 1945)* meinte in der Wochenzeitung „Furche" in diesem Zusammenhang, dass die Welt nicht nur materiell sei und es „mehr" gäbe.
Spannungen zwischen Religion und Wissenschaft sieht er immer dann, wenn beide ihre Kompetenzbereiche überschreiten. Wenn also der Naturwissenschaftler meint, er

könne vollständig die Evolution erklären, oder wenn der religiöse Fundamentalist den Schöpfungsbericht der Bibel wörtlich nimmt.
Dann kracht es! Denn beide sind unbelehrbare Dogmatiker. Zeilinger plädiert für einen Dialog von Wissenschaft und Religion, weil sich aus seiner Sicht beide ergänzen. Dem stimme ich vollkommen zu!
Jetzt wurde mir auch klar, weshalb Paulo mir in Pamplona erklärte, ich sei auf dem besten Weg zu Jesus. Was ich damals nicht begriff, ist mir jetzt sonnenklar! Nahtodphänomene und Auferstehung sind *zwei* Seiten der *gleichen* Medaille.
Es gibt in der Bibelexegese wohl keine Textstelle, die nicht schon vielfach untersucht wurde. Das heißt bei weitem nicht, dass alle Rätsel gelöst sind.
Im Gegenteil: Es stellt sich aber doch die Frage, weshalb wir im Alltag Dingen, die wir viel weniger verstehen, trotzdem blind vertrauen. Die wenigsten von uns wissen, wie ein Computer wirklich funktioniert und verwenden ihn doch jeden Tag. Auch das Phänomen, Nachrichten in Echtzeit um den Globus zu schicken, bringt niemanden auf die Idee, ob das Halluzination wäre.
Irgendwann, so wurde mir klar, muss es auch gut sein. Selbst der Journalist Lee Strobel, der es zu seiner Lebensaufgabe machte, den „Fall Jesus“ als Idiotie abzutun, wurde irgendeinmal gefragt: „Wie viele Beweise brauchst du noch?“
Fazit: Rationale Argumente und Beweise sind gut. Aber nicht gut genug.
Es braucht noch etwas mehr. Die innere Einstellung, zu glauben oder eben nicht, um nicht nur einen Teilaspekt zu sehen, sondern etwas mehr.
Echter Glaube muss stimmig sein: Rational begründet, aber

auch mit einem letzten Geheimnis. Entscheidend ist aber, sich auf die Suche zu machen. Nicht umsonst heißt es: „Wer suchet, der findet."

Die späte Ankunft in Calzadilla de los Hermanillos war für mich wie ein innerer Sieg. Selten fühlte ich derart stark, einen großen Schritt in meiner persönlichen Weiterentwicklung vollzogen zu haben. Diese Erkenntnisse hätte ich wohl nie in gescheiten Büchern in heimischer Abgeschiedenheit gefunden. Nein, es waren die Pilgerfreunde in meiner Camino-Welt, die mich dazu brachten.

Meine innere Befriedigung wurde schon kurze Zeit später durch Sachzwänge des Alltags unterbrochen. Unsere Herberge war nämlich schon voll, die nächste jedoch zu weit entfernt. Was tun? Schließlich war es bereits 19 Uhr. Eigentlich viel zu spät.

Doch am Camino, so wurde mir gesagt, gibt es immer eine Lösung. Der Leiter der Herberge in Calzadilla de los Hermanillos war so freundlich und führte uns mit seinem Kleinbus in das nur wenige Kilometer entfernte El Burgo Ranero. Der Ort war mir zunächst ein Rätsel. Er sollte direkt an der Strecke liegen. Ich fand ihn aber nicht. Als ich meinen Wanderführer genauer studierte, wusste ich endlich warum.

In Reliegos, etwa 18 Kilometer vor unserem Etappenziel, teilte sich der Camino. In unserem angeheiterten Zustand bekamen wir gar nicht mit, die längere, aber historischere Wegstrecke gegangen zu sein.

Etwa drei Kilometer parallel dazu verlief eine zweite Variante. Wir mussten deshalb einen Teil der gegangenen Strecke zurückfahren, um dann auf die andere abzubiegen. Genau genommen gingen wir deshalb auf unserem Weg fünf Kilometer mehr.

Dafür mussten wir bis zur Kreuzung der beiden Pfade morgen um zwei Kilometer weniger marschieren.
„Gott sei Dank!“, atmete ich auf.
Niemand konnte verstehen, weshalb mir das so wichtig war. Ich schon. Es gehörte für mich ganz einfach dazu, keinen Kilometer mit dem Auto zu fahren. Obwohl es heute keine andere Möglichkeit gab, zu einem Quartier zu kommen, war diese Lösung akzeptabel, schließlich ging ich am Ende trotzdem drei Kilometer mehr, aber keinen weniger! Ich würde mir also nichts „erschummeln“.
Im Eilzugstempo hieß es nun: duschen, essen, schlafen gehen. Zu sehen gab es in diesem gottverlassenen Nest ohnehin nichts.
Auf die obligatorische Weinbegleitung verzichtete jeder. Die heutige Etappe war weder besonders lang, noch schwierig. Aber anstrengend. Übermäßiger Alkoholgenuss und das Pilgern vertragen sich vielleicht doch nicht so gut!
Als ich vor dem Schlafengehen ein paar Schritte vor die Tür ging, erlebte ich während des Sonnenuntergangs ein völlig unerwartetes Hörspiel: ein Froschkonzert XXL, welches ich bisher nie in einer derartigen Lautstärke erlebte.
Wie ich später erfuhr, leitet sich der Ortsname von den Fröschen der kleinen Lagune am westlichen Ortsrand ab. Scheinbar gab es für die Einwohner hier nie etwas Aufregendes. Außer einem täglichen Gratiskonzert.

13

DER EWIGE ZWEIFEL

El Burgo Ranero – Leon

Dass wir am nächsten Tag schon im Dunkeln losgingen, hatte einen Grund. Bis Leon, einer der kulturellen Höhepunkte des Camino Frances, waren es mehr als 40 Kilometer. Obwohl mein Pilgerführer zwei Etappen vorschlug, machten wir eine einzige daraus.

Es galt so schnell wie möglich unser Ziel zu erreichen.

Ein Ruhetag - besser: ein Besichtigungstag - war von Anfang an für Leon reserviert. Auch Paulo hatte wegen seines „Via Francigena-Projektes“ dort einen wichtigen Termin. Pepi brauchte unbedingt eine Pause, während Indira, Thomas und Mo noch unentschlossen waren.

Die heutige Tour kann als reines Kilometerbolzen zusammengefasst werden. Noch ein letztes Mal in der unspektakulären Landschaft der Meseta.

Weiter, weiter, immer weiter! Irgendwie war heute alles eine reine Pflichtübung. Als Belohnung wartete die atemberaubende Kathedrale mit ihren überirdisch anmutenden gotischen Glasfenstern.

Weil wir kein Frühstück einnahmen - am Camino eine Dummheit - knurrten bei der Ankunft in Mansilla de las

Mulas bereits unsere Mägen. Hier kreuzt sich die Via Trajana mit den Nord-Süd-Handelswegen. Folglich entstand ein bedeutender Viehmarkt, der Mansilla de las Mulas im Hochmittelalter zur größten und reichsten Marktstadt der Region machte.
Wenn ich schon mal hier war, wollte ich auch eine der Spezialitäten kosten: Kutteln und Bries.
Während ich das deftige Mahl genoss, verzogen die anderen nur ihr Gesicht.
„Das sieht ja eklig aus!", meinte Indira „Da wird mir schon vom Hinschauen schlecht."
Ich muss zugeben, auch ich hatte schon Besseres gegessen.
Ein ehemaliger Arbeitskollege pflegte immer zu sagen: „Wenn das der Hund riecht, läuft selbst der davon."
Für mich ging es mehr darum, es gekostet zu haben. Erst dann kann ich beurteilen, ob es schmeckte oder nicht. Ich bin eben ein neugieriger Mensch. Nicht nur beim Sightseeing, sondern auch beim Essen.
Nachdem wir den Ort - dessen Stadtbild von mittelalterlichen Mauern geprägt ist - verließen, setzte ich mich von der Gruppe ab. Ich wollte den belanglosen Gesprächen entkommen und über etwas nachdenken, dass mir keine Ruhe ließ.
Paulo konnte trotz vieler kritischer Anfragen nüchtern und faktenbasiert sämtliche Argumente, die gegen die Auferstehung Jesu vorgebracht wurden, widerlegen.
Mein Zugang zum Glauben beruhte weniger auf einer bestimmten konfessionellen religiösen Ausrichtung, sondern orientiert sich primär an den Phänomenen der Nahtodforschung.
Doch gestern wurde mir klar, dass sich beide Zugänge nicht ausschlossen, sondern vielmehr ergänzten. Auch das, was

Menschen mit Nahtoderfahrungen berichten, deckt sich in gewisser Weise mit den Impressionen der Zeugen der Auferstehung.
Das stärkste Argument dafür ging gestern fast unter: *Beide* - Zeugen der Auferstehung und Menschen mit Nahtoderfahrungen sowie mystischen Erlebnissen - hatten tiefgreifende Erfahrungen, die ihr Leben veränderten. Und zwar nachhaltig.
Auch Menschen im Drogenrausch erfahren Geborgenheit und Glück. Doch mir ist nicht bekannt, dass dies ihr Leben nachhaltig veränderte. Im Gegenteil: es zieht sie immer mehr hinunter, weil ihre Sucht stärker und stärker wird.
Die Zeugen der Auferstehung änderten jedoch ihr Leben radikal. Dadurch wuchsen sie über sich hinaus. Es handelte sich dabei nicht um Helden, sondern ganz normale Menschen. So verleugnete Petrus vor der Kreuzigung Jesus dreimal. Wahrscheinlich glaubte er nicht mehr, dass Jesus der Messias sei.
Doch was passierte nach der Auferstehung? Er starb für seinen Glauben! So, wie viele andere Zeugen und jene, die noch aus „erster Hand" die Schilderungen erfuhren.
Auch heute verfügen wir über unzählige Beschreibungen von Menschen mit Nahtoderfahrungen oder mystischen Erlebnissen, die eine Gewissheit erlangten, die ihr Leben nachhaltig veränderte. Die meisten reden nicht darüber, weil ihnen ohnehin niemand glaubt. Doch diese existenzialistischen Erfahrungen können ihnen nicht genommen werden. Außenstehende werden sie auch nicht verstehen. Natürlich gibt es für das alles keine Beweise im Sinne der Wissenschaft. Doch allein durch Offenheit und vorurteilsfreies Hinsehen öffnen sich schon viele Türen zum Verständnis dafür.

Das ist jedenfalls *meine* Erfahrung. Ich kam nun mit meinem persönlichen Glauben dem biblischen Gott schon ein großes Stück näher. Das war keineswegs selbstverständlich.
Ein Nichthinterfragen und ein *un*begründeter Glaube wären sicherlich die einfacheren Wege gewesen. Rituale ersetzen bei vielen Menschen den Inhalt.
Immer wieder staunte ich, wie wenig sich „brave" Kirchengänger mit allem und jedem auseinandersetzen. Nur nicht mit dem *Kern* ihres Glaubens.
Mir hingegen sind Kirchenbesuche nicht so wichtig. Außer zu Ostern und zu Weihnachten gehe ich fast nie in die Heilige Messe. Doch die Auseinandersetzung mit dem Glauben findet täglich statt. Ist das *mein* Kirchgang?
Vielleicht kommen mir gerade deshalb immer noch Zweifel. Was ist, wenn ich mir alles nur einbilde? Paulo hätte sicher geantwortet: „Wie viele Beweise brauchst du noch?"
Meine Zwischenbilanz: Am Camino war ich als Interreligiöser angekommen. Die letzten Tage begriff ich, dass das Alte Testament wichtiger Bestandteil der christlichen Lehre ist, und nicht so einfach abgetrennt werden kann. Außerdem würde ich jetzt die Schriften des Neuen Testaments nicht mehr als Mythen abtun.
War ich wirklich schon an einem Level angekommen, wo man sagen kann: „Was willst du denn noch?"
Ich denke nicht. Denn die Fragerei kann natürlich ständig fortgesetzt werden. Konsequent weitergedacht müsste ich letztlich sogar meine eigene Existenz in Frage stellen. Aber irgendwann löst sich dann alles auf. Und es bleibt nichts mehr. Würden wir im täglichen Leben so agieren, gäbe es kein Fundament mehr. Ein (Über-) Leben wäre schwierig, wenn nicht gar unmöglich.

Dass der Wunsch, alles bis zum Letzten zu hinterfragen und anzuzweifeln keine reine Spinnerei ist, zeigte der Mathematiker, Naturwissenschaftler und Philosoph *Rene Descartes (1596 - 1650).*

Er untersucht in seinem Werk „Meditationen über die erste Philosophie", ob es so etwas wie Gewissheit gibt oder ob diese grundsätzlich unmöglich ist. Auf Sinneseindrücke können wir uns jedenfalls nicht verlassen. Schon gar nicht darauf, dass uns andere Menschen die Wahrheit sagen.

Mehr noch: Haben wir nicht alle schon daran gedacht, ob wir alles nur träumen? Denn auch im Traum erscheint das Erlebte als Realität. Was wirklich ist, lässt sich aufgrund unserer Erfahrungen *nicht* mit absoluter Sicherheit sagen.

Descartes scheidet deshalb alles aus, was nur irgendwie falsch sein könnte. Er nimmt an, dass wir ständig getäuscht werden.

Nur eines ist sicher: dass nämlich ICH getäuscht werde. Er kommt deshalb zum Ergebnis, dass der Satz: *„Ich bin, ich existiere"*, notwendig wahr sein muss. Es ist nämlich *mein* ICH, welches diese Täuschung wahrnimmt.

Nur in einem besteht Gewissheit: Dass es, indem es so denkt, ein ICH ist, das gleichzeitig nicht weiß, *was* es für ein ICH ist.

Daraus leitet Descartes den berühmten Satz ab: *Cogito ergo sum. Ich denke, also bin ich.*

In seinem radikalen Zweifel an allem bleibt ihm nur noch eine einzige Gewissheit. Nämlich, dass *ich* es bin, der zweifelt. Das ist aber gewiss.

Dieses Denken kann deshalb, so Descartes, keine Einbildung sein. Alles andere schon.

Ich stelle mir deshalb die Frage: Wird die Vernunft nicht

irgendwann destruktiv? Der Drang nach Vollständigkeit bei der Erklärung der letzten Dinge kann ergebnishemmend sein. Braucht es nicht auch Mut zur Lücke?
Einsicht durch Rationalität ist nur *eine* Seite der Medaille. Scheinbar gibt es auch eine andere Gewissheit *jenseits* der Vernunft.
Erinnern wir uns an Paulo. *Seine* Überzeugung gründet auf mystischen Erfahrungen. Außenstehende können nicht begreifen, wovon er spricht. Doch *er* weiß es. Auch wenn er es bestenfalls mit Bildern oder Gleichnissen ausdrücken kann.
Umgekehrt kenne ich Menschen, die wegen kleinster emotionaler Gefühlsregungen unreflektiert von „Gotteserfahrung" sprechen und so tun, als wüssten sie alles. In Wirklichkeit sind es nur Hirngespinste.
„Na, worüber denkst du schon wieder nach?", riss mich Paulo aus meinen Gedanken. Als ich ihm von meinen Überlegungen erzählte, bestätigte er, dass er dies genauso sehe. Kritisch sein und alles hinterfragen ist höchst notwendig, um *begründet* zu glauben.
„Weißt du, meiner Meinung nach sind die meisten Menschen dafür aber zu faul, zu uninteressiert oder intellektuell nicht in der Lage. Deshalb braucht es die ‚Mutter Kirche', um der breiten Masse ein paar Grundlagen zu bieten. Aber mir sind Menschen wie du lieber, die sich an den Ritualen kaum beteiligen, als jene, die zwar das volle Programm mitmachen, aber sich nie den fundamentalen Fragen stellen", gab Paulo offen zu. Er erzählte mir von einer Frau, die jeden Tag den Rosenkranz betet, aber einmal meinte, dass sich nach dem Tod alles ins Nichts auflösen werde. Sie hatte scheinbar über Jahrzehnte Dinge gebetet, über die sie nie nachdachte. Routine eben.

Für viele Menschen genügt es offensichtlich, inspiriert durch die Atmosphäre in Sakralbauten, sich ganz einfach *nur* geborgen fühlen zu wollen.
„Weißt du Jürgen. Die meisten ‚alten Mütter', die jeden Tag zu mir in die Kirche kommen und den Rosenkranz beten, wollen und können ihren Glauben gar nicht intellektuell begründen. *Trotzdem* glauben sie. Irgendwie eben. Und das ist gut so", meinte Paulo.
Er erinnerte mich in diesem Zusammenhang an den Psychiater und Theologen *Manfred Lütz (geb.1954)*. Er meint in seinem Buch „Gott - Eine kleine Geschichte des Größten", der christliche Glaube sei in seinem Kern für das „alte Mütterchen", das den Rosenkranz betet, einfacher zu verstehen, als für „pseudointellektuelle Neunmalgescheite". Lütz kritisiert, dass Alleserklärer zwar intelligent, aber nicht klug sind, zwar viel wissen, aber nie Gewissheit erlangen, manches kennen, aber sich auch zu nichts bekennen.
„So ist es!" unterbrach mich Paulo. „Eigentliche Aufgabe der Theologie muss es sein, den tiefen Glauben des „alten Mütterchens", das jeden Tag brav den Rosenkranz betet, intellektuell zu erklären, aber auch vor intellektueller Arroganz zu schützen."
Ich begann zu lachen: „Das meinst du doch nicht ernst, lieber Paulo? Ist es nicht *gerade* die Kirche, die intellektuelle Arroganz verbreitet?"
„Sind dann nicht auch alle Politiker korrupt und karrieregeil?", stellte mir Paulo eine provokative Gegenfrage.
Ich gab darauf keine Antwort mehr. Zu sehr schmerzten meine Beine. Mehr als 40 Kilometer geht man eben nicht so nebenbei. Wir allen waren froh, unser Etappenziel rechtzeitig zu erreichen.

Leider bot der erste Panoramablick auf Leon keinen würdigen Rahmen. Der höllische Motorenlärm einer Autobahn, die sich unmittelbar neben unserem Weg befand, störte die Vorfreude auf dieses kulturelle Juwel.
Goldene Jakobsmuscheln, die am Boden angebracht waren, führten uns ins Stadtzentrum. Ein Ausdruck dafür, dass Leon als Perle am Camino gilt.
Heute war es das erste Mal, dass ich mit meinen Kräften völlig am Ende war. Die Länge der Strecke, die Hitze und das schnelle Tempo verlangte allen sehr viel ab. Nur Thomas, der den Camino noch immer als Sportevent betrachtete, tat zumindest so, als könne er noch viele Kilometer weitergehen. Ob dies nur Angeberei oder Realität war, kann ich nicht beurteilen. Man merkte ihm jedoch an, dass es ihm aus unerfindlichen Gründen wichtig war, als fitter Sportler anerkannt zu werden. Dabei nervte er uns damit nur.
Während Paulo, Indira, Thomas und Mo in einer Pilgerherberge übernachteten, leisteten sich Pepi und ich den Luxus eines Hotels mit Einzelzimmer.
Zusammen besuchten wir am nächsten Tag die Kathedrale. Höhepunkt des beeindruckenden Sakralbaus des 13. und 14. Jahrhunderts waren die wunderschönen Glasmalereien der Fenster. Sie spiegelten für mich, wie nur wenige gotische Bauwerke, die Vision vom „himmlischen Jerusalem“. Wahrscheinlich brauchte der mittelalterliche Durchschnittsmensch keine Erklärungen und Gewissheiten, über die ich mir heute so sehr den Kopf zerbrochen hatte. Allein beim Betreten des Bauwerks zweifelte niemand mehr an der Existenz Gottes.
Mir wäre das zu wenig gewesen.
Lange belächelte ich diese „einfachen“ Geister. Ich hinge-

gen zählte mich zu den „Obergescheiten“, die viel zu wissen glauben, sich aber auf nichts festlegen wollen. Mittlerweile fragte ich mich aber, ob ich das „alte Mütterlein“ nicht dafür bewundern sollte. Ihre Gewissheit war ihr ganz einfach geschenkt worden. Zu Akademikern hatte sie nie Kontakt. Nach- und Hinterfragen ist ihr fremd. Daher auch keine Zweifel.
Es ist einfach so. Punkt.
Ist das so schlecht? Muss man sich darüber lustig machen? Keineswegs. Vielleicht würde sich das „alte Mütterlein“ über Typen wie mich nur amüsieren und gar nicht verstehen, was eigentlich mein Problem ist. Irgendwie beneidenswert!
Genauso beneidenswert war die Pracht der Real Basilica de San Isidoro. Wegen der ausdrucksstarken Deckenmalereien wird dieses Meisterwerk als „Sixtinische Kapelle der Romanik“ bezeichnet. Natürlich kann sie nicht annähernd mit den Dimensionen und der Pracht des Vatikans mithalten. Doch gerade die Intimität des Baus und die Seltenheit gut erhaltener Fresken aus der Romanik, machen das Kunstwerk so besonders.
Weiterer Höhepunkt unserer Besichtigungstour: der Parador. Das riesige gotische Gebäude war einst Pilgerherberge, Hospital und Kirche. Prächtiger konnte der mittelalterliche Wallfahrer nicht untergebracht werden. Heute ist dieser riesige Komplex Nobelhotel, Museum und Kirchengebäude. Ein mittelalterlicher Mega-Bau.
Leon darf auch abseits der Sehenswürdigkeiten als ein architektonisches Idyll am Camino Frances bezeichnet werden, obwohl es heute mit rund 130.000 Einwohnern zu den Großstädten am Jakobsweg zählt.
Pepi und ich verstanden überhaupt nicht, weshalb sich die

meisten Pilger kaum Zeit nahmen, diese Pracht genauer zu betrachten. Auch Indira, Thomas und Mo ignorierten die kulturellen Leckerbissen und gingen weiter. Jeder wie er will! Pepi und ich trafen sich am Abend noch mit Paulo in einer Tapas-Bar. Der Pausentag tat uns nach der längsten Etappe des Camino sichtlich gut.

14

DER EROS DES CAMINO

Leon – Villar de Mazarife – Astorga

Nur raus aus Leon! Auch wenn mir das intensive Sightseeing in größeren Städten immer unglaublichen Spaß machte: Von einem *echten* Ruhetag kann da aber keine Rede mehr sein. Solche Tage sind *auch* anstrengend.

Weiterer Nachteil: Es dauert einige Zeit, bis man die unattraktiven Vororte hinter sich lässt.

Virgen del Camino, die Stelle, an der 1505 die Jungfrau Maria einem Hirten erschienen sein soll, ist zwar ein eigener Ort, de facto aber mit Leon zusammengewachsen. Die Gottesmutter versprach dem Hirten, dass an jener Stelle, wo er einen Stein hinwerfe, einmal eine Kapelle entstehen werde. So jedenfalls die Legende.

Der heutige Bau stammt aus den 1960er Jahren. Doch die kalte Betonarchitektur dieser Zeit ist nicht jedermanns Sache. Auch meine nicht. Umso mehr überraschte mich der Barockaltar im Inneren, denn er bildet einen völligen Kontrast zur seelenlosen Außenfassade.

Ich setzte mich kurz nieder und ließ die mystische Stimmung auf mich wirken. In völliger Stille betrachtete ich die Marienfigur. Wie in Trance, verschmolzen deren Gesichtszüge mit jenen meiner verstorbenen Freundin Alina. Wahrscheinlich bildete ich mir alles nur ein, weil ich schon wieder nicht gefrühstückt hatte und mein Körper unterzuckert war. Mit Entsetzen stellte ich fest, dass ich die letzten Tage kaum an meine Geliebte dachte. Dabei war ihr Tod der eigentliche Anlass für meinen Camino. Waren das schon die ersten Anzeichen, sie irgendwann ganz zu vergessen?

Ich erinnerte mich an den Spruch: „Erst wer vergessen ist, ist wirklich tot."

Mich plagte mein schlechtes Gewissen.

Es stellten sich einige Fragen: Ab wann „darf" ich wieder glücklich sein? Ist es legitim, sich bald wieder in eine Frau zu verlieben? Betrüge ich damit Alina?

Gleichzeitig wurde mir von Freunden immer wieder eingeredet, ich möge nach vorne schauen. Ich sollte sie in Erinnerung behalten, aber weiter *mein* Leben „leben".

Überall erzählte ich den Menschen, dass ich den Camino für Alina gehe. Tat ich das aber nicht auch für mich? Ist die Entwicklung der letzten Tage - wo ich wieder lachte, philosophierte und glücklich war - ein positives Zeichen?

Der Tod eines geliebten Menschen in so jungen Jahren birgt die Gefahr, diesen auf einen Sockel zu stellen. Wenn man jemanden nur einige Monate kennt und sich in der Verliebtheitsphase, abseits der Alltagsprobleme befindet, neigt man dazu, eine Beziehung zu idealisieren. Verdrängt werden negative Aspekte. Aber wenn jemand so überraschend, so früh und vor allem so sinnlos geht wie Alina, bleibt eben nur das schöne Bild dieser kurzen Zeit.

„Komm, wir gehen weiter", drängte Pepi und riss mich aus meinen Gedanken.

Das Thema Liebe oder Eros - wie immer man es nennen

mag - holte mich aber schneller ein, als ich dachte. Als ich mit Pepi im unscheinbaren Ort Villar de Mazarife in einer Herberge mit Swimmingpool eincheckte, kam plötzlich Indira auf mich zu. Sie umarmte mich und sagte: „Jürgen, ich habe dich schon so vermisst!"
Völlig überrascht errötete ich aus Verlegenheit. Ihr Lächeln konnte ich nicht einschätzen. Machte sie sich nur einen Spaß? Handelte es sich um eine Freundlichkeit, die ich nicht überschätzen sollte? Oder flirtete sie gerade mit mir? Ich denke, sie wusste es selber nicht.
Dass wir gerade am bisher heißesten Tag unserer Pilgerreise über eine Bademöglichkeit im Freien verfügten, war ein angenehmer Zufall.
Es kam auch nur heute vor, dass wir eine Tagesetappe schon vor 15 Uhr beendeten. Und nun planschte ich mit einer attraktiven jungen Frau, die mich scheinbar sympathisch fand, im kühlen Nass. Welch Privileg!
Eigentlich fehlte nur noch der Sommerspritzer. Also ein wenig Weißwein mit viel Sodawasser gemischt, mit einer Menge Eiswürfel. Wenn möglich, auch mit einer Zitronenscheibe. Die perfekte Erfrischung. Doch dafür eigneten sich die spanischen Weine nicht.
„Denkst du noch oft an Alina?", fragte mich Indira schüchtern. Ich beichtete ihr von meinem Erlebnis wenige Stunden zuvor, als ich in der Marienfigur die Gesichtszüge meiner verstorbenen Freundin erkannte.
Indira deutete dies sofort als Zeichen „von oben". Ich hatte da meine Zweifel. Es war offensichtlich, dass mein Kreislauf verrücktspielte und ich unter Unterzuckerung litt. Aber darüber wollte ich jetzt nicht mehr nachdenken.
Zu sehr fesselte mich meine knapp bekleidete indische Pilger-

freundin. Indira verkörperte in ihrem sexy Badeanzug das, was man in der griechischen Antike als *Eros* bezeichnete.
Eros kann als Liebe oder Begehren beschrieben werden. Eros galt in der griechischen Mythologie als schönster unter den unsterblichen Göttern.
Er verfügt über die Fähigkeit, sich gegen alle vernünftigen Überlegungen durchzusetzen. Alle sind seiner Macht ausgeliefert.
In der philosophischen Tradition gilt Eros als Form starken Begehrens oder Verlangens, das den Menschen wie eine übermenschliche Macht zu ergreifen scheint. Von Eros spricht man bei einer sinnlich-erotischen Liebe. Es geht dabei aber nicht nur um banale Triebbefriedigung, sondern auch um den Wunsch, selbst begeht und geliebt zu werden.
Eine weitere Form der Liebe ist die *Philia*, vereinfacht als Freundesliebe bezeichnet. Sie fußt auf gegenseitigem Verständnis und Anerkennung.
Ich erinnere mich noch genau an den Tag, als ich meinen Freund Michael um zwei Uhr früh anrief und von Alinas Unfall erzählte. Intuitiv wusste er, was zu tun ist. Er forderte mich auf, sofort zu ihm zu kommen und spendete mir Trost. Auch wenn das alles selbstverständlich klingt. Doch nur ein echter Kumpel reagiert so.
Selbiger schreckt aber auch vor harter Kritik nicht zurück, wenn es einmal sein muss. Denn ein echter Freund will immer das Beste für seinen Kompagnon.
Jemanden in einer erotischen Liebe zu kritisieren, erweist sich hingegen als kontraproduktiv. Es würde sofort als Verletzung aufgefasst. Eros und Philia sind eben zwei verschiedene Ebenen. Doch oft wäre es wünschenswert beide zu vermischen.

Dritte Form der Liebe ist *Agape*, auch Caritas genannt. Sie ist selbstlos. Dazu gehören Nächsten- und Feindesliebe. Im Mittelpunkt steht die Förderung des Gemeinwohls: sei es durch Einzelne, Organisationen oder Vereine.
Es war schon eine paradoxe Situation. Ich unterhielt mich im Pool mit Indira - die in diesem Moment der Inbegriff des Eros zu sein schien - über Alina, die ich auf so tragische Weise verloren hatte. So ist das Leben!
Je mehr mich das schlechte Gewissen packte, um so größer wurde mein Verlangen, Indira zu umarmen und zu küssen. Vernunft und Leidenschaft schienen sich gegenseitig aufzuschaukeln und immer mehr zu verselbständigen. Bis sie fast unkontrollierbar wurden.
Ein Phänomen, das schon *Sören Kierkegaard (1813 - 1855)* in seinem Buch „Entweder-Oder" genauer untersuchte.
Er unterscheidet zwischen ästhetischer und ethischer Existenz. Für ihn ist die Figur des Don Giovanni Reinkultur unmittelbarer Sinnlichkeit. Letzterer braucht Unmittelbarkeit. Wenn ich Indira begehrte, dann im Hier und Jetzt. Ein Augenblick, der auf seinem Höhepunkt ewig wehren sollte. Das ist aber nicht möglich.
Sinnlichkeit als Unmittelbares ist aber immer auch die Erfahrung der eigenen Bewusstlosigkeit. Hier ist Moralität nicht möglich. Denn Moral setzt Zeitlichkeit voraus. Im Akt höchster Sinnlichkeit kann ich nicht moralisch agieren. Es ist unmöglich, über die Folgen nachzudenken, da es den Augenblick zerstören würde.
Ich kämpfte mit dem Ethiker in mir, der es unmoralisch fand, auf einer Pilgerreise anlässlich des Todes seiner geliebten Partnerin mit einer attraktiven jungen Dame zu kokettieren. Dafür war der zeitliche Abstand ihres Ablebens zu kurz.

Deshalb folgte auf den Augenblick größter Nähe zu Indira sofort Reue.
Kierkegaard bezeichnet dies als Konflikt zwischen subjektiver Sinnlichkeit und transzendierenden Ansprüchen. Seiner Meinung nach gibt es hier kein „Sowohl-als-auch", sondern nur ein „Entweder-Oder".
Würde ich meinen Leidenschaften nachgeben und Indira küssen, könnte ich nicht wählen. Es wäre nämlich Ausdruck meiner Unfreiheit, den sinnlichen Kräften nachzugeben.
Verhielte ich mich moralisch, könnte ich hingegen wählen. Damit unterläge ich nicht mehr der Kraft des Augenblicks, sondern der Zeitlichkeit. Nur so ist es möglich nachzudenken, abzuwägen und zu entscheiden. Lasse ich mich fallen und gebe nach? Oder schaffe ich den Rückzug?
Indira schien denselben inneren Kampf durchzumachen wie ich. Am Ende passierte nichts. Gott sei Dank!
Dabei teilte ich mit ihr keineswegs nur eine erotische Leidenschaft des Augenblicks. Zwischen uns baute sich schrittweise eine innige Beziehung auf. Sie war nicht geplant, sondern entstand einfach so. Die Liebe geht eben ihre eigenen unergründlichen Wege.
Doch ich wollte um jeden Preis mein Vorhaben verwirklichen, bis zum Cruz de Ferro mein Drama mit Alina aufzuarbeiten. Diesen speziellen Ort erreichen wir in wenigen Tagen. Mir war wichtig, dort einen symbolischen Schlusspunkt zu setzen, indem ich ihre Handynummer lösche.
Sollte sich mit Indira *mehr* entwickeln, dann bitte erst *nach* dem Cruz de Ferro. Oder doch besser nach dem Camino? Oder gar nicht?
Nun war ich vollkommen verwirrt. Was ist schon der richtige Zeitpunkt? Keine Ahnung. Aber definitiv nicht jetzt!

Am nächsten Morgen starteten wir sehr früh unsere Tagesetappe nach Astorga. Die langweilige Meseta lag endlich hinter uns. Nun wurde es hügeliger. Ein Vorgeschmack auf die landschaftlich attraktiveren Bergetappen.
Nach etwa drei Stunden Gehzeit entschieden sich Indira, Pepi und ich in Hospital de Orbigo zu pausieren. Kurz vor unserer Ankunft sahen wir einen Pilger der hinkte. Wir trauten unseren Augen nicht. Es war Thomas, der sich offenbar verletzt hatte.
Als wir ihm von weitem zuriefen, versuchte er wieder normal zu gehen. Doch sein schmerzerfülltes Gesicht verriet, dass es ihm nicht gut ging.
Darauf angesprochen, wimmelte er ab: „Es ist alles in Ordnung!"
Wir glaubten ihm kein Wort. Irgendwie fand ich es schon die ganze Zeit lächerlich, dass er uns ständig beweisen wollte, welch toller Sportler er ist. Er genoss es richtig, wenn andere seinem höllischen Tempo nicht folgen konnten.
In Hospital de Orbigo pausierten wir ganz in der Nähe der, mit rund 300 Metern längsten, mittelalterlichen Brücke des Camino Frances. Die dazugehörige Legende passte exakt zum Thema Liebe und Eros. Ich las deshalb die Sage von Ritter Suero de Quinones aus dem Pilgerführer vor. Zusammengefasst geht es um eine klassische mittelalterliche Liebesgeschichte:
Ritter Suero legte als Zeichen seiner „Gefangenschaft der Liebe" zu einer Frau jeden Donnerstag einen schweren Eisenring um seinen Hals und fastete. Er fühlte sich als Sklave seiner selbst. Um aus seiner Unfreiheit auszubrechen, kam er auf die wahnwitzige Idee, mit Mitstreitern einen Passo honroso - einen mittelalterlichen Zweikampf - austragen

zu wollen. Im Zeitraum von jeweils 15 Tagen vor und nach dem Jakobustag am 25. Juli, kämpfte er gegen alle über die Brücke ziehenden Ritter. Suero überlebte trotz schwerer Verwundungen und übergab symbolisch seinen eisernen Halsring. Erlöst und im Frieden mit sich selbst, kurierte er seine Verletzungen aus, pilgerte nach Santiago und heiratete schließlich seine Geliebte Dona Leonor de Tovar. Heute erinnert ein jährliches Ritterspiel an diese Legende.
Die Geschichte erzeugte in der Gruppe Unverständnis. Nur Indira fand alles romantisch. Doch wieso musste Suero ein solches Spektakel aufführen, um eine Frau zu beeindrucken? Als Beweis für wahre Liebe? Um sich selbst zu bestätigen?
Die Legende drückt aus meiner Sicht Folgendes aus: Wir suchen nach dem Ideal der Liebe schlechthin. Sinnbild dafür ist eine Frau, der man alles opfert, sogar sich selbst. Dadurch wird die Bedeutung der Liebe noch einmal aufgewertet. Auch wenn die Legende antiquiert wirkt. Das Motiv dahinter fasziniert uns immer noch.
In der Realität gab es die romantische Heirat schon im Mittelalter fast nie. Adelige mussten sich vielmehr machtpolitischen Zwängen unterwerfen.
Liebe zu institutionalisieren war noch bis Anfang des 20. Jahrhundert eher Ausnahme als Regel. Das schließt nicht aus, dass sich Menschen immer wieder neu verliebten.
Eine Liebe, wie sie Ritter Suero symbolisiert, wird im Zeitalter der Romantik - Ende des 18. Jahrhunderts - neu aufgegriffen. In der romantischen Liebe kommt es zur Idealisierung des Gegenübers. Sie versetzt die Liebenden in eine Welt, die durch ihre Hingabe für einander leidenschaftlicher und sinnlicher wird. Die Literatur der Romantik basiert auf dem festen Glauben einer schicksalhaften Bestimmung für-

einander: als Liebe um ihrer selbst willen. Ausdruck fand die romantische Liebe in Kunst, Literatur und Philosophie.
Johann Christian Friedrich Hölderlin (1770 - 1843) spitzt den Liebesbegriff regelrecht zu. Er beschreibt in seinen Romanen und Gedichten das Ideal der vollkommenen Liebe als restlose Verschmelzung mit dem Liebesobjekt.
Johann Wolfgang von Goethe (1749 - 1832) zeigt in seinem Werk „Die Leiden des jungen Werthers", dass dieses Ideal sogar die Konsequenz des Selbstmords impliziert. Auch darüber kann ich heute nur den Kopf schütteln.
Dennoch findet sich in den Gedanken Hölderlins und Goethes etwas, das auch ich immer wieder erlebte. Je leidenschaftlicher die Liebe für einen Menschen, desto größer das Leid, das automatisch mitschwingt.
Je höher die Intensität der Freude bei der Erfüllung einer Erwartung - etwa einer netten Nachricht - umso herber die Enttäuschung, wenn sie nicht wiederholt wird. Liebe und Leidenschaft, aber auch Enttäuschung und Frust, sind immer eng beisammen.
Die Romantik war ein Aufstand gegen die Dominanz der Verherrlichung der Vernunft und des Verstandes. Ging es im Zeitalter der Aufklärung um rationales Denken und Zurückdrängung von rigiden Glaubensdogmen, sollte in der Romantik das leidenschaftliche Genie zum Ideal erhoben werden. Im Mittelpunkt standen jetzt nicht kühle Rationalität, sondern Empfindsamkeit, Aufopferung und Emotion: *gerade* in der Liebe.
Mehr Einfluss als die hochtrabenden Gedanken der Romantiker hatten wahrscheinlich die Liebesromane des 19. Jahrhunderts. Sie wurden vor allem von bürgerlichen Frauen gelesen. Die dortige romantische Liebe, wo Leidenschaft,

Aufregung und Geborgenheit idealisiert wurden, war aber ein reines Phantasieprodukt. Niemand erwartete dies in der Realität.

Bis zum Beginn des 20. Jahrhunderts gab es äußerst selten Liebesheiraten. Liebe und Heirat hatten meist nichts miteinander zu tun. Mit den Reformen der 1960er und 1970er Jahre, dem Recht auf Ehescheidung und der Emanzipation der Frau, entstand eine ausufernde Erwartungshaltung in der Liebe.

Immer mehr Singles sind heute nicht das Ergebnis einer Renaissance der Romantik. Im Gegenteil: Ein Romantiker des 18. und 19. Jahrhunderts hätte für sein Liebesideal alles geopfert. Gegenwärtig ist es meist genau umgekehrt. Beide Geschlechter leben einen immer größeren Egozentrismus und erwarten vom Gegenüber das Gegenteil.

Ein weiteres Phänomen unseres globalen Digitalkapitalismus besteht darin, immer und überall unendlich viel auswählen zu können, um sich dann doch nie festlegen zu müssen. Das Internet bietet dafür Angebote im Überfluss.

Doch die ständige Auswahl wird irgendwann zum Fluch. Es könnte ja etwas noch Besseres nachkommen. Die Folge: Immer mehr Frust und Einsamkeit, trotz, oder gerade *wegen* totaler Liberalität.

Wahrscheinlich bin auch ich Resultat dieser Entwicklung. Ich kritisiere sie, will sie gleichzeitig aber nicht missen.

Mit meiner verstorbenen Freundin Alina entwickelte sich eine für meine Verhältnisse längere Beziehung, weil sie die Logik dieses Mechanismus durchbrach. Als ich sie auf einer Feier kennenlernte und sie gleich bei mir übernachtete, blieb sie einfach.

Sie kam immer wieder. Irgendwann gewöhnte ich mich

daran. Was ich anfangs als Hineindrängen in mein Junggesellenleben empfand, wurde nach einiger Zeit zur Bereicherung.

Jetzt, da sie tot ist, kann ich aber zunehmend die Ideale der Romantik verstehen. Dabei machte ich mich lange darüber lustig.

Ich wusste, dass ich nach Alinas Tod sehr wohl wieder Liebesbeziehungen haben wollte. Doch wenn alles scheitert - ich vielleicht als alter Mann alleine bin - bleibt mir die Erinnerung und die belebende Kraft, sie vielleicht wiederzusehen.

Ich merkte gar nicht, wie sehr ich nach dem Erzählen der Legende von Hospital in einen generellen Monolog über die Liebe abglitt. Ohne meinem Schicksal mit Alina hätte mir wohl längst einer meiner Pilgerfreunde dazwischengeredet. Doch in Kenntnis meiner Geschichte hörten alle artig zu. Aus echtem Interesse oder nur aus Mitleid?

So, wie Indira mich die ganze Zeit ansah, merkte ich, dass auch sie am liebsten in die Welt der Romantik eintauchen würde. Thomas hingegen zog skeptisch seine Augenbrauen hoch und rümpfte die Nase.

Endlich rang er sich zu einem Konter durch: „Jürgen, das was du sagst, ist alles eine völlig abwegige Vorstellung. Liebe ist doch naturwissenschaftlich erklärbar.“

Ein Raunen ging durch die Gruppe.

„Leidenschaftliche Liebe animiert Hirnareale, die mit Euphorie, Belohnung und Motivation in Verbindung gebracht werden. Diese regen sich auch unter dem Einfluss von Opiaten oder Kokain. Liebe ist in gewisser Weise eine Sucht, die verblödet. Schau dir doch nur das peinliche Verhalten von Verliebten an. Sie sind wie Idioten oder Kleinkinder“, analysierte Thomas in seiner gewohnt nüchternen Art.

Sofort legte er nach: „Das kommt daher, weil der Botenstoff Dopamin das Gehirn überschwemmt. Ausgeschüttet wird dieser vom Hypothalamus, der wichtigsten Hormonquelle des Gehirns. Wir sprechen von dem, was vereinfacht als Glückshormon bezeichnet wird."
Indira widersprach ihm heftig und fragte: „Ist das alles, was dir zur Liebe einfällt?"
Medizinisch gesehen mag Thomas ja recht haben. Doch wer so argumentiert, glaubt alles erklären zu können. Oder auch nichts.
Was er beschreibt ist das, was wir beim Computer als Hardware bezeichnen. Aber die Software - also der Inhalt des Gefühls, was Liebe ist - kann doch nicht nur auf physiologische Beschreibungen reduziert werden. Thomas verstand nicht, dass er zwar beschreiben kann, was Liebe physisch *auslöst*, nicht aber, was sie *ist*.
Der Berliner ließ sich davon nicht beeindrucken und beharrte stur auf seiner Position. Während die anderen weiter diskutierten, setzte ich mich von der Gruppe ab und ging bis Astorga wieder alleine. Ich wollte vor allem den näheren Kontakt zu Indira meiden.
Ohne Pause wanderte ich bis zur Ortstafel unseres heutigen Etappenziels, wo ich auf die anderen wartete. Nach etwa zehn Minuten kamen Pepi und Indira. Thomas musste hingegen abbrechen. Die Schmerzen wurden zu groß.
Doch dies war nicht die einzige Hiobsbotschaft. Wir erfuhren nämlich, dass in Astorga bereits alle Pilgerherbergen ausgebucht waren. Als einzige Möglichkeit blieb uns nur noch das „Gaudi", ein nobles, aber teures Hotel, gleich gegenüber der Kathedrale. Nur mit Mühe konnten Pepi und ich Indira überzeugen, als „blinder Passagier" in unserem Doppelzim-

mer zu übernachten. Finanziell war die Unterkunft nämlich weit über ihren Möglichkeiten.
Während Pepi seine Tagebucheintragungen ergänzte und den seltenen Komfort genoss, verloren Indira und ich keine Zeit, um Astorga zu besichtigen.
Der Stadt kam einst eine strategische Bedeutung zu, da sich hier der Camino Frances und die Via de la Plata - die in Sevilla beginnt - vereinigen. Im 18. und 19. Jahrhundert war hier das Zentrum der spanischen Schokoladenindustrie.
Astorga bringen viele mit der spektakulären Architektur Antonio Gaudis in Verbindung. Berühmt wurde er aber vor allem durch seine Bauten in Barcelona, etwa der Kirche Sagrada Familia. Hier in Astorga entwarf er den Bischofspalast, der zwar als solcher geplant, aber nie verwendet wurde.
Was tun mit dem Ding? Ein Pilgermuseum kann keine falsche Idee sein. Sind es doch gerade Wallfahrer, die als Besucher dieses ästhetischen Meisterwerks in Frage kommen. Der Palacio Episcopal, wie er spanisch genannt wird, erinnerte mich an das Guggenheim Museum in Bilbao: spektakuläres Gebäude, langweiliger Inhalt.
Fast möchte man glauben, die Ausstellungsstücke wurden nur zusammengekratzt, um die Existenz dieses teuren Baus irgendwie zu rechtfertigen.
Ein Gegenstand faszinierte mich aber: das Original des Cruz de Ferro. Es handelte sich dabei um jenes Eisenkreuz, zu dem wir voraussichtlich übermorgen kommen würden. Dort wollte ich endgültig von Alina Abschied nehmen.
Die Kathedrale Santa Maria ist nur wenige Schritte vom Pilgermuseum entfernt. Indira und ich betrachteten lange den beeindruckenden Sakralbau ohne ein Wort zu reden. Allerdings spürte ich, dass sie mich etwas fragen wollte.

Nach einigem Zögern meinte sie schüchtern: „Warum hast du das Steinkreuz im Museum so lange angestarrt? Du warst irgendwie anders als sonst.“
Nachdem ich ihr erzählte, welche Bedeutung diese Stelle für mich haben würde, kam sie auch auf meine Aussagen zu Eros und Liebe zurück.
„Sei froh Jürgen, dass du wenigstens einige Zeit große Gefühle, die erwidert wurden, erleben durftest. Durch meinen kulturellen Hintergrund - du weißt, Indien ist sittenstreng - hatte ich vor meinem ersten Camino noch nie einen Mann. Und der, mit dem ich erstmals intim wurde, war keine Liebe für mich“, öffnete sich Indira nun vollständig.
Sie hielt kurz inne, starrte zum Altar und sprach: „Ein Kind von einem solchen Mann zu bekommen, empfand ich anfangs als Strafe. Doch heute bin ich so glücklich Mutter sein zu dürfen. Vielleicht ist *diese* Liebe noch größer, als jene, die ich eigentlich anstrebte?“ Bevor wir gingen, meinte sie mit einem Augenzwinkern: „Das mit der leidenschaftlichen Liebensbeziehung kann ja noch kommen.“
Sie lächelte und sah mir tief in die Augen. Unter anderen Umständen hätte ich sie umarmt und geküsst. Doch so wussten wir beide, dass es besser war, Abstand zu halten und unsere Leidenschaften zu zügeln.
„Vielleicht ist alles gut, wie es gekommen ist. So absurd es klingt“, meinte Indira. „Du sprachst heute davon, dass Freude und Trauer, Glück und Enttäuschung immer eng miteinander verknüpft sind. Möglicherweise ist es ein Glück, dass du immer eine Frau in deinem Herzen haben wirst, mit der du zumindest in die Nähe des romantischen Ideals gekommen bist. Wahrscheinlich wäre nach einiger Zeit ohnehin alles anders geworden.“

Indira hatte nicht unrecht. Denn das Leben ist so, wie es der antike Philosoph *Heraklit von Milet (520 - 460 v.Chr.)* beschreibt: Alles fließt!
Er spricht das ständige Werden und Vergehen an. Selbst das, was unveränderlich scheint, ist es in Wirklichkeit nicht. Deshalb meinte er auch sinnbildlich, man könne nicht zweimal in denselben Fluss steigen.
Das Problem des Eros besteht darin, dass der Höhepunkt des Glücks nicht festgehalten werden kann, denn es verändert sich permanent alles. Viele Menschen schreiten von einem Unglück ins andere, weil sie ihr persönliches Glück von anderen abhängig machen. Doch das funktioniert nicht.
Die Liebe wird immer ein Geheimnis bleiben und ist vielleicht gerade deshalb so faszinierend. Zahlreiche Philosophen schrieben über sie. Noch mehr Ratgeber wissen angeblich, was zu tun ist, um eine glückliche Beziehung zu führen. Meist sind aber die besten theoretischen Ratgeber die größten Versager in der Praxis.

15

DAS EISENKREUZ UND DER TOD

Astorga – Foncebadon – Ponferrada

Und nun zum Wetter. Im Laufe der nächsten Stunden nähert sich dem Norden Spaniens ein Tief. Wir erwarten einen Temperatursturz von bis zu 20 Grad. Die Schneefallgrenze sinkt auf unter 1000 Meter. Bleiben sie am besten zu Hause und lesen sie ein Buch", empfahl der Nachrichtensprecher des staatlichen Fernsehsenders.

Am Camino kam ich bisher nie in eine Bar, in der kein Fernseher lief. Dabei nimmt kaum jemand das Programm wahr. Die meisten Pilger frühstücken und gehen. Und wenn sie noch Zeit haben, spielen sie auf ihrem Mobiltelefon herum. Auch die Barbesitzer nehmen kaum Notiz. Doch an das störende Hintergrundgeräusch - oft verstärkt durch Spielautomaten - haben sie sich scheinbar so gewöhnt, dass die Nichtexistenz desselben für sie noch unangenehmer wäre. Vor allem in den kleinen Orten am Land leben viele Bars ausschließlich vom Frühstück.

Ein Barbesitzer meinte sogar, er hätte den besten Job der Welt. Seine Arbeit beginnt um 5 Uhr in der Früh. Da nimmt er die Lieferungen entgegen. Er öffnet um 6 Uhr und schließt spätestens um 10 Uhr wieder. Wenn andere erst aufstehen,

ist er schon mit allem fertig und macht Feierabend. Oder sollte man nicht besser Feier*morgen* sagen?
Heute war es anders. In unserer Frühstücksbar versammelten sich alle um den Fernseher, wie bei der Übertragung eines wichtigen Fußballspiels.
„Na, das hat uns gerade noch gefehlt. Scheiß Wetter!“, jammerte Thomas, der gerade mit Paulo bei der Tür hereinkam. Was für ein Zufall! Die beiden schafften es scheinbar irgendwie doch in einer Herberge zu übernachten.
„Als Priester hat man eben seine Verbindungen“, schmunzelte Paulo.
Doch statt Freude, endlich die Meseta hinter sich zu haben, beklagten sich beide nur. Dass wir gerade zu diesem Zeitpunkt in die Berge mussten, war ja wirklich ein Pech.
„Hört auf zu jammern. Ein echter Pilger geht bei jeder Witterung“, schlug Pepi mit seiner Hand auf die Bar, als wäre es das Startsignal für unsere Tagesetappe nach Foncebadon. Wir wanderten durch die Region Maragateria, die trotz Landflucht und Pilgermassen ihre Ursprünglichkeit bewahrt hat. Die rund 50 Dörfer mit insgesamt 5.000 Einwohnern sind geprägt von massiven rötlichen Steinhäusern. Große Durchgangstore für Vieh und Gespann entdeckt man überall. Die hier ansässigen Maragatos arbeiteten nämlich vom 16. bis ins 19. Jahrhundert vorwiegend als Fuhrleute für Nahrungsmittel, Edelmetalle und Postsendungen. Mit dem Bau der Eisenbahn verloren viele ihre Jobs und wanderten aus.
Dennoch hält bis heute die Pflege von folkloristischen Traditionen an. Dazu gehören spezielle Tänze oder Trachten mit schwarzen Plunderhosen und Cordgamaschen. Jedes Dorf für sich ist eine Sehenswürdigkeit.

Der Weg ging stetig bergauf, war aber nie wirklich anstrengend. Wir merkten lange gar nicht, dass wir viele Höhenmeter machten. Irgendwie wurde ich das Gefühl nicht los, als verhielten sich alle merkwürdig. Als mich schließlich Pepi schüchtern fragte, ob ich morgen allein sein wolle, wusste ich, worum es ging.
Wir würden das Cruz de Ferro - das berühmte Eisenkreuz - erreichen, wo ich mich von Alina verabschieden wollte. Scheinbar waren meine Pilgerfreunde mit der Situation etwas überfordert. Sie wussten, wie wichtig der Tag für mich ist.
So gut sie es meinten: Mich nervte das alles. Ich forderte sie auf, offen zu reden. Für mich, als extrovertierten Menschen, war ohnehin das direkte Gespräch die beste Medizin für meine seelischen Wunden.
„Ich finde es gut, dass du mit Ritualen deine Trauer überwindest“, meinte Indira. „So kannst du sicherlich am besten mit dem Tod umgehen.“
Die Einladung zu einer direkten Konversation schien Thomas herauszufordern. Nach einigem Zögern meinte er: „Der Tod ist doch kein Problem für Alina, sondern nur für dich. Mit dem Ableben tritt bei ihr automatisch der irreversible Verlust des Bewusstseins ein. Glaub mir, da ist nichts mehr.“
Seine Aussage führte zu einem Raunen in der Gruppe. Indira warf Thomas mangelnde Sensibilität für meine Situation vor. Dabei war die Sichtweise von Thomas nicht neu.
Schon für den antiken Philosophen *Epikur (341 - 271 v. Chr.)* ist die Furcht vor dem Tod unberechtigt und gegenstandslos. In seiner Schrift „Von der Überwindung der Furcht“ meint er, der Tod gehe uns nichts an, denn solange wir existieren, ist der Tod nicht da.

Wenn der Tod eintritt, existieren wir ohnehin nicht mehr. Wo also ist das Problem?
Epikur vertritt die Ansicht, die Furcht vor dem Tod behindere uns in einer geglückten Lebensführung. Erst durch die Erkenntnis, dass der Tod uns nichts angehe, wären wir befähigt das Leben zu genießen.
„Genau das meine ich", freute sich Thomas, nachdem ich die Thesen des antiken Philosophen skizzierte.
Ich hingegen konnte damit ehrlich gesagt nichts anfangen. Epikur setzt, wie Thomas, voraus, dass sich das Bewusstsein nach dem Tod auflöst. Deshalb müsse man die Annehmlichkeiten im Leben ausquetschen wie eine Zitrone.
Für viele Menschen führt die Ausklammerung des Todes zur irrationalen Annahme, das Leben gehe schon irgendwie immer weiter. Zumindest verhalten sie sich so, als würden sie ewig leben. Umso größer ist dann die Panik, wenn der Tod unmittelbar bevorsteht.
Ich persönlich halte von beiden Einstellungen nichts. Die Verdrängung des Todes, und die ausschließliche Fokussierung auf das Hier und Jetzt, verhindern die Konzentration auf den tiefgreifenderen Sinn des Lebens.
Machen wir nicht alle Erfahrungen, die über den Tod hinausweisen? Dazu zählen das Wissen um unsere Vergänglichkeit, die Frage nach dem Warum unseres Daseins, sowie die Wiedergutmachung von Unrecht und Schuld. Wir unterscheiden uns deshalb fundamental vom Tier.
Ich wollte es mir lange nicht eingestehen. Aber eine Existenz ohne metaphysische Dimension erscheint mir nicht vollständig. Gleichzeitig verstehe ich - als ehemaliger Atheist - Thomas sehr gut. Denn er findet eine rationale Antwort. Aber ist das wirklich alles? Oder nur *ein* Ausschnitt eines viel grö-

ßeren Gesamtzusammenhangs? Sehr oft unterscheiden wir nicht klar zwischen Tod und Sterben. Wahrscheinlich haben heute die meisten Menschen nur Angst vor dem Sterben. Oder Angst vor der Angst. So, wie es Menschen mit Panikattacken kennen. Der Tod selbst erscheint uns abstrakt.
Heute gilt das Motto: Sterben ohne Schmerzen. Möglichst schnell. Noch besser: *Gesund sterben.* Ein Modebegriff, über den früher nur gelacht worden wäre.
Der Politiker und Philosoph *Marcus Tullius Cicero (106 - 43 v.Chr.)* meint in seinem Werk „Gespräche in Tusculum", dass unser gesamtes Leben, das unweigerlich im Tod mündet, nichts anderes ist, als sterben zu lernen. Scheinbar braucht es eine Einübung oder Hineinreifung. Ein Ausblenden des Todes - wie wir es in den westlichen Gesellschaften immer stärker tun - wäre dafür alles andere als förderlich.
Thomas gebe ich auch dahingehend recht, dass wir mit dem Tod gelassener umgehen sollten. Dies geht aber nicht, ohne sich aktiv mit ihm auseinanderzusetzen. Ich hatte lange Angst vor dem Tod und vor Leichen.
Seit ich das Ableben Alinas begleitete und ihren toten - nur noch künstlich am Leben gehaltenen - Körper berührte, verschwand jede Angst vor dem Tod. In Fassungslosigkeit versetzt mich allerdings nach wie vor, *wie* sie starb. Ein Sterben durch Ersticken muss schrecklich und qualvoll sein, selbst wenn man nach relativ kurzer Zeit das Bewusstsein verliert.
Was die Gelassenheit gegenüber dem Tod betrifft, gibt der Erzieher Kaiser Neros, der Philosoph *Lucius Annaeus Seneca (1 v. Chr. - 65)* eine weise Antwort. In seinen „Briefen an Lucilius" rät er dazu, ständig an den Tod zu denken, ihn aber nie zu fürchten. Seiner Meinung nach ist der Tod derselbe Zustand, wie vor der Geburt.

Wären damit Qualen verbunden, müsse es diese auch vor der Geburt gegeben haben.
Mir gefällt grundsätzlich die Denkrichtung der Stoa in der Tradition Ciceros und Senecas. Sie sagt, dass wir uns nur auf Dinge fokussieren sollen, die wir beeinflussen können. Wo dies nicht möglich ist, müssen wir lernen, loszulassen und Dinge akzeptieren, wie sie sind. Wenn ich den Tod nicht zur Kenntnis nehme, ihn verurteile oder gar gegen ihn rebelliere, zerstört mich dies nur selbst. Es ändert aber an der Tatsache nichts.
Ja, Alinas Tod war viel zu früh. Er war qualvoll und völlig sinnlos. Aber was nützt die Anklage? Es ist, wie es ist. Erst das *Annehmen* der Tragik, so merkte ich nun, macht mich frei und gibt mir inneren Frieden.
Am Camino wurde mir immer klarer, dass sich daraus aber auch neue, ungeahnte Möglichkeiten zur persönlichen Reifung bieten. Ich sehe heute vieles anders als davor. Und fühle mich dabei jeden Tag besser, auch wenn es hin und wieder Rückschläge geben kann.
Fazit: Mit dem Tod Frieden machen ist allemal besser, als gegen ihn zu rebellieren. Denn eines ist gewiss. Wir alle werden einmal sterben. Ob wir das wollen, oder nicht. Ob wir es ausblenden, oder uns darauf vorbereiten.
„Paulo. Was sagst du als Priester zum Tod?“, fragte Pepi.
Paulo holte nun zu einer längeren Darstellung seiner Sichtweise aus: „Es gibt zwar Hinweise auf ein Leben nach dem Tod. Etwa durch Nahtoderfahrungen, mit denen sich Jürgen beschäftigt. Doch diese Menschen befinden sich nur an der Schwelle zum Tod. Sie sprechen von einer besonderen Art des Lichts und der Überschreitung einer bestimmten Grenze. Wer diese jedoch überschreitet, kommt nie mehr zurück.

Insofern sind alle Scharlatane, die vorgeben zu wissen, was passiert, wenn wir tot sind.
Als Christ glaube ich natürlich an ein ewiges Leben *nach* dem Tod. Wie das konkret aussieht, kann ich euch nicht sagen. Im Alten Testament finden wir dazu wenig bis nichts. Aber auch im Neuen Testament gibt es nur vage Andeutungen, die eher symbolisch zu begreifen sind. Zum einen glaube ich, dass die Erniedrigten, Armen, Gedemütigten und Missbrauchten ihre Würde zurückbekommen und befreit werden. Was die Übeltäter betrifft, denke ich, dass in der Liebe Gottes die größten Sünder einen schmerzlichen Wandlungsprozess durchmachen. Sie müssen verstehen, was sie getan haben und aus freien Stücken und Einsicht ein neuer Mensch werden wollen. Ich glaube nicht an Höllenqualen und Fegefeuer im wörtlichen Sinne. Höchstens als Metapher. Denn die schweren Sünder könnten dann nie aus eigener Einsicht, sondern lediglich aus Angst vor der Strafe ihrem Fehlverhalten abschwören. Gott will aber, dass sie sich *selbst* befreien. Aber ob das dann *wirklich* so ist? Ehrlich gesagt: Ich weiß es nicht."
Unsere Debatte über den Tod wurde mit einem Schlag unterbrochen, als uns wenige Kilometer vor dem Ziel eine Horde streunender Hunde umkreiste und anbellte. Vor allem Indira bekam es mit der Angst zu tun. Waren das jene Hunde, die Paulo Coelho in seinem Bestseller „Auf dem Jakobsweg" beschrieb?
Kälte, Nebel und bellende Hunde. Es war kein einladender Rahmen, mit dem wir in Foncebadon empfangen wurden. Der kleine Ort besteht fast ausschließlich aus Pilgerherbergen und soll so vor dem Aussterben bewahrt worden sein.
Unser Quartier erinnerte mich an eine Schihütte. Oben

schliefen die Pilger. Im Erdgeschoss lud eine gemütliche Stube zum Verweilen ein. Es gab keine Möglichkeit, dem dicht gedrängten Treiben zu entkommen.
Vom Ambiente werde ich dieses Abendmahl nie vergessen. Der Gastgeber zauberte für 30 Pilger in einer überdimensionalen Pfanne eine Paella wie aus dem Bilderbuch. Das spanische Nationalgericht war nicht nur schmackhaft, sondern auch optisch ein Kunstwerk.
Beim Essen stellte ich jedoch die Gastfreundschaft der Spanier auf eine harte Probe. Als ich aus Spaß behauptete, die Portion wäre zu klein - genau das Gegenteil war der Fall - bekam ich einen überdimensionalen Nachschlag.
Das hatte ich nun von meinem dummen Scherz! Es war einfach unmöglich, alles aufzuessen.
Für den Koch gab es keine größere Beleidigung, als die Kritik an der Größe der Essensportion. Klagen über eine schlechte Qualität wären weniger problematisch gewesen.
Nur durch die aktive Mithilfe anderer Pilger schaffte ich es, dem Koch vorzugaukeln, auch den Nachschlag verspeist zu haben.
Das war mir eine Lehre. Solch einen Scherz würde ich nie wieder machen. Ehrenwort!
Die anschließende Einladung zum selbst gebrannten Schnaps im Viertelliterglas empfand ich mehr als Strafe, denn als Belohnung. War das die Racheaktion des Kochs? Ich bildete mir ein, sein hämisches Grinsen gesehen zu haben. Doch vielleicht lag das auch nur am Alkohol?
Höhepunkt des Abends in der warmen Stube war das gemeinsame Singen von bekannten Liedern. Dabei begleitete uns ein neuseeländischer Pilger mit seiner Gitarre.
„Was für ein wunderbarer Abend!“, war Indira begeistert.

Deshalb konnte ich auch meinen bayrischen Bettnachbarn nicht verstehen. Er telefonierte mit Tränen in den Augen mit seiner Frau und flehte: „Schatzi, hol mich da raus! So muss die Hölle sein. Ich sterbe lieber, als hier zu bleiben."

Damit landeten wir ungewollt wieder bei der Diskussion des heutigen Tages, nämlich beim Tod.

Aber eine Debatte darüber führte niemand mehr. Wir waren dafür schlichtweg zu müde.

Am nächsten Morgen verstanden wir den bayrischen Pilger schon besser. Vor der Tür stürmte es. Die vom Thermometer angezeigten minus zwei Grad fühlten sich mindestens wie minus 10 an. Und das Ende Mai.

Obwohl uns die Wettervorhersage warnte, hofften wir insgeheim, dass alles doch nicht so schlimm kommen würde. Niemand war für diese extremen Bedingungen ausgerüstet.

Pepi kam eine geniale Idee: Statt Handschuhen, die ohnehin niemand mithatte, verwendete er Socken als Schutz vor der Kälte. Das ahmten viele Pilger nach. Anders war kein Weiterkommen möglich, ohne, dass die Finger froren.

„Ein echter Pilger geht bei jedem Wetter!", riefen Paulo, Pepi, Thomas, Indira und ich im Chor und klatschten wie Sportler vor einem Wettkampf in die Hände.

Dabei war für mich gerade heute der vielleicht wichtigste Tag am Camino angebrochen: Der endgültige Abschied von Alina am Cruz de Ferro.

Nach nur einer dreiviertel Stunde erreichten wir das schlichte, aber beeindruckende Symbol des Camino Frances. Aus einem Steinhaufen ragte ein Eichenpfahl, auf dem ein Eisenkreuz aufgesetzt ist. Ob es einst ein römisches Wegzeichen oder im Mittelalter ein Grenzposten war, ist unklar. Wir wissen nur, dass Pilger seit jeher auf ihrer Wallfahrt nach Santi-

ago einen Stein von zu Hause mitnehmen und hier abgeben. Dabei sprechen sie folgende Worte:
„Herr, möge dieser Stein Symbol für mein Bemühen auf meiner Pilgerschaft, den ich zu Füßen des Kreuzes des Erlösers niederlege, dereinst, wenn über die Taten meines Lebens gerichtet wird, die Waagschalte zugunsten meiner guten Taten senken. So möge es sein.“
Dieses kurze Gebet symbolisiert das Ablegen der Seelenlast der Pilger. Wir sprachen es gemeinsam.
Auch Thomas machte mit. Weniger aus Überzeugung, als vielmehr aus Respekt mir gegenüber. Er hatte nämlich als Einziger keinen Stein von zu Hause mitgenommen.
Als die Gruppe weitergehen und mich allein lassen wollte, bat ich spontan Paulo bei mir zu bleiben. Er half mir beim Anbringen von Alinas Bild am Eichenpfahl. Danach hielt er auf meinem Wunsch alles per Foto und Video fest.
Doch es stürmte und schneite so heftig, dass das Bild nach kurzer Zeit weggeweht wurde. Das konnte meinem Stein und einem Herz, das ich auf den Boden legte, nicht passieren.
In der kleinen Kapelle nebenan betete ich für das Seelenheil meiner verstorbenen Freundin.
Nun stand der schwierigste Teil meines im Vorhinein festgelegten „Drehbuchs“ auf dem Programm: das Löschen von Alinas Telefonnummer und sämtlicher Nachrichten. Es hätte Stunden gebraucht, um alle jetzt noch einmal lesen zu wollen. Als ich endlich die Löschtaste drücken wollte, schaffte ich diesen letzten Schritt nicht.
„Du musst loslassen, denn du hast es dir vorgenommen“, sagte Paulo mit leiser Stimme und nahm meine Hand.
Ich kam mir vor, wie in meiner Schulzeit. Einmal stand ich beim Schwimmunterricht am Fünf-Meter-Brett, setzte an zu springen, traute mich aber nicht. Damals gab mir ein Kol-

lege ohne Vorwarnung einen Stoß und es war vollbracht. Seit diesem Augenblick stellen solche Sprünge kein Problem mehr dar.

Als ich daran dachte, riss mir Paulo plötzlich das Mobiltelefon aus der Hand und drückt selbst die Löschtaste.

Ich brauchte ein paar Sekunden, um zu realisieren, was passiert war: Alle schriftlichen Konversationen weg. Unwiderruflich!

Das schockierte mich zunächst. Doch bald spürte ich Erleichterung und bedankte mich bei meinem Pilgerfreund.

„Ab jetzt blickst du nur noch in die Zukunft!“, motivierte mich Paulo. „Komm! Jetzt gehen wir weiter.“

Es ist vollbracht! Nicht ganz so, wie ich es mir vornahm. Aber das macht nichts. Denn das Ergebnis zählt. Ohne die Hilfe Paulos hätte ich wahrscheinlich nie loslassen können.

Absurd! Als Alina zu Ostern starb, schneite es. Das ist in Wien Ende März selten der Fall. Dass aber Ende Mai in Spanien noch extremere Wetterbedingungen herrschten, war schon mehr als außergewöhnlich.

Nur eine halbe Stunde später trauten Paulo und ich unseren Augen nicht. In Manjarin, einem offenbar ausgestorbenen Ruinendorf, hörten wir laute Musik und ausgelassene Stimmung aus einer improvisierten Herberge.

„Kommt herein. Wollt ihr heiße Getränke oder Snacks?“, fragte uns jemand.

Es war der einzige Einwohner Manjarins, der sich als Tomas vorstellte. Ein skurriler Typ, der in einer Kutte herumläuft und nach der Tradition der alten Tempelritter lebt. Bei einem Kaffee erzählte er Paulo und mir: „Wisst ihr, vor vielen Jahren ging ich selbst den Camino, habe es aber nie bis Santiago geschafft. Ich verliebte mich in diesen ausgestorbenen

Ort und blieb." Ich kam aus dem Staunen nicht heraus. In mühevoller Kleinarbeit renovierte unser Möchtegern-Tempelritter eine der Ruinen und baute sie zu einer gewöhnungsbedürftigen Herberge aus.

Hier gibt es weder warmes Wasser, noch eine richtige Toilette. Ein Geheimtipp für Hardcore-Pilger, denen die grauenhaftesten Refugios noch zu nobel sind.

Die kleinen Räumlichkeiten waren zum Bersten voll. Schließlich gibt es so etwas Exotisches kein zweites Mal, zumindest nicht am Camino Frances.

Was auf den ersten Blick aussah, wie der verwirklichte Traum eines katholischen Hippies, ist bei genauerer Betrachtung ein religiöser Ort. Überhaupt war dieses Refugio eine eigenartige Mischung aus Bruchbude, Museum und Kirche. Einige Pilger erzählten uns, der selbst ernannte Nachfolger der Tempelritter lese jeden Vormittag eine Messe und verzichtet dabei nicht auf böse Kritik an der Katholischen Kirche.

„Der Typ ist mir zu extrem", meinte Paulo, der sich am Camino selbst kein Blatt vor den Mund nahm, wenn es um die römische Kurie ging. Letztendlich stand er aber immer treu zum Nachfolger Petri und dessen Schäfchen.

Aber während der Messe auf die eigenen Leute eindreschen? Das war für Paulo das Überschreiten einer roten Linie.

Im Außenbereich montierte Tomas Holzschilder, die anzeigen, wie weit es von hier zu bekannten Städten ist: Mexiko City 9.376 Kilometer, Jerusalem 5.000 Kilometer, Rom 2.475 Kilometer, Santiago de Compostela nur noch 222 Kilometer.

„Wahnsinn! Wir haben fast drei Viertel unseres Weges hinter uns", jubelte ich.

Wenige Kilometer nach Manjarin verbesserte sich die Wet-

tersituation drastisch. Der Nebel verzog sich immer mehr. So, als würde im Theater der Vorhang geöffnet, lag vor uns die majestätische Berglandschaft der Montes de Leon.
Aus Angst, der Nebel würde wiederkommen, versuchte ich zwanghaft so viele Bilder und Panoramavideos wie möglich zu machen. Eine spezielle Landschaft war das hier, nicht vergleichbar mit den Alpen.
Ich erinnerte mich an die Pyrenäenetappe zu Beginn. Dort brauchte ich eine Zusatzetappe, um das grandiose Panorama genießen zu können. Diesen Luxus durfte ich mir nun nicht mehr leisten, denn die Zeit wurde schön langsam knapp.
Die gute Fernsicht mit Blick auf die Ebene von Ponferrada verdankte sich dem Umstand, dass es hier kaum Bäume gab, dafür aber riesige Zwergstrauchheiden aus Zistrosen und Ginster. Ein besonderer Augenschmaus war für mich der üppige und intensiv duftende Lavendel, der links und rechts unseres schmalen Pfades blühte. Von nun an ging es nur noch bergab.
Doch bei all der Aufregung am heutigen Tag bemerkte ich lange nicht, wie sehr mein rechter Fuß schmerzte.
In El Acebo, einem kleinen Bergdorf, wurde mir das volle Ausmaß der Verletzung erst bewusst. Mein Bein war massiv geschwollen. Paulo riet mir, unbedingt mit dem Taxi nach Ponferrada zu fahren oder bereits hier aufzuhören. Er vermutete eine Sehnenentzündung. Doch das kam für mich nicht in Frage. Um jeden Preis wollte ich jeden Meter zu Fuß gehen.
Mit höllischen Schmerzen schleppte ich mich nach Ponferrada und nahm mir dort ein Einzelzimmer. Ich verzichtete sogar auf das Abendessen, machte Umschläge und kaufte in der Apotheke Schmerztabletten und eine Salbe. Doch es

half alles nichts. Ich musste am nächsten Tag eine Pause einlegen, denn das Bein sah fürchterlich aus. Schon die paar Schritte ins Badezimmer waren eine Tortur. Wie sollte ich da die 200 Kilometer nach Santiago schaffen?
Es gab wenigstens eine positive Sache. Auch Paulo musste einen Tag in Ponferrada bleiben. Wieder einmal stand ein Treffen wegen seines „Via Francigena-Projektes“ an.
Jetzt hieß es für mich: schonen, schonen und nochmals schonen.
Es war schon sehr frustrierend, als ich am nächsten Morgen die Pilger aufbrechen sah und nicht mitgehen konnte. Ich kam mir vor, wie ein Fußballspieler auf der Ersatzbank, der nicht weiß, wann er wieder eingewechselt werden kann.
Bis jetzt waren alle Pausentage bewusst eingeplant. Dieser jedoch nicht. Mehr als diesen einen konnte ich mir bis Santiago nicht leisten, denn der Rückflug war bereits auf ein fixes Datum gebucht. Den Urlaub verlängern konnte ich auch nicht.
Erstmals kamen mir Zweifel, ob ich den Camino überhaupt beenden kann. Trotz aller Umstände nahm ich mir vor, Ponferrada anzusehen. Schließlich gilt sie als Stadt der Tempelritter.
Symbol dafür ist das Castillo del Temple, eine Ritterburg wie aus dem Bilderbuch. Allerdings nur von außen. Im Inneren waren überall die Schäden der Sprengungen des Jahres 1923 zu sehen. Von der einstigen Pracht blieb wenig erhalten.
Selbiges galt für das Stadtzentrum. Der schlechte Zustand vieler Gebäude wies darauf hin, dass die besten Zeiten des Verwaltungssitzes des Landkreises El Bierzo vorbei sind.
Lange lebte die Stadt von der Ausbeutung der Kohle- und Erzvorkommen der Umgebung. Heute gibt es nur noch eine

wichtige Ressource: die zahlreichen Pilger, die hier Halt machen.

Beim Abendessen meinte Paulo, ich sollte in der Früh Aspirin zur Blutverdünnung einnehmen. Dies könnte möglicherweise die Schwellung leichter abklingen lassen, und die Schmerzen lindern. Immerhin ein Hoffnungsschimmer.

16

(UN-) SINN DES LEIDES

Ponferrada – Villafranca del Bierzo – La Faba

In der Nacht wachte ich mehrmals auf, um meinen geschwollenen Fuß mit kalten Umschlägen zum Abschwellen zu bringen. Ständig probierte ich ein paar Schritte zu gehen, um mir einzureden, der Zustand des Beines habe sich schon gebessert. Doch ich spürte intuitiv, dass ich mir nur etwas vormachte.

Als ich in der Früh Paulos Rat folgte und ein Aspirin einnahm, schien sich der Zustand des rechten Beins aber dann doch zu verbessern. Bei Anstiegen und flachen Wegen hatte ich kaum Schmerzen, bei Abstiegen sehr wohl.

„Wieso muss mir das gerade jetzt passieren, nachdem ich schon so lange ohne Probleme marschierte? Bin ich nicht mit dem Tod Alinas ohnehin gestraft?“, klagte ich wie ein trotziges Kind.

Wieso müssen wir überhaupt leiden? Was ist das für ein Gott, der das zulässt?

Paulo ging auf die Fragen nicht ein. Er wusste, dass es mir nicht um eine tiefgehende Betrachtung, sondern nur um den Abbau meines Frustes ging. Er forderte mich auf, weiterzugehen und schwieg. Das wortlose Gehen bot die Gelegenheit,

über die von mir gestellten Fragen nachzudenken. Ich erinnerte mich in diesem Zusammenhang an jene bekannten Thesen, die durch den Theologen und Kirchenvater *Laktanz (um 250 - 320)* bekannt wurden, aber nicht von ihm selbst stammen dürften:
Entweder will Gott die Übel beseitigen und kann es nicht: dann ist Gott schwach. Oder er kann es und will es nicht: dann ist Gott missgünstig. Oder er will es nicht und kann es nicht. Dann ist er schwach und missgünstig zugleich.
„Ich kenne diese Argumentation“, gab sich Paulo unbeeindruckt. „Das Leid in der Welt, das Gott zulässt, ist auch für mich eine große Herausforderung. Oft wissen wir nicht, weshalb gerade gute Menschen leiden, böse aber nicht. Für mich ist das Problem des unglaublichen Leides in der Welt einer der Hauptgründe, die zum Atheismus führen. Es handelt sich primär um eine existenzielle, daher auch emotionale Frage, und weniger um eine intellektuelle.“
Religionen wie etwa der Buddhismus bieten Wege an, Leid zu vermeiden. In der Bibel, so Paulo, gibt es zwar keine Antworten auf die Existenz des Leides, sehr wohl finden sich darin all jene Zugänge, die wir kennen: Protest, Wut, Anklage, Vertrauen, Zweifel und Enttäuschung.
Der italienische Priester erzählte vom *Buch Hiob*, das sich im Alten Testament findet. Hiob ist das Paradebeispiel eines guten Menschen. Er vertraut auf Gott. Dennoch verliert er seine Tiere, seine Kinder und wird krank. Er klagt Gott an, weshalb gerade er, der doch immer gut war, so leiden muss. Seine Freunde meinen, dass Gott immer gerecht ist und er deshalb selbst schuld an seinem Leiden sein müsse. Dem widerspricht Hiob, denn er weiß, dass diese Vermutung nicht stimmt.

Als sich ihm Gott schließlich zeigt, hat dieser eine interessante Antwort parat. Gott stellt klar, Hiob sei nicht in der Lage, über den Sinn des Leides zu urteilen, denn er kennt nur einen Teilaspekt des Gesamtzusammenhanges der Welt. Der tiefere Sinn sei viel komplexer. Gott versucht ihm die Existenz des Leides nicht zu erklären, sondern fordert auf, ihm zu vertrauen, dass alles gut wird.

Paulo kam zum Punkt: „Jürgen, du musst auf Gott vertrauen. Begreife auch du, dass du den Gesamtzusammenhang allen Seins nur aus einer stark eingeschränkten Perspektive siehst. Vielleicht gibt es doch einen Sinn im Leid?"

Die Geschichte von Hiob erinnerte mich an einen Philosophen, den ich bislang nie ganz verstand: *Gottfried Wilhelm Leibniz (1646 - 1716).*

In seinem berühmten Werk „Die Theodizee" analysiert er die sogenannte Theodizee-Frage, also die Rechtfertigung oder Gerechtigkeit Gottes. Darin vertritt er eine gewagte These, die bei mir lange nur Kopfschütteln auslöste: Leibniz geht nämlich davon aus, dass wir in der besten aller Welten leben.

Die beste aller Welten? In einer Welt, die gebeutelt ist von Übel? Leid, welches keinen Sinn macht und für das viele nichts können.

Wie kann man einen allmächtigen und guten Gott rechtfertigen, wenn dieser Naturkatastrophen, Krankheiten oder Ausschwitz zulässt? Wie kann Leibniz noch dazu von der besten aller möglichen Welten sprechen?

Der Philosoph geht von einem Gott aus, mit dem die meisten christlichen Theologen ihre liebe Not hätten. Einem Rentner-Gott, der *nicht* in die Welt eingreift. Er stellt sich diesen als jemanden vor, der ein Uhrwerk einschaltet, dann aber nicht mehr interveniert. Wenn mein Fuß jetzt höllisch schmerzt, geht das auf eine unendliche Anzahl an Variationen davor zurück. Ich hätte etwa von Anfang an Aspirin einnehmen können, um die Sehnenentzündung zu unterbinden. Doch ich entschied mich dagegen. Deshalb baute sich die Schwellung auf.

Für Leibniz ist unsere Sichtweise immer eine eingeschränkte. Wir sind nicht fähig, die unendliche Anzahl an Variationen, die zu diesem Gesamtkunstwerk „Welt" führte, zu begreifen. Leibniz galt in seiner Zeit als Universalgenie. Er kannte sich in fast allen Wissenschaftsgebieten aus. Vielleicht zählte er zu den wenigen Menschen, die die Fähigkeit besaßen, zu erkennen, wie das gesamte Puzzle „Welt" zusammengesetzt sein könnte.

Seiner Meinung nach ist die Feinabstimmung, wie Welt und Universum konstruiert sind, von einer derartigen Genialität, dass Gott die Beste aller Möglichkeiten auswählte.

Alleine die Tatsache, dass Leben auf der Erde möglich ist, und sich der Mensch vom reinen Instinktwesen der Tierwelt zu einem Geschöpf entwickelt, das über sich hinauszudenken vermag, erscheint noch heute unglaublich. Auch die Konstellationen unserer naturwissenschaftlichen Gesetze sind für Leibniz von einer derartigen Feinabstimmung, dass sie nie nur durch bloßen Zufall entstanden sein konnten.

Leid - er nennt es meist Übel - ist aus seiner Sicht zwar eine ärgerliche Begleiterscheinung seiner Theorie der Besten aller Welten. Aus dessen Existenz können wir aber auch positive Faktoren ableiten: Etwa, innerhalb der Naturgesetze frei wählen zu können. Damit sind wir für unser Tun selbst verantwortlich.

Fazit: Gott plante alles, stimmte alles aufeinander ab. Aber

innerhalb dieser Welt lässt Gott alles laufen und greift nicht ein, so die Vorstellung von Leibniz.
„Na, jetzt siehst du, wie ich die letzten Tage gelitten habe", rief plötzlich eine Stimme.
Es war Thomas, der scheinbar schon länger unserer Konversation lauschte. Er dürfte schon von weitem bemerkt haben, dass ich hinkte. Zu meiner Überraschung erzählte er, dass auch er in Ponferrada pausieren musste, nun aber wieder fit sei.
Thomas kam im richtigen Moment. Er, der Naturwissenschaftler, konnte uns bei der Frage nach der Feinabstimmung des Universums und der Welt sicherlich weiterhelfen. Ich fragte ihn, was er von Leibniz' Sichtweise hielt, und bat ihn, Beispiele zu nennen. Weder Paulo noch ich verfügten hier über genügend Informationen.
Zu meiner Verwunderung bestätigte der deutsche Pilgerfreund, dass die Feinabstimmung der Welt, ein Phänomen sei, das auch Atheisten staunen lässt.
Thomas holte nun zu einer langen Ansprache aus: „Es lässt sich an vielen Beispielen zeigen, dass bereits kleinste Veränderungen an den Werten der grundlegenden Naturkonstanten zu einem Kosmos geführt hätten, der kein biologisches Leben entstehen lassen könnte. Wären etwa Neutronen um 1/700stel schwerer, würde die Verbrennung von Wasserstoff zu Helium und damit die Entstehung lebensnotwendiger Elemente in Sternen blockiert. Wären sie nur geringfügig leichter, entstünde ein Universum, das außer Helium so gut wie keine anderen Elemente aufweisen kann."
Das ist echt unglaublich! Leibniz wusste das alles nicht, ahnte es aber vor 300 Jahren bereits.
Thomas setzte fort: „Ich bin noch nicht fertig. Wären Elek-

tronen geringfügig schwerer, würde dies die Stabilität geordneter Molekularstrukturen, wie jene des menschlichen Körpers, verhindern. Wären die Protonen minimal leichter, könnten keine Sterne entstehen. Unsere Sternensysteme und Galaxien sind auf winzige Unregelmäßigkeiten der Energiedichte des früheren Universums zurückzuführen. Wären diese nur minimal größer, entstünden nur schwarze Löcher. Sterne und Galaxien gäbe es dann gar nicht. Wären die Unregelmäßigkeiten kleiner oder gar nicht vorhanden, wäre das Universum vollkommen strukturlos."

Es sprudelte nur so aus seinem Mund heraus. Er untermauerte seine Argumentationen mit immer neuen Beispielen.

„Wir haben begriffen, was du meist", unterbrach ich ihn.

Genau genommen hatte ich nach wie vor keinen blassen Schimmer, was er da von Schwarzen Löchern oder Neutronen faselte. Ich verstand aber den Kern seiner Aussage.

Thomas bestätigte Leibniz, wonach die Feinabstimmung der Welt von einer Dimension sein muss, dass sogar Atheisten in Grübeln kommen, ob da nicht doch eine höhere Macht hinter allem steht. So dumm ist die Idee von der besten aller Welten scheinbar doch nicht. Wenn ein gerechter und liebender Gott die beste aller Welten konstruiert, diese streng nach Naturgesetzen abläuft und innerhalb derer individuelle Freiheit möglich ist, dann arbeiten wir alle am Gesamtkunstwerk mit. Dieses entwickelt sich ständig weiter. Mit ungewissem Ausgang.

Und doch quälte mich eine Frage. Hätte der liebe Gott nicht doch alles anders machen können?

Wir sind nämlich in der Lage, uns mit Atomwaffen selbst auszulöschen, *entgegen* des ursprünglichen Willens des Rentnergottes, den Leibniz annimmt.

Nur so sind wir eben *nicht* Marionetten eines Demiurgen. Doch wie lässt sich diese Welt mit den Vorstellungen des Christentums vereinbaren? Ist dann Jesus als Gottes Sohn jemand, der sich den Naturgesetzen unterwirft? Beeinflusst er damit nicht das Weltgeschehen derart, dass von einem autonomen Uhrwerk keine Rede mehr sein kann? Wie können da noch Wunder in der Welt gerechtfertigt werden?

Über Jahrhunderte entwickelte sich in Europa immer stärker die Vorstellung, die Welt sei nach Gesetzen aufgebaut, die ausnahmslos gelten. Die Welt als riesige Maschine. Immer neue Erkenntnisse schienen dies zu bestätigen.

Und dann der Donnerschlag: Anfang des 20. Jahrhunderts bringt die Quantenphysik diese Vorstellung wie ein Kartenhaus zum Einsturz.

Nicht, dass grundsätzlich an Naturgesetzen gezweifelt wurde. Aber - und das ist der Wendepunkt - sie sind lediglich statistische Wahrscheinlichkeiten. Es gibt hin und wieder Ausreißer, die aber keineswegs den Naturgesetzen grundsätzlich widersprechen. Dadurch wären, naturwissenschaftlich gesehen, Wunder oder Auferstehung durchaus möglich.

Ich sprach Thomas darauf an. Er überlegte lange und wusste nicht, wie er seine Argumentation beginnen sollte: „Ja, die Erkenntnisse der Quantenphysik sind tatsächlich ein Rätsel. Wir wissen, dass es diese statistischen Ausreißer gibt, allerdings sind sich die Experten untereinander nicht einig, woran das liegt."

Jetzt wurde es spannend.

Der Physiker und Kosmologe *Stephen Hawking (1942 - 2018)*, eigentlich Atheist, meint in seinem Buch „Kurze Antworten auf große Fragen" in diesem Zusammenhang: Wenn es Gott gäbe, dann hätte dieser einen Hang zum Glücksspiel. In seinen Forschungen bemerkt er, dass in der Natur ein gewisses Maß an Zufälligkeiten und Ungewissheiten innewohnt. Das Universum ist laut Hawking wie ein riesiges Kasino, in dem bei jeder Gelegenheit der Würfel geworfen oder das Roulette in Bewegung gesetzt werden. Der einzelne Kasinobesitzer läuft Gefahr, jedes Mal Geld zu verlieren. Doch wenn die Zahl der Würfel und Roulette-Bewegungen groß genug sind, kommt es zu einem Ausgleich.

Er geht zwar davon aus, dass im Einzelfall ständig Ausreißer feststellbar sind. Doch in den unzähligen Transaktionen lässt sich trotzdem eine Entwicklung des Ausgleichs beobachten, der dann rationale Schlüsse zulässt. So gesehen ist dann alles wieder im Lot und „naturgesetzlich".

„Was glaubst *du*, Thomas? Ist unsere Welt, die auf Naturgesetzen fußt, die statistisch wahrscheinlich, aber nicht absolut sind, Ausreißer zulässt, und innerhalb derer Freiheit möglich ist, die beste aller Welten?", wollte ich wissen.

„Keine Ahnung. Ich kenne mich nur bei der Frage nach dem WIE aus. Das WARUM ist der Job von Paulo. Ich will ja nicht, dass er arbeitslos wird", scherzte Thomas.

Ich merkte aber, wie ihm mein ständiges Nachfragen allmählich nervte.

Deshalb meinte er: „Ihr geht mir zu langsam. Wir treffen uns in Villafranca."

Und weg war er.

Einige Fragen ließen mich nicht los: Ist es nicht in Wirklichkeit so, dass Leid ganz einfach zum Leben dazugehört? Kann es sein, dass alles in einem größeren Sinn eines Gesamtganzen eingebettet ist? Gibt es göttliche Geheimnisse, die uns - zumindest auf Erden - nie offenbart werden?

Leider war ich nicht mehr in der Lage, klare Gedanken zu

fassen. Immer stärker schmerzte mein Bein. Geduldig ging Paulo neben mir, obwohl meine Schritte immer langsamer wurden.
„Willst du nicht mit dem Taxi weiterfahren?“, fragte er mich.
„Kommt nicht in Frage. Die letzten Kilometer schaffe ich schon“, beruhigte ich ihn. Immerhin, die Gegend wurde jetzt immer üppiger. Nach dem Ort Cacabelos ging es durch wunderschöne Weinlandschaften. Die stark ausgeprägten Grün- und Brauntöne der Umgebung bildeten eine herrliche Kulisse, die mich an die La Rioja-Region bei Logrono erinnerte.
Mit Wehmut dachte ich daran, dass ich damals keine Probleme mit meinen Füßen hatte. Was würde ich dafür geben, wieder schmerzfrei gehen zu können. Anderseits, so fiel mir ein, kämpfte ich damals mit der schlechten Witterung.
Nun litt ich in doppelter Hinsicht: seelisch und physisch. Als die Schmerzen beinahe unerträglich wurden und ich schon ans Aufgeben dachte, sprach ich zu Alina: „Bitte mach etwas! Erlöse mich von meinem Schmerz.“
Paulo forderte mich auf, alles rauszulassen, das mich belastet. Nachdem ich kontrollierte, ob keine anderen Menschen in unserer Nähe waren, schrie ich ungeniert: „Bitte, erlöse mich von meinen Schmerzen!“
Allerdings war es nun nicht mehr Protest. Nein, ich nahm das Leid an.
Mit klassischer Musik versuchte ich nun, mich abzulenken. Ich konzentrierte mich ganz darauf, die Landschaft zu genießen.
Siehe da. Kurz vor der Ankunft in Villafranca del Bierzo verbesserte sich der Zustand des rechten Beines deutlich. Der Schmerz lies nach. Eine Stunde später war er fast weg.

Unglaublich! War das alles nur ein psychologischer Effekt? Würden die Schmerzen wiederkommen?
Entgegen der Warnungen Paulos nützte ich mein körperliches Wohlbefinden für eine ausgiebige Stadtbesichtigung. Schließlich wird Villafranca del Bierzo auch „Klein-Compostela" genannt. Die Stadt liegt auf mehreren Hügeln und beeindruckt durch zahlreiche Sakralbauten mit teils prächtigem Panorama.
Im Mittelalter konnten sich hier Kranke und Schwache auf den Stufen der Gnadenpforte der Iglesia de Santiago den Ablass schon vorzeitig holen.
Den „kleinen" Camino hatte ich also schon mal geschafft. Schließlich könnte ich meine Leiden als Anlass nehmen, den Pilgerweg hier zu beenden. Aber das kam natürlich nicht in Frage. Als ich später den mystischen Innenraum der Iglesia de Santiago betrat, glaubte ich meinen Augen nicht zu trauen. Mutterseelenalleine betete Maria aus Brasilien knieend ihren Rosenkranz. Um sie nicht zu stören, nutze ich die Zeit ebenfalls für ein Gebet. Ich bedankte mich, dass die Schmerzen deutlich zurückgingen und bat um völlige Genesung.
Als Maria ihren Rosenkranz beendete, drehte sie sich um und stürmte weinend auf mich zu.
„Jürgen, wie schön dich noch einmal zu sehen", wollte sie mich gar nicht mehr loslassen.
Sie entschloss sich, den Camino hier zu beenden.
Schon die letzten Tage konnte sie kaum noch gehen und fuhr fast nur noch mit dem Taxi. Sie hatte sich ganz einfach übernommen und die Strecke unterschätzt. Morgen wollte sie mit dem Bus direkt nach Santiago fahren.
„Hast du nun den Geist des Camino gespürt, den du lange vermisst hast?", fragte ich sie.

„Ja und nein! Weißt du, es war eine wunderschöne Erfahrung. Doch für einen so langen Pilgerweg bin ich zu alt und zu krank. Zuletzt war alles nur noch mit Schmerzen verbunden. Irgendwann wollte ich nicht mehr leiden", meinte Maria resignierend.
Sie erzählte, viel über ihr Leben nachgedacht zu haben und bedankte sich für die zahlreichen Gespräche.
„Vielleicht war ich zu streng mit euch. Vor allem aber mit Mo", gab sie offen zu.
Sie verabschiedete sich und schenkte mir eine kleine Christusstatue, die jener am Corcovado in Rio de Janeiro nachempfunden war. Maria machte keine Anstalten zum Abschied noch einmal mit Paulo und mir essen gehen zu wollen. Deshalb beließen wir es bei einer langen Umarmung.
Jetzt reifte auch in mir das Bewusstsein, dass der Camino allmählich zu Ende ging. Aber *noch* war es nicht so weit. Weniger als 200 Kilometer blieben noch bis Santiago.
Wehmut kam auf. Mittlerweile konnte ich mir ein Leben ohne Camino nicht mehr vorstellen. Ich liebte es, nie zu wissen, welcher Tag gerade war.
Täglich dasselbe Programm: aufstehen - frühstücken - zusammenpacken - marschieren - Ankunft in der Herberge - duschen - Gewand reinigen - Notizen machen - Ort besichtigen - Abendessen - gemütlich beisammensitzen - schlafen. Oft fehlte die eine oder andere Komponente. Aber im Grunde kann man so einen durchschnittlichen Tag am Jakobsweg zusammenfassen.
Was ich besonders toll finde, ist das optimale Ausnutzen des Tages. Wieviel Zeit verschwende ich zu Hause? Wieviel Unzufriedenheit entsteht dadurch?
Obwohl ich oft das frühe Aufstehen verfluche, bin ich später

froh darüber. Der Camino bietet meiner Ansicht nach ein ideales Einstiegsprogramm für jene Leute, die nicht fähig sind, ihren Alltag zu strukturieren.
Faul zu sein macht nur kurze Zeit Spaß. Sportliche Betätigung, ein Kennenlernen fremder Menschen und Kulturen, sowie die nordspanische Landmentalität sind unglaubliche Erfahrungen. Natürlich profitieren hier vor allem Menschen mit Fremdsprachenkenntnissen. Aber auch jene, die nur in ihrer Landessprache kommunizieren, lernen zwangsläufig ein paar Brocken Englisch oder Spanisch. Dazu kommen zahlreiche Gespräche, die den geistigen Horizont erweitern. Ich denke, das war auch für Maria so.
Am nächsten Morgen wartete der Beginn der Überquerung des Cebreiro-Passes. Letzterer dürfte der Hauptgrund gewesen sein, weshalb im Mittelalter für Kranke und Schwache in Villafranca Schluss war. Es wäre wohl für diese Pilger zu anstrengend gewesen. Dabei ist das Gebirge mit rund 1.400 Metern gar nicht so hoch.
Kurz nach der Stadtgrenze teilte sich der Jakobsweg. Zur Auswahl stand eine gemütliche Variante im Tal auf einer befahrenen Landesstraße. Eine Alterative dazu bot der landschaftlich reizvolle, aber körperlich sehr anspruchsvolle Camino Duro, übersetzt: harter Weg. Womit wir wieder beim Leiden wären.
Der steile Anstieg wird mit herrlichen Panoramablicken belohnt. Das wäre mir die Anstrengung wert gewesen. Aber der ebenso steile Abstieg hätte ein unkalkulierbares Risiko für ein erneutes Aufkommen einer Sehnenentzündung bedeutet. Nein, das wollte ich nicht noch einmal erleben.
So entschied ich mich für die weniger attraktive, dafür aber den Fuß schonende Variante.

„Wieso lässt Gott das Leiden zu?“, fragte ich anknüpfend an die Diskussion vom Vortag. „Vielleicht, dass du nicht auf die dumme Idee kommst, den Camino Duro zu gehen“, lachte Paulo.
Sein Scherz hatte einen tiefgründigen Kern, den er mir näher erklärte: „Leid kann auch als Warnsignal dienen. Ein Mensch, ohne die Fähigkeit zu Leid und Schmerz, ist nämlich erschreckend verwundbar.“
Paulo vertrat die Auffassung, dass durch das Leiden Geduld und Bewährung im Alltag gefördert werden. Wichtige Voraussetzungen für den Reifungsprozess. Vielleicht lernen wir durch Leid etwas und verhindern dadurch noch größeres Leid? Wer weiß?
Natürlich litt ich, nicht den Camino Duoro gehen zu können und auf der unattraktiven Straße pilgern zu müssen. Es wäre aber noch weit schlimmer, den gesamten Jakobsweg beenden zu müssen. Und verglichen mit dem Leid, den Alinas Tod verursachte, sind die aktuellen Übel lächerlich. Es ist also alles eine Frage der Perspektive.
Paulo machte mich aber auch auf einen weiteren Aspekt aufmerksam: „Ich kenne Atheisten, die sich über das unglaubliche Leid auf der Welt beklagen. Einen Gott, der so etwas zulässt, können und wollen sie nicht annehmen. Stattdessen sehen sie das Leid als natürlichen Vorgang des Evolutionsprozesses ohne tiefergehenden Sinn.“
Paulo verwies dabei auf den britischen Evolutionsbiologen *Richard Dawkins (geb. 1941)*. Er bezeichnet die Vorstellung von einem Urgrund, der auf Sinn oder Gerechtigkeit fußt, und einen Plan verfolgt, in seinem gleichnamigen Buch als „Gotteswahn“. Vielmehr sieht er das Leid, genauso wie unsere Existenz, als blinde, erbarmungslose Gleichgültigkeit.

Ich erinnere mich noch genau, als ich zum ersten Mal Dawkins Aussagen las. Es kam mir das Schaudern. Ich kann und will nicht glauben, dass die Welt so ist.
„Weißt du. In persönlichen Gesprächen erzählen mir viele Menschen, sie hätten paradoxerweise gerade in ihren leidvollsten Momenten Gottes Nähe so stark gespürt, wie nie zuvor", schilderte Paulo.
„Leid *kann*, muss aber nicht automatisch zum Abwenden vom Glauben führen. Bei vielen erfährt er sogar eine Stärkung. Es kommt ganz auf uns an, wie wir mit Leid umgehen."
Ich sah das genauso. Nach dem Tod Alinas hatte sich auch mein Leben radikal verändert. Zunehmend entwickelte ich gerade durch das Leid mehr Empathie. Musste ich früher ständig im Mittelpunkt stehen, kann ich mich heute zurücknehmen. Hechelte ich zuvor ständig nach Anerkennung, muss das nun nicht mehr sein. Es geht nicht darum, vom „Saulus zum Paulus" zu werden, sondern im Einklang mit seinem persönlichen Grundcharakter Maß und Mitte zu finden.
Die Frage nach der Existenz eines guten und liebenden Gottes wurde für mich nach Alinas Tod fundamental. Schon jetzt erkenne ich, dass ihr Ableben, und das damit verbundene Leid, meinen Reifungsprozess beschleunigte. So komisch es auch klingen mag. Ich sehe immer stärker alles aus einem anderen Blickwinkel.
Hatte am Ende alles sogar einen tieferen Sinn? Ist Leid manchmal auch das „Megaphon" Gottes? Fungiert das Übel als Korrektiv, um den Blick auf das Wesentliche zu fokussieren? Auch das dürften Aspekte des Leides sein.
Ein Zusammenhang zwischen Gerechtigkeit und Leid existiert nicht. Gute Menschen leiden nicht weniger als schlech-

te. Schlechte nicht weniger als gute. Paulo hat schon recht, wenn er meint, Leid sei immer schrecklich. Aber ist nicht ziel-, sinn- und gottloses Leiden noch viel schrecklicher?
Nicht nur, aber gerade *im* Leid, zeigen sich menschliche Größe und Schönheit. Hier lernen wir, wer unsere *wirklichen* Freunde sind. Wer uns ohne Eigennutz so mag, wie wir sind. Die wichtigen Dinge im Leben - Gesundheit, Glück, Liebe, Freundschaft - sind nicht käuflich. Vielmehr ein Geschenk ohne Gegenleistung!
Bei Frauen erlebte ich, dass von jenen, bei denen ich mich von meiner besten Seite zeigte, wenig zurückkam. Alina war anfangs alles andere als meine Traumfrau. Dennoch schenkte sie mir ihre Liebe, obwohl ich ihre zunächst nicht erwiderte.
Was Leid praktisch bedeuten kann, erzählte mir ein Ehepaar aus den USA, dem ich am Weg begegnete. Dabei traute ich meinen Augen nicht. Der Mann hinkte nicht wegen einer Verletzung, sondern ging den gesamten Camino mit einer Prothese. Er verlor sein linkes Bein im Irakkrieg, kämpfte danach gegen Depressionen und versank in Selbstmitleid.
Die Folgen: Alkohol, Drogen, Arbeitslosigkeit.
Doch dann setzte er sich ein Ziel. Er wollte unbedingt den Jakobsweg zu gehen. Euphorisch schilderte er, dass es gut für ihn war, zu leiden.
Jetzt erst schätzt er die wichtigen Dinge des Lebens und ist glücklicher als je zuvor. Könnte er zwischen seinem vorherigen Leben und dem jetzigen wählen, würde er ohne Zögern wieder durch das Leid gehen.
Der Mann machte mir einen psychisch gefestigten Eindruck und schien auch keine masochistische Veranlagung auszuleben. Ohne meine Erfahrung mit Alinas Tod hätte ich ihn

wohl für verrückt erklärt. Doch heute kann ich ihn verstehen.

Weil der Anstieg zu unserem Etappenziel La Faba steil und anstrengend war, gönnten sich Paulo und ich eine kleine Auszeit. Außerdem wollte ich unbedingt wissen, was aus seiner Sicht der wichtigste Aspekt des Leides sei. Die „Nummer eins“ unter den zahlreichen Argumenten sozusagen.

Nachdem Paulo einen kräftigen Schluck aus seiner Wasserfalsche nahm, antwortete er:

„Leid ist für mich der Preis der Freiheit. Stell dir mal vor, Gott würde alles Leid verhindern. Müsste dann bei jedem Schimpfwort deine Stimme verstummen? Würde jeder Gewaltakt durch die Nichtfunktion des Körpers verhindert? Könnten schmutzige Gedanken schon im Vorhinein gestoppt werden? Dann wären wir nur die Marionetten Gottes. Er spielt mit uns und kreiert sich seine schöne Welt.

Ich bin aber überzeugt, dass Gott uns so geschaffen hat, dass wir uns frei entscheiden können: Für das Gute oder das Böse. Für ihn oder gegen ihn. Wenn du jemanden liebst, musst du darauf vertrauen, dass er oder sie dich aus freien Stücken liebt. Dies führt zu Glück oder erzeugt Leid. Du kannst es manchmal beeinflussen, manchmal aber auch nicht“, fasste Paulo zusammen.

Das klang ziemlich einleuchtend. Dennoch hätte sich doch ein allmächtiger Gott irgendetwas einfallen lassen können, um eine bessere Welt zu kreieren. Aber bei dem Gedanken war ich schon mal.

Auch darauf hatte Paulo eine Antwort parat: „Ich glaube, dass Gott allmächtig ist. Doch eines ist auch Gott nicht möglich. Er kann nicht etwas schaffen, das sich selbst widerspricht und damit sinnlos ist. Etwa ein rundes Quadrat oder einen verheirateten Junggesellen. Sonst, so denke ich, schränkt sich Gott selbst ein, um uns die Freiheit zu garantieren. Die gesamte Feinabstimmung der Welt beinhaltet eben auch Leid. Nicht, weil Gott Leid an sich will. Im Gegenteil. Sondern um uns wählen lassen zu können."

Gut, bei einer echten Auswahl verstehe ich das. Aber wie ist das bei Naturkatastrophen? Hatten die Opfer der Tsunamikatastrophe wirklich eine Wahl? Aber damit wollte ich Paulo nun nicht mehr nerven.

Als ich die Ortstafel von La Faba vor mir sah, versuchte ich die Erkenntnisse der letzten beiden Tage noch einmal zusammenzufassen: Freiheit, Vertrauen, Feinabstimmung, keine Gerechtigkeit, innere Veränderung. Das waren die Stichworte, die ich mir am Abend in mein Notizbuch schrieb. Zu Hause würden diese wenigen Begriffe genügen, um mich an die fruchtbare Debatte zu erinnern.

Unser Etappenziel war ein kleiner Ort in idyllischer Lage. Wir entschieden uns am heutigen Tag für die exotische Herberge mit dem Namen „La Revolucion". Sie gehört einem französischen Alt-68er, der seinen Hippietraum vom Ausstieg aus dem kleinbürgerlichen Leben hier verwirklichte.

So urig der Eingangsbereich mit Küche und Wohnzimmer auch war. Der Schlafraum für die Pilger schockierte sogar mich. Wir schliefen in einem ehemaligen Stall, der später als Holzschuppen verwendet wurde. In primitivster Art gab es dort eine winzige Nische, in welcher sich eine Dusche ohne Warmwasser, und eine Stehtoilette ohne Klopapier befanden. In Etagen konnten die Pilger auf Pritschen schlafen.

Schon am Nachmittag wurde es in den Bergen sehr kalt. Der Herbergsbesitzer stellte klar, dass es bei ihm nur vegane Speisen gäbe. Sämtliche Zutaten stammten aus seinem Garten inmitten einer Ruine. Das Abendessen war anders als sonst. Dem katholischen Priester Paulo merkte ich an, dass er sich hier nicht wohlfühlte. Der Hausherr bot ungeniert seinen Gästen Marihuana-Zigaretten an. Selbstverständlich aus eigener Produktion. Und zum eigenen Vorteil, wie sich später herausstellte.

Er benutzte die berauschende Wirkung der weichen Droge, um einer attraktiven mexikanischen Pilgerin näher zu kommen. Völlig bekifft fragte er schließlich, ob sie in seinem Schlafzimmer übernachten wolle. Sie nahm nach einigem Zögern seine Einladung an. Ob sie dies aus innerer Überzeugung tat, oder nur, um unseren eiskalten Schuppen zu meiden, wird wohl immer ihr Geheimnis bleiben.

17

FREI SEIN – ODER DOCH NICHT?

La Faba – Triacastela

Aufstehen Jürgen, ich halte es hier keine Minute mehr aus, flüsterte Paulo. Er hatte vollkommen recht. Die Nacht war ein Horror. Bei deutlich unter zehn Grad Raumtemperatur schliefen wir in der umgebauten Scheune nur wenig. Das Einzige, das es dort reichlich gab, waren Decken. Mit meinem dünnen Schlafsack, den ich primär aus hygienischen Gründen verwendete, wäre ich hier erfroren. Fünf Decken übereinander und eine Haube. Anders ging es nicht. Doch einen Vorteil bemerkte ich beim Aufstehen sofort. Mein Fuß, der am Vorabend wieder höllisch schmerzte, schien nun endlich in Ordnung zu sein.

„Jetzt weiß ich, wie man eine Sehnenentzündung behandelt. Mit einer Nacht im Eiskasten", scherzte ich, als ich meinen Rucksack packte.

Um La Faba so schnell wie möglich zu verlassen, verzichteten wir auf ein Frühstück.

„Es hätte ohnehin nur Tofu-Brötchen und Kamillentee gegeben. Grauenhaft!", meinte Paulo. Stattdessen bot er mir einen Müsliriegel an, denn irgendwas mussten wir zu uns nehmen.

Schließlich ging es gleich mit einem extrem steilen Anstieg los.
Der Abmarsch im Dunkeln war nicht ganz ungefährlich. Deshalb gingen wir vorsichtig. Nach weniger als einer Stunde wurden wir für unser kalkuliertes Risiko mehr als belohnt. Es bot sich Paulo und mir ein atemberaubender Panoramablick, der durch den Sonnenaufgang noch aufgewertet wurde. Beim Grenzstein zwischen den Provinzen Kastilien/Leon und Galicien hielten wir für ein paar Minuten an.
Nachdem ich Paulo wieder einmal damit nervte, Videos und Fotos von mir zu machen, genossen wir danach die surreale Atmosphäre umso mehr.
Paulo betete, während ich klassische Musik hörte. Bei dieser Stimmung kamen mir fast die Tränen vor Glück. Vielleicht war *das* der ästhetische Höhepunkt des Camino. Ich verstand nun, weshalb Menschen immer wieder die Mühsal auf sich nehmen, Berge zu besteigen oder in die Wüste zu gehen. Hier spüren wir etwas, das nicht von dieser Welt zu sein scheint. Aber vielleicht steigerte ich mich nur in etwas hinein?
Als wir aufbrechen wollten, machte sich von weitem ein Pilger bemerkbar. Es war Thomas, der sich uns anschloss. Auch er war aus der Herberge geflüchtet und in aller Herrgottsfrühe aufgebrochen. Zu dritt nahmen wir uns kurz Zeit, um diese magische Atmosphäre noch einmal auszukosten.
„Das ist echte Freiheit!“, brach es aus mir heraus.
Mein Schrei war wie das Startsignal für eine neue Debatte. Denn Paulo behauptete gestern, er sehe Leid als Preis der Freiheit. Aber, fragte ich meine beiden Begleiter ganz grundsätzlich, haben wir denn überhaupt Willensfreiheit? Wir sind doch durch so viele Dinge determiniert. Das bedeutet: bestimmt, eingegrenzt, festgelegt.

So begrenzen uns schon die Naturgesetze. Ich kann nicht von einem Turm springen, weil ich mich entscheide, fliegen zu wollen. Mich schränkt die Schwerkraft ein. Wir sind auch determiniert durch unsere Erziehung, Kultur, Familienverhältnisse, soziale Schicht, durch Menschen die uns prägen, und vieles mehr. Wie ist da ein freier Wille möglich?

Paulo ergriff gleich das Wort: „Selbstverständlich gibt es einen freien Willen! Natürlich ist dieser aufgrund der Aspekte, die du geschildert hast, eingeschränkt. Aber als Christ bin ich fest davon überzeugt, dass wir einen freien Willen haben. Denn könnten wir uns nicht für oder gegen etwas entscheiden, wäre es unmöglich, für etwas zur Verantwortung gezogen zu werden. Ja, wir sind bis zu einem gewissen Grad determiniert. Aber innerhalb dessen können wir sehr wohl frei entscheiden."

Eine derart klare Antwort hatte ich nicht erwartet. Die meisten Theologen hätten wohl elendslang herumgefaselt und wären dann doch nicht zum Punkt gekommen.

Thomas widersprach ihm jedoch heftig: „Paulo, da geht jetzt der Theologe mit dir durch. Doch die Neurowissenschaft sagt da etwas anderes. Durch Experimente können wir heute nachweisen, dass Entscheidungen schon feststehen, *bevor* wir uns überhaupt entscheiden. Das passiert 500 Millisekunden vor der Aktion und 200 Millisekunden bevor wir uns subjektiv zum Handeln entscheiden. Es gibt also in gewisser Weise keine echte Freiheit zur Entscheidung."

Mir kam vor, Thomas wollte sich mit der Aussage „in gewisser Weise" eine Hintertür offenlassen. Dafür bestand auch höchste Notwendigkeit. Denn konsequent zu Ende gedacht, gibt es dann keinen freien Willen. Menschen gleichen folglich eher Maschinen.

Die Idee ist nicht neu. Schon der Mathematiker, Physiker und Astronom *Pierre-Simon Laplace (1749 - 1827)* geht in seinem Werk „Philosophischer Versuch über die Wahrscheinlichkeit“ davon aus, dass es einen alles rational erfassenden Weltgeist gäbe. Er kennt die Gegenwart mit allen Details, kann daher auch die Vergangenheit und Zukunft des Weltgeschehens in allen Einzelheiten beschreiben.

Vereinfacht gesprochen: Würden wir alle Naturgesetze kennen, und alle Vorgänge messen, könnten wir quasi rational sämtliche Entscheidungen, die dann ja keine mehr sind, erklären. Jedoch reichen menschliche Intelligenz und schlicht die Menge an notwendigen Informationen dafür nie aus. Deshalb erkennen wir nicht, dass wir nur Teil eines Geschehens sind, in der wir als Teil des Ganzen vollkommen determiniert sind. Freiheit ist demnach reine Fiktion.

Hat also Laplace schon vor über 200 Jahren intuitiv das erkannt, was jetzt die Hirnforschung in Experimenten zu beweisen glaubt? Gibt es gar keine Freiheit? Bricht damit die These von Paulo zusammen, wonach Freiheit der Preis des Leides ist?

Mein Nachdenken darüber wurde abrupt unterbrochen. Wir kamen bereits in O Cebreiro an. Der Ort ist heute ein Museumsdorf, weil es hier noch die früher für die Region typischen Pallozas - ovale Steinhäuser mit tief heruntergezogenen Strohdächern - gibt. Noch bis in die 1960er Jahre lebten hier Mensch und Tier unter einem Dach. Schließlich galt die Gegend als eine der ärmsten Spaniens.

Kultureller Höhepunkt O Cebreiros ist die Kirche Santa Maria la Real. Sie wurde im 9. Jahrhundert erbaut und dürfte der älteste Sakralbau am Camino Frances sein.

Natürlich gibt es auch hier eine Wunderlegende. Angeblich

machte sich ein wenig glaubensfester Mönch über einen Bauern lustig, der sich in einer stürmischen Winternacht hier heraufgekämpft hatte. Er unterstellte ihm, nur herzukommen, um ein Stück Brot und ein bisschen Wein zu sehen. Deshalb war er für ihn ein Dummkopf.
Plötzlich verwandelten sich Hostie und Messwein in echtes Fleisch und Blut. Seitdem sind Kelch und Hostie Teil des galicischen Wappens. Also jener Region, dessen Grenze wir vor einer Stunde überschritten.
Thomas machte sich nichts aus Sakralbauten und wartete vor der Kirche, die Paulo und ich besuchten. Wir beobachteten den Altar, der durch einen besonderen Lichteinfall etwas Mystisches ausstrahlte.
Noch in der Kirche musste ich unbedingt etwas loswerden: „Irgendwie habe ich Angst vor dem, was Thomas sagte. Ist der Mensch wirklich nur Nebendarsteller einer riesigen Maschinerie? Gibt es eine Intelligenz, die, wenn sie zu einem bestimmten Zeitpunkt alle Geschwindigkeiten, Positionen, Atome und Kräfte von Körpern kennt, exakt die Zukunft vorherberechnen kann? Kann es wirklich sein, dass unsere Wahl nur scheinbar frei ist, weil diese unbemerkt schon vorher festgelegt ist?“
Paulo blieb ruhig und meinte, ich müsse mich nicht ängstigen, denn auch Thomas dürfte nicht auf dem aktuellen Stand der Hirnforschung sein.
„Die Argumentation, dass wenige Millisekunden vor unserer Entscheidung diese schon feststeht, bestreiten auch die neuersten Erkenntnisse nicht. Allerdings entdeckte man noch ein weiteres Phänomen, über das Thomas nicht sprach. Diese Vorfestlegung kann wieder revidiert werden. Auch die Hirnforscher müssen zugeben, mit ihren Aussagen etwas

vorschnell gewesen zu sein. Denn es bedeutet, innerhalb bestimmter Grenzen, ist durchaus Willensfreiheit gewährleistet. Eine ganze Reihe weiterer Faktoren dürften für unsere Entscheidungen von Bedeutung sein. Hast du beispielsweise gewusst, dass auch die Atmung Einfluss auf unsere Entscheidungen hat? Glaub mir, die Forscher sind sich selbst über vieles uneinig", meinte Paulo.

Jetzt war ich völlig verwirrt. Ich sollte mich wohl genauer mit diesem Thema beschäftigen.

„Gibt es bei Laplace überhaupt noch einen Gott, wenn bei ihm doch alles festgelegt ist und Freiheit nur als Illusion gilt?", wollte ich wissen.

„Das hat schon Napoleon Bonaparte Herrn Laplace gefragt. Letzterer meinte, er hätte diese Hypothese nicht nötig. Er war nämlich Atheist wie Thomas. Auf solche Erklärungen sind Atheisten stolz. Dabei ist auch das nur eine These, die sie nicht beweisen können. Es gibt aber auch noch eine Vernunftebene. Wir alle gehen in der Praxis sehr wohl davon aus, dass Freiheit existiert. Denn wenn es sie nicht gibt: Wieso fordern wir sie ständig? Wieso können wir für unser Handeln verantwortlich gemacht werden? Stell dir vor, jemand würde Menschen umbringen und im Gericht behaupten, er können nicht bestraft werden, weil er keinen freien Willen hätte. Er würde in die Irrenanstalt eingewiesen", kam Paulo zum Kern der Sache.

Das war einleuchtend. Irgendwann hatte ich eine ähnliche Argumentation schon einmal gelesen. Aber wo? Von wem?

Nebelschwaden zogen nicht nur durch mein Gedächtnis, sondern auch durch O Cebreiro. Schien vor zehn Minuten noch die Sonne, konnte ich nun fast nichts mehr erkennen. Auf der Passhöhe San Roque, beim Denkmal eines bronzenen Pilgers, der sich in den Wind stemmt, bot sich uns ein seltenes Naturschauspiel. Rechts die Nebelsuppe, links ein wolkenfreier Blick ins Tal.

Wir wanderten regelrecht im Epizentrum einer Wetterscheide. So, wie sich die Nebelfront auflöste, verschwand allmählich auch meine geistige Blockade.

„Immanuel Kant!“, rief ich ohne Vorwarnung.

Paulo und Thomas schauten mich verdutzt an und hatten keine Ahnung, worauf ich hinauswollte. Doch jetzt wusste ich es wieder.

Der Philosoph *Immanuel Kant (1724 - 1804)* sieht die Sache mit der Freiheit ähnlich wie sie Paulo beschrieb. Er setzt sich damit in seinen Werken „Kritik der reinen Vernunft“ und „Kritik der praktischen Vernunft“ auseinander.

Kant stellt einerseits fest, dass wir durch die Natur ständig determiniert werden. So können wir nur in Raum und Zeit denken. Damit ist unsere Sichtweise von Haus aus reduziert. In der Natur gibt es auch kein Platz für individuelle Spontanität, da wir keinen Anfang setzen können. Wir sind den Naturgesetzen und damit dem immerwährenden Prinzip von Ursache und Wirkung unterworfen und können es auch nicht durchbrechen. Mit unserer Freiheit sieht es in *dieser* Sphäre traurig aus.

Aber Kant bleibt dabei nicht stehen, sondern beschreibt auch noch die andere Seite der Medaille. Denn für den handelnden Menschen *muss* es Freiheit zwangsläufig geben, weil er anders nicht verstehen würde, was er ist und was er tut.

Kant glaubt, dass es eine Ebene gibt, in welcher absolute Spontanität mit Freiheit zusammenfällt und das mit einer Selbstständigkeit, die sich *nicht* auf etwas anderes zurückführen lässt: daher eine Abkoppelung vom Prinzip der Ursache und Wirkung. Freiheit ist folglich für Kant die *Bedingung der Möglichkeit zum Anfang.*

Was heißt das ganz praktisch?

Einerseits akzeptieren wir die Unterwerfung unter die Naturgesetze. Wir stürzen uns nicht aus blindem Freiheitsdrang ohne Sicherung vom Hochhaus, um zu hoffen, dass die Naturgesetze gerade jetzt nicht gelten. Wir sind also eingeschränkt und nicht frei. Denn von alleine fliegen können wir nun mal nicht.

Gleichzeitig verhalten wir uns aber ständig so, als *wären* wir frei. Für Kant ist die Vernunft an die Freiheit gekoppelt. Letztere steht in engem Zusammenhang mit dem Sittengesetz.

Vereinfacht gesprochen: Wenn ich moralische Grundsätze aufstelle, handle ich vernünftig. Die Vernunft sagt mir, dass ich mich einschränken und an Normen halten muss, um ein freies Leben führen zu können. Gleichzeitig habe ich aber auch die Freiheit, *gegen* das moralische Sittengesetz zu verstoßen. Allerdings wäre dies *un*vernünftig.

Moral, Gebote und Sittengesetze existieren in der Natur nicht. Sie sind für Kant Ideen und damit in der Sphäre der Geisteswelt angesiedelt.

Die Natur hingegen ist die Natur. Basta! Dort gibt es keine Freiheit.

Es kann deshalb nur die Idee sein, aus der vernünftiges Denken resultiert. *Sie* ermöglicht laut Kant unsere Freiheit.

Fazit: Die Thesen von einer völligen Einschränkung durch die Natur und die gleichzeitige Existenz der Freiheit des Menschen in der „Welt“ der Ideen, lassen sich für Kant *beide* vertreten. Wir sind so gesehen unfrei und frei zugleich.

„Wow, Respekt! Das hast du jetzt so alles so locker aus dem

Ärmel geschüttelt“, klatschte Paulo und ergänzte: „Deshalb werden wir auch in der Natur den lieben Gott nie finden. Denn dort gibt es keine Freiheit. In der Geisteswelt aber schon. So gesehen ist Kant richtig modern.“
„Philosophengeschwätz! Das hat doch nichts mit der Realität zu tun“, war Thomas komplett gegensätzlicher Meinung. Paulo gab zu, dass sich eine derart durchdachte Argumentation wie bei Kant in der Bibel nicht findet. Aber auch die Heilige Schrift setzt voraus, dass der Mensch frei ist. Dabei verwies er auf die Paradiesgeschichte im Buch Genesis. Dort widersetzen sich Adam und Eva dem Willen Gottes, weil beide vom Baum der Erkenntnis essen. Das Christentum beruht auf der Annahme des freien Willens, mit welchem wir uns für oder gegen Gott frei entscheiden können.
Adam und Eva entscheiden sich *gegen* den Willen Gottes zu handeln. Konsequenz der Geschichte: das Ende des Paradieses. Beide werden zu den ersten Sündern. Mit allen Folgen, die daraus entstehen.
„Ich bleibe bei meiner Ausgangsthese von gestern. Leid erkläre ich mir als Konsequenz der Freiheit. Deshalb Jürgen, nütze das Leid, das dir widerfahren ist und mache etwas Positives daraus. Rebelliere nicht gegen Gott“, warnte Paulo.
Für mich war das ein perfekter Zeitpunkt, wieder alleine zu pilgern und die Natur zu genießen. Wie sehr mich letztere aber auch einschränkt, merkte ich am knurrenden Magen. Schließlich hatte ich heute noch fast nichts gegessen. Deshalb kehrte ich früher als sonst in eine Gaststätte ein, um mich zu stärken.
Als ich beim Essen in meinem Wanderführer die Route studierte, kam ein älterer Herr mit intensivem Stallgeruch auf mich zu und schaute mir über die Schulter. Dann deutete er

auf mein Buch. Ich hatte keine Ahnung, was er wollte. Er zeigte mehrmals auf den Pilgerführer und stammelte etwas in einem Regionaldialekt, der mit der spanischen Sprache wenig zu tun hatte. Als er merkte, dass ich nicht begriff, was er mir sagen wollte, nahm er das Buch, blätterte darin und zeigte auf ein Foto. Dort war ein Mann abgebildet, der eine Sense trug und neben einer weißen Kuh stand. Das Bild wirkte so unscheinbar und nichtssagend, dass der Verlag es an der unteren Ecke anbrachte. Ehrlich gesagt hatte ich es übersehen. Aber, selbst wenn ich es bemerkt hätte, wäre mir nichts im Gedächtnis geblieben.

Für den Mann hingegen dürfte dieses Foto das größte Ereignis seines Lebens gewesen sein. Stolz deutete er auf sich. Er meinte, der Herr auf dem Foto sei *er* selbst.

Verdutzt schaute ich es genauer an. Nach und nach erkannte ich eine gewisse Ähnlichkeit. Allerdings musste das Bild schon viele Jahre alt sein. Im Gegensatz zu heute war er damals noch rank und schlank. Als ich merkte, wie stolz der alte Mann auf dieses Foto war, bat ich ihn spontan es zu signieren. In Blockbuchstaben schrieb er langsam und mit höchster Konzentration: AMADOR.

Als ich Amador auch noch um ein Selfie mit ihm bat, war das für ihn wie Weihnachten, Ostern und Geburtstag an einem Tag. Mir kam vor, sogar Freudentränen in seinen Augen zu bemerken. Aber vielleicht bildete ich mir das nur ein?

Amador zeigte die unterschiedlichen Welten, in denen wir lebten. Mich persönlich beeindruckte das Foto im Wanderführer nicht. Für den alten Mann, der kaum aus seinem Bergdorf herauskam, war es hingegen Stolz pur.

Die nächsten Kilometer genoss ich ausgiebig. Herrliches Wetter, beeindruckendes Panorama und es ging nur noch bergab. Ich saugte die Umgebung derart auf, dass ich sogar vom Weg abkam. Irgendwann fand ich keinen gelben Pfeil mehr. Am Jakobsweg eine Schande, denn es gibt weltweit keinen besser ausgeschilderten Weg, als den Camino Frances. Als Wegweiser für die Pilger fungieren entweder Säulen mit einer gelben Jakobsmuschel auf blauem Hintergrund, oder gelbe Pfeile.

Letztere stammen übrigens von einem Pfarrer aus O Cebreiro namens Don Elias, der diese im Jahr 1984 anbrachte, um den damals wenigen Wallfahrern eine bessere Orientierung zu ermöglichen. Es wird erzählt, er sei mit einem alten Auto, beladen mit Dosen gelber Farbe unterwegs gewesen. Diese bekam er von der Straßenbaumeisterei des spanischen Verkehrsministeriums. Gelb war viel billiger als alle anderen Farben und reichlich vorhanden. *Deshalb* der gelbe Pfeil!

Das akribische Anbringen der Symbole brachte Hochwürden in Schwierigkeiten. Eine Polizeistreife sah dem Treiben des Priesters zu. Statt eines Pinsels vermuteten die Wachleute eine Pistole in der Hand des Geistlichen. Sie hielten ihn deshalb für ein Mitglied der baskischen Untergrundorganisation ETA. Als sie ihn fragten, was er hier mache, soll er gesagt haben: „Ich bereite eine Invasion vor!"

Die verdutzen Wachorgane wussten nicht, was er damit meinte. Don Elias wurde deshalb festgenommen und am Polizeikommissariat verhört. Der Pfarrer sprach aber von den Pilgermassen, die nach seinem Ableben tatsächlich in Massen zum Camino kamen.

Doch damit nicht genug. Der Geistliche war so vernarrt in den Jakobsweg, dass er sogar eine Doktorarbeit darüber an der Universität von Salamanca einreichte.

Zudem gründete er die Vereinigung der Freunde des Jakobsweges. Das Netzwerk wurde immer größer und internationaler. Er redete mit Bürgermeistern, Historikern, Priestern und überzeugte sie von der Notwendigkeit, den Camino wiederzubeleben. Zudem schrieb er den ersten modernen Pilgerführer.

Vielleicht gelingt Paulo ähnliches, wenn er sich so sehr für die Renaissance der Via Francigena, den angeblich bedeutendsten Pilgerweg des Mittelalters einsetzt?

Gewiss ist man dort viel weiter, als es Don Elias damals war. Zwischen Lausanne und Rom existiert schon länger eine vollständige Beschilderung des Weges. Puncto billiger Pilgerherbergen und preiswerter Verpflegung bleibt aber noch viel zu tun. Wer weiß, vielleicht wird Paulo einmal der Don Elias der Via Francigena? Ich wünsche es ihm jedenfalls.

Nachdem ich einen beträchtlichen Umweg machen musste, schaffte ich es nur mittels meines Navigationsgerätes am Mobiltelefon wieder auf den Camino zurückzufinden. Leider verpasste ich durch dieses Missgeschick den berühmten Kastanienbaum beim Ort Ramil, der als einer der ältesten seiner Art gilt.

Bei der Ankunft im Etappenziel Triacastela wurde mir bewusst, nun die letzte anstrengende Passüberquerung gemeistert zu haben. Ab jetzt ging es nur noch in sanft hügeliger Landschaft weiter. Darauf stieß ich mit Paulo und Thomas, die bereits in der Herberge auf mich warteten, mit einem kühlen Bier an. Salut!

18

WEG DES TROSTES

Triacastela – Sarria – Gonzar

Gehen wir über Samos oder San Xil nach Sarria?, fragte Thomas beim Frühstück. Wieder einmal standen zwei Varianten zur Auswahl. Eine etwas längere, mit der Möglichkeit zur Besichtigung des Klosters in Samos. Die Kürzere führte an einem Brunnen mit einer riesigen Jakobsmuschel vorbei: ein beliebtes Bildmotiv.

Ich präferierte den Weg über Samos, um meinen unbändigen Durst nach Kulturschätzen zu stillen. Nach dem Motto: Dort komme ich ohnehin nie wieder hin.

Thomas interessierte sich dafür gar nicht und Paulo war es egal. Eine Pattsituation.

„Werfen wir doch eine Münze und lassen das Schicksal entscheiden", schlug Thomas vor.

Eine gute Idee. Damit auch nicht geschummelt werden konnte, baten wir die Besitzerin unserer Frühstücksbar die Glücksfee zu spielen. Ergebnis: die kurze Strecke über San Xil. Pech gehabt!

Die autonome Region Galicien - nicht zu verwechseln mit Galizien in der Westukraine und Südpolen, die früher zum Habsburgerreich gehörte - ist die vielleicht geheimnisvollste Gegend am Camino. Wie kein anderes Gebiet Spaniens ist sie von der keltischen Kultur geprägt. Der Baustil der Häuser, der Dudelsack sowie das satte Grün von Wald und Wiesen erinnern stark an Irland, die Normandie oder Großbritannien. Besonders interessant fand ich die Horreos. Das sind uralte Kornspeicher auf Säulen. Die Menschen bauten sie, um ihr Korn vor dem Zugriff von Mäusen und Ratten zu schützen.

Überhaupt hat man in Galicien den Eindruck, als sei hier die Zeit stehengeblieben. Jahrhundertelang gehörte diese Gegend zu *den* Auswandererregionen schlechthin. Zwar gibt es die bittere Armut von damals heute nicht mehr, doch am Land leben kaum noch junge Menschen. Die Alten bleiben zurück.

Häuser von unschätzbarem Wert verfallen zunehmend. Von den arabischen Einflüssen, die sich sonst in großen Teilen Spaniens finden, keine Spur. Muslimische Mauren gab es hier nie. Vielleicht war ihnen das Klima zu rau?

Die Wege sind hier von besonderer Schönheit. Nicht so sehr wegen der Landschaft, sondern der Art, wie sie angelegt sind. Die alten Pfade sind oft halbrund, gesäumt von Bäumen, die in den Weg hineinragen und so für ausreichend Schatten sorgen. Beim Betreten eines Waldstückes hatte ich ständig den Eindruck, in einen Tunnel einzutauchen. Öfter als bisher, müssen hier, wie bei einem Hindernislauf, kleine Bäche und Steinformationen überquert werden.

Gegenüber der wüstenartigen Meseta fühlte ich mich hier wie in einer fruchtbaren Oase. Es geht ständig auf und ab, aber nie extrem. Der ideale Mix zwischen Anstrengung und Gemütlichkeit. Perfekte Bedingungen für Pilger!

In San Xil kamen wir dann zu jenem Bildmotiv, das sich in

vielen Büchern über den Jakobsweg findet: dem Brunnen mit der überdimensionalen Jakobsmuschel.

Ein polnischer Pilger machte mich darauf aufmerksam, diesen besonderen Platz von einer Stelle aus zu fotografieren, wo sich die riesige Muschel im daneben angelegten Wasserbecken spiegelt. Ein tolles Motiv!

Wenn ich das poste, würden wohl die Klickzahlen durch die Decke gehen. Schließlich muss auch der virtuellen „Gemeinde" zu Hause etwas geboten werden.

Die nächsten Kilometer bis nach Sarria sollten die letzten sein, wo man noch halbwegs von echtem Pilgerfeeling sprechen konnte. Etwa 110 Kilometer vor Santiago bietet sich hier die ultimative Möglichkeit, jene Mindestdistanz zu gehen, die für den Erhalt einer Compostela-Urkunde notwendig ist.

In Spanien soll es „Volkssport" sein, das Zertifikat mit minimalem Aufwand zu erlangen, um damit seinen Lebenslauf zu schmücken. Wer weiß, vielleicht ist dieser Eintrag entscheidend, um einen Job zu bekommen? Mit Pilgern im eigentlichen Sinne hat das aber nichts mehr zu tun.

Dazu kommen noch die zahlreichen Pauschalreisetouristen, die für einzelne Wegabschnitte von zwei bis drei Kilometern so ausgerüstet sind, als würden sie einen Monat lang unterwegs sein. Dadurch erscheint der letzte Abschnitt des Camino immer mehr als „Pilger-Disneyland". Je näher vor Santiago, umso schlimmer. Sarria ist der Ausgangspunkt dieser unschönen Kommerzialisierung des Weges.

Am Stadtrand baten uns drei Schülerinnen einen Fragebogen anzukreuzen. Natürlich auf Spanisch. Doch das war ihnen nicht genug. Zum Schluss wollten sie auch noch Foto und Autogramm. Widerwillig machten wir mit.

„Jetzt reicht es mir aber“, war sogar der sonst so besonnene Paulo genervt.
Als wir durch Sarria marschierten, sahen wir Massen von Pilgern. Wo die plötzlich alle herkamen?
Der Camino Frances gilt schon auf der gesamten Wegstrecke als überlaufen. Doch bis jetzt hielt sich alles im Rahmen. Nun wurde es aber störend.
Mitten im Getümmel hörten wir, wie jemand unsere Namen rief. Indira, die mit Mo gemütlich vor einem Lokal saß, winkte uns.
Na, das war eine Überraschung! Ich befürchtete schon, wir würden die beiden erst in Santiago wiedersehen. Aus Freude über das unerwartete Treffen setzten sich Thomas, Paulo und ich dazu.
Kurze Zeit später schlug meine heitere Stimmung von einem Moment auf den anderen in Depression um. Als die Kellnerin unsere Bestellungen aufnehmen wollte, zuckte ich zusammen.
Das war doch nicht möglich! Vor mir stand eine junge Frau, die Alina zum Verwechseln ähnlichsah. Mit offenem Mund gaffte ich sie an, als handle es sich um einen Geist. Ich war nicht mehr in der Lage eine Bestellung aufzugeben.
Nach dem Schock kamen mir die Tränen. Die Kellnerin fragte, was los sei und ob sie etwas Falsches gesagt hätte. Auch Indira wurde panisch und fragte: „Jürgen, was ist los mit dir?“
Als ich mich wieder erholte, klärte ich alles auf.
Ohne, dass ich es merkte, bat Paulo dezent darum, dass wir von einer anderen Person bedient werden wollten. Mein drastischer Gefühlsausbruch zeigte, dass die seelischen Wunden doch größer waren, als ich dachte.

Es ist eben nicht so leicht, mit einem einfachen Ritual alles hinter sich zu lassen.
Da war aber noch eine zweite Reaktion, die ich nicht erwartet hätte und zunächst von der Gruppe unbemerkt blieb. Thomas, der immer coole und rationale Atheist, wurde blass im Gesicht. Als auch ihm die Tränen kamen, flüchtete er sich in das Innere der Bar und kam von dort nicht wieder.
Indira meinte: „Bleiben wir doch noch länger hier, um Jürgen zu trösten."
Trost? Was ist das eigentlich? Das Wort leitet sich von „Treue" ab, kann aber auch als Festigkeit, Zuversicht oder Ermutigung im Leid verstanden werden. Im Griechischen bedeutet es Zuspruch, Ermahnung oder Ermutigung.
Paulo war mit Indiras Aussage nicht glücklich und widersprach ihr: „Mancher Schmerz muss ausgehalten werden. Wir helfen Jürgen nicht, indem wir diesen leugnen oder verniedlichen. Ich sage das, weil auch mir als Priester immer wieder vorgeworfen wird, die Kirche helfe Menschen in schwierigen Situationen deshalb nicht, weil sie den Schmerz relativiert und auf eine bessere Welt im Jenseits vertröstet."
Paulos Einwand war berechtigt. Er erinnerte mich an den Dichter *Rainer Maria Rilke (1875 - 1926)* der in seiner „Zehnten Duineser Elegie" gegen den, wie er es nennt, „billigen Trostmarkt" protestiert. Bei ihm heißt es, ein Engel würde diesen Trostmarkt zertreten, denn die Schmerzen gehören uns. Trost, so Rilke, sollte nicht vorschnell gespendet werden, denn mit Beschwichtigungen will sich niemand zufriedengeben.
Der Philosoph *Hans Blumenberg (1920 - 1996)* fragte in seinem Essay „Über Kränkungen und Tröstungen" zurecht, weshalb wir überhaupt trostbedürftig sind. Er führt dies darauf

zurück, keinen Grund zu haben, überhaupt da zu sein. Doch wer keine fixe Basis hat, sein Dasein zu legitimieren, bedarf des Trostes.

Trost ist nicht eine Bestätigung und Anklage des Leides. Im Gegenteil: das würde die Schmerzen noch größer machen. Vielmehr sollten Freunde, die jemanden trösten, dem Verzweifelten wieder einen Grund für sein Dasein geben, und damit ein Fundament.

Das ist für mich die eigentliche Funktion des Trostes.

Indiras Angebot zum Trost erschien auch mir nur als Anklage eines Zustandes, der ohnehin irreparabel ist. Paulo machte hier einen reiferen Eindruck, weil es ihm nicht darum ging, „Beruhigungspillen" zu verteilen, sondern dabei zu unterstützen, einen Sinn im Dasein zu finden, und erst damit Trost.

Gerade in der Zeit nach dem Tod Alinas versuchten mich viele Freunde zu trösten. Einige waren damit aber überfordert. Statt zu schweigen oder über positive Dinge zu reden, verstärkten sie noch die Depressionen. Denn ständige Fragen, ob man etwas tun könne oder reden wolle, sind nett gemeint, aber nerven.

Dass sich Trost von Treue ableitet, wurde mir in meinen schwärzesten Stunden bewusst.

Treu sein bedeutet, auch dann da zu sein, wenn man nicht „funktioniert". Da zu sein, auch wenn es anstrengend ist. Falsche Freunde sind die, die einem wieder zum „funktionieren" bringen wollen.

Die Aufforderung, durch Spaß seinen Schmerz zu vergessen, basiert eher auf dem Eigennutz eines falschen Freundes. Wie heißt es so schön: „The show must go on!"

Tröstend ist das aber nicht.

Wahrer Trost, so meine Erfahrung, ergibt sich erst, nachdem man im scheinbar Sinnlosen einen Sinn erkennt und sich daran aufrichtet.
Das schlimmste Hindernis getröstet zu werden, besteht jedoch darin, nicht aktiv in den Schmerz hineinzugehen.
In seinem Roman „Die Brüder Karamasow" schildert der russische Schriftsteller *Fjodor Michailowitsch Dostojewski (1821 - 1881)* diesen wichtigen Aspekt. Er beschreibt eine Frau, die um ihr totes Kind trauert. Sie geht zu einem Geistlichen, um getröstet zu werden. Doch der tröstet die Frau nicht durch den Verweis auf ein Himmelreich, wo alles besser wird. Vielmehr ermutigt er die Trauernde, gerade wegen des Todes des Kindes, dieses weiter zu lieben und den Schmerz zuzulassen. So absurd es auch klingen mag: Er tröstet sie dadurch, dass er sie dem Leiden der Liebe überlässt.
Die wahre Hölle ist nicht der Schmerz selber, sondern, dass man nicht mehr lieben kann. Ohne Liebe erscheint alles sinnlos. Man versinkt in Lethargie. Was tröstet, ist eine Liebe, die schon jetzt Hoffnung vermittelt. Erst durch das aktive Hineingehen in Schmerz und Trauer können diese von innen heraus in Hoffnung verwandelt werden.
Es bedarf auch Menschen, die dazu ermutigen, den Weg der Liebe durch den Schmerz zu gehen. Indira tat aber genau das Gegenteil, obwohl sie es eigentlich „gut" mit mir meinte. Was Dostojewski beschreibt, erfuhr ich nach Alinas Tod. Reden, weinen, einfach alles rauslassen. *Das* ist aus meiner Sicht das Erfolgsgeheimnis, um getröstet zu werden.
Als extrovertierter Mensch tue ich mir da bestimmt leichter. Introvertierte versuchen Tröstungen aus dem Weg zu gehen und sich abzulenken. Doch irgendwann bricht einmal der Damm durch die immer größer werdende, negativ auf-

gestaute Energie. Der Gang zum Psychologen bleibt dann meist als letztes Mittel.
Mein aktives Durchmachen der Schmerzen half mir sehr. Gespräche beim Wandern und viele Erlebnisse am Camino waren keine Ablenkung, sondern ein Instrument, sich dem Geschehenen zu stellen. Doch selbst dann sind Rückschläge, wie der heutige, nicht zu vermeiden.
Nach einiger Zeit setzte sich Thomas wieder zu uns. Sein Gesicht war verschwollen. Er muss heftig geweint haben, so wie er aussah.
Wieso hatte gerade er, der sich immer als stark und rational präsentierte, plötzlich so einen Anfall? War das wirklich nur Empathie für mich?
Sein bisheriges Verhalten deutete jedenfalls nicht darauf hin. Da war doch noch etwas anderes, das ihn schwer belastet. Aber was?
Thomas ist nicht jener Charakter, der sich leicht trösten lässt. Im Gegenteil. Er versteckt sich hinter einer Fassade: Als Leistungssportler, der er trotz seines muskulösen Körpers nicht ist. Als Naturwissenschaftler, der alles rational zu begreifen glaubt, aber lieber wegschaut, wenn ihm Zweifel kommen.
Von unserer Pilgergruppe war Thomas derjenige, der sich am wenigsten öffnete. Jetzt erst wurde mir bewusst, dass er irgendetwas mit sich schleppte, unter dessen Last er nun zusammenzubrechen drohte.
Indira sprach ihn dezent darauf an. Doch er tat so, als hätte er es nicht gehört. Auch Paulo fragte schüchtern nach. Aber erwartungsgemäß wimmelte er ab und bekräftigte, dass es ihm gut gehe.
„Thomas, lege endlich die Karten auf den Tisch. Wir wollen wissen, was mit dir los ist!“, fuhr ich ihn an. Die Zeit der

Samthandschuhe war nun endgültig vorbei. Auch er sollte endlich einmal in das Leid hineingehen, um es zu überwinden.

Doch er schwieg weiter.

Als ich schon die Hoffnung aufgab, eine Antwort zu bekommen, platze es plötzlich aus ihm heraus: „Ich habe Krebs im letzten Stadium. In einem halben Jahr bin ich tot. Seid ihr jetzt zufrieden?“, ließ er endlich die Katze aus dem Sack.

„Dieser Camino war mein letzter Wunsch, auch wenn ich nicht gläubig bin!“

Danach vergrub er verzweifelt das Gesicht in seinen Händen.

Einige Minuten sagte niemand ein Wort. Schweigen.

Trotz des lebendigen Treibens um uns herum, fühlte es sich an, als ob gerade eine Bombe eingeschlagen hätte. Jetzt, nach dem Knall, war es still.

Wir sahen alle auf den Boden. Die Situation erinnerte mich an meine Schulzeit. Wenn die Lehrerin uns fragte, wer freiwillig die Stundenwiederholung machen wolle, verhielten wir Schüler uns genauso, wie jetzt die Pilgergruppe. Die Professorin pflegte dann zu sagen: „Warum schaut ihr immer auf den Boden? Habt ihr ein Problem mit euren Schuhbändern?“

Ich biss mir auf die Zunge, diese Geschichte jetzt zu erzählen. Der Moment war einfach zu heikel.

„Was ist das Problem? Wenn du tot bist, löst sich doch ohnehin dein Bewusstsein auf, sagtest du uns immer. Und gegen die Schmerzen gibt es heute schon gute Medikamente“, provozierte Paulo unseren Thomas in einer Weise, wie ich es ihm nie zugetraut hätte.

Zum ersten Mal wurde der deutsche Atheist selbst mit jener

kühlen Rationalität konfrontiert, die er uns den gesamten Camino zumutete.

Thomas starrte nur vor sich hin und schien nicht daran interessiert zu sein, getröstet werden zu wollen. Alle Versuche, das Gespräch fortzusetzen, blockte er ab. Wir ließen ihn deshalb in Ruhe und verabredeten uns in einer der zahlreichen Gaststätten an der Rua Maior, der schönsten Straße der Altstadt.

Zuvor besichtigte ich mit Indira den Templo de Salvador und das Monasterio de la Magdalena, das ursprünglich als Herberge von zwei italienischen Pilgern gegründet wurde. Als wir uns dort kurz niedersetzten, fragte Indira: „Findest du nicht, dass Paulo zu hart zu Thomas war? Von einem Priester hätte ich mir mehr Einfühlungsvermögen erwartet." Ich erinnerte sie daran, was Paulo zuvor sagte. Trost findet man eher, wenn man durch den Schmerz geht.

„Glaub mir, er will nur das Beste für ihn. Auch wenn es nicht so aussieht", beruhigte ich Indira.

Außer Mo kamen alle zum vereinbarten Treffpunkt. Zu unserer Überraschung auch Thomas. Das Abendessen fand in deutlich entspannterer Atmosphäre statt, als ich es zunächst erwartete. Erst nach dem Mahl fragte mich Paulo, welche Handlung meiner Freunde mich am meisten tröstete.

Nach einigen Überlegungen kam mir mein guter Freund Alois in den Sinn. Er schenkte mir das Buch „Lob der sieben Tröstungen" des Theologen *Anselm Grün (geb. 1945).* Darin stellt er *zehn* persönliche Tröstungen - trotz anders lautendem Titel - vor, die keine intellektuellen Abhandlungen, sondern ganz praktisch sind.

Dazu zählen das Wandern, das Leib und Seele in Einklang bringt, das Spüren der Natur und das Hören von Musik.

Spielen ist für ihn die Erfüllung einer tieferen Sehnsucht des Menschen, Lesen das Eintauchen in eine andere Welt. Wichtig ist auch das Erinnern, als kostbarer Schatz des Herzens oder die Stille, um in sich zu gehen. Das alles, so Grün, spendet Trost.

Besonders hilft ihm, dass es einen Ort gibt, den er Heimat nennt. Er würdigt Gespräche, in denen er sich verstanden fühlt. Anselm Grün schwört auf die mystische Freude beim maßvollen Genuss von Wein. Das alles tröstet ihn.

„Wandern, Natur, Gespräche, Wein, Musik. Das haben wir ja alles in unserer Camino-Welt", meinte Indira.

„Aber maßvoll beim Genuss des Weines sind wir nicht gerade", so Thomas mit einem Augenzwinkern.

Am Weg zur Herberge kündigte Paulo an, uns morgen von Techniken zu erzählen, die er von einem großen Theologen des Mittelalters gelernt hat.

Am nächsten Tag brachen wir schon früh am Morgen auf. Schließlich waren nun Heerscharen von Pilgern unterwegs. Den berühmten Kampf um ein freies Bett in der Herberge mussten wir jetzt wohl oder übel annehmen.

Nach etwa zwei Stunden kamen wir zu einem Punkt, bei dem ich nostalgisch wurde: dem 100 Kilometerstein in der Nähe von A Brera. Dass es in Wirklichkeit noch 105 Kilometer nach Santiago waren, erfuhr ich erst später.

Ich erinnerte mich lebhaft an die Kilometersteine der Anfangsetappen. Konnten damals die gegangenen Kilometer nicht schnell genug vorbeiziehen, schien es nun, als sei jeder weitere ein Geschenk, das man in vollen Zügen genießen sollte. Nach fast einem Monat ständigen Pilgerns konnte ich mir einen anderen Alltag gar nicht mehr vorstellen. Danach würde unser Camino des Alltags beginnen. Aber immerhin.

Noch geht es weiter. Thomas hingegen wurde von seinen Ärzten jeglicher Hoffnung beraubt, noch länger als ein halbes Jahr zu überleben. Es war ohnehin ein Wunder, dass er den gesamten Camino Frances in einem derart fortgeschrittenen Stadium des Krebses meisterte.
Vielleicht wollte er sich mit seinem Fitnesswahn nur beweisen, dass er *noch* lebendig ist? Jetzt erschien mir alles in einem ganz anderen Licht. Ich denke, wir alle brachten nun mehr Verständnis für sein Verhalten auf, über das wir noch vor kurzem den Kopf schüttelten.
Um die Mittagszeit erreichten wir Portomarin. Die heutige Stadt wurde künstlich aufgebaut. Ein Ergebnis der 1960er Jahre. Das historische Portomarin ging durch die Schaffung eincs Stausees - im wahrsten Sinn des Wortes - unter.
Lediglich die Kirchen San Pedro und San Nicolas wurden zerlegt, abgebaut und an anderer Stelle wiedererrichtet. Es war schon beeindruckend über die Staumauer am Rio Mino zu marschieren.
Bis jetzt machte Paulo keine Anstalten seine Tröstungen vorzustellen. Erst, als wir am wunderschönen Hauptplatz von Portomarin einen Mittagssnack zu uns nahmen, begann er damit.
Er skizzierte die sieben Tröstungen des mittelalterlichen Theologen und Philosophen *Thomas von Aquin (1225 - 1274)*, die er in seinem Monumentalwerk „Summe der Theologie", im Band „Die menschlichen Eigenschaften" beschreibt.
„Tja, lieber Pilgerfreund Thomas. Jetzt komme ich schon wieder mit deinem Namensvetter. Als Katholik kann ich Thomas von Aquin nicht ignorieren. Zuerst empfiehlt er - das wird dich erstaunen - durch Lust das Leben wieder lebendig zu machen. Viele glauben fälschlicherweise Tho-

mas war lustfeindlich. Aber das stimmt nicht. Er vertrat den Grundsatz: Wer zur Freude Ja sagt, muss auch zur Trauer Ja sagen. Traurigkeit ist mit Erinnerung, etwa an Verstorbene, verbunden. Lust hingegen verkörpert die Gegenwart. Lust kann Trauer vertreiben. Lusthemmung macht krank. Lust hat aber nichts mit Regellosigkeit oder banaler Triebbefriedigung zu tun. Es ist vielmehr das Bekenntnis, das Leben trotz aller schmerzlichen Erfahrungen zu bejahen.

Thomas von Aquin gibt die Empfehlung zu weinen und seine Tränen nicht künstlich zurückzuhalten. Weinen mildert den Schmerz, vertreibt die Traurigkeit und macht die Seele weich. Weinen ist wie ein reinigendes Gewitter.

Thomas von Aquin glaubte auch, dass das Mitleid von Freunden die Last erleichtert. Die größte Lust besteht aber in der Schau der Wahrheit, denn die Sinne wirken auf den Geist und der Geist auf die Sinne.

Tröstung kann auch durch ausgiebigen Schlaf erreicht werden. Zudem helfen Bäder. Denn dadurch reinigen wir nicht nur unseren Körper, sondern auch unsere Seele. Nicht zuletzt ist für Thomas von Aquin das regelmäßige Gebet ein wichtiges Element der Tröstungen", schilderte Paulo und fragte: „Na, was sagt ihr dazu?"

„Naja ein paar praktische Tipps können nie schaden. Auf alle Fälle nicht das übliche Theologengeschwafel", meinte Thomas undiplomatisch.

Gut so! Er schien nun wieder so zu sein, wie wir ihn kennenlernten.

Aus persönlicher Erfahrung konnte ich vor allem der Empfehlung zu weinen einiges abgewinnen. Tränen wirken wirklich reinigend. Der aufgebaute Stau sollte nicht unterdrückt, sondern abgebaut werden. Weinen ist wie aufs Klo gehen.

Danach fühlt man sich erleichtert, auch wenn die Situation die gleiche ist, wie vorher.
Den Rest der Wegstrecke zum unscheinbaren Ort Gonzar ging jeder für sich. Die sieben Tröstungen des Thomas von Aquin gaben uns die Möglichkeit innezuhalten und nachzudenken.
Während des Gehens hatte ich ständig das Gefühl, dass sowohl Anselm Grün, als auch Thomas von Aquin etwas Entscheidendes vergasen. Etwas, das noch viel wichtiger war, um überhaupt Trost finden zu können. Aber was war es?
Kurz vor Gonzar fiel es mir endlich ein. Echten Trost findet man nur durch die Überwindung von Zorn und Groll. Wer von uns ist immer *nicht* zornig? Niemand!
Ich meine aber nicht Zorn als punktuellen, sondern als permanenten Zustand.
Durch nahe Verwandte erfuhr ich, welch verheerende Auswirkungen Zorn und Groll als Grundzug des Gemüts haben können. Menschen mit ständig aggressiver Einstellung stecken andere mit ihrer negativen Energie an und vergiften so das Klima. Immer zornige Wutbürger sind nicht von Natur aus so, sondern meist selbst Opfer anderer. Selten gelingt es ihnen, aus ihrer selbst geschaffenen Hölle auszubrechen.
Donald Trump ist wohl das prominenteste Beispiel dieser Spezies. Lüge, Hass, ständiges Brechen von Tabus und permanentes Aufhetzen führen zu einer Negativspirale, der sich Außenstehende kaum entziehen können. Selbst, wenn sie es wollen.
Zorn und Groll fußen oft auf Wunden, die bis in die Kindheit zurückreichen können. Ständige Zurückweisung, mangelnde Liebe und Demütigung, sind nur einige der möglichen Ursachen.

Erst durch die Überwindung von Zorn und Groll ist es nachhaltig möglich, Trost zu finden.
In diesem Zusammenhang sind die Gedanken des Mönchs *Evagrius Porticus (345 - 399)*, die er in der Schrift „Praktikos. Über das Gebet“ zusammenfasst, uralt, aber aktueller denn je.
Er plädiert dafür, sich von äußeren Dingen frei zu machen. Abhängigkeit drückt auf unsere Stimmung. Verbitterung gefährdet nicht nur uns, sondern auch die Mitmenschen. Er präsentiert drei Ratschläge sich von Zorn und Groll freizumachen.
Erstens: Den Zorn vor dem Schlafen gehen ablegen, da er sonst im Schlaf im Unbewussten weiterarbeitet. Er empfiehlt vor dem Einschlafen ein Buch zu lesen und an etwas anderes zu denken.
Zweitens: Am Tag den Zorn im Gespräch aufarbeiten und versuchen, davon loszulassen.
Drittens: Sich nie in der Phantasie zornigen Gedanken hingeben.
Wenn an diesen drei Stellschrauben gedreht wird, so Evagrius Porticus, kann es gelingen, der Negativspirale zu entkommen, und endlich Trost zu finden.
Gerade Menschen wie Thomas sind stark gefährdet in Groll und Zorn aus dem Leben zu scheiden. Durch seine Körpersprache zeigte er ständig, sich nicht trösten lassen zu wollen und Ängste auszublenden. Er kompensiert dies durch die Überbetonung von sportlichen Leistungen und den Glauben an eine ausschließlich rationale Welt. Trost, so sein Credo, ist nicht Bestandteil der Natur und muss ausgehalten werden. Damit hat er nicht einmal so unrecht. Doch es gibt einen entscheidenden Unterschied zu meinem Weltbild: Denn ich

gehe davon aus, dass es noch eine Sphäre *jenseits* der Natur gibt, in der wir Trost finden werden. Doch ob dann alles wirklich so ist?

Wir werden es sehen. Oder auch nicht. Darauf hoffen wird man ja wohl noch dürfen.

Vor der Herberge in Gonzar blieb ich stehen. Ich staunte über meine Gedankengänge. Sie zeigten mir, wie sehr mich die Camino-Welt bereits verändert hatte. Eine Erfahrung, die ich hoffentlich in die „normale“ Welt des Alltags mitnehmen kann.

19

WIE GLÜCKLICH MACHT GLÜCK?

Gonzar – Melide – Pedrouzo

Nur weg von hier. Wir frühstücken wieder an der Strecke, drängte uns Mo, möglichst früh aufzubrechen. Obwohl es im Juni in Galicien erst um 7 Uhr hell wird, packten die ersten Pilger schon um 5 Uhr zusammen und verließen kurze Zeit später die Herberge. Welchen Sinn es macht, die ersten Kilometer im Dunklen zu gehen, war mir noch immer unklar. Der Kampf um ein Bett *alleine* kann es wohl nicht sein!

So sehr am Camino unter den Pilgern ein Geist der Solidarität herrscht, den man im Alltag so nicht findet. Beim Kampf um einen Schlafplatz werden schon mal die Ellbogen ausgestreckt. Am Schlussabschnitt des Jakobsweges gibt es viele sogenannte „Disneylandpilger", die auf den letzten Kilometern zwar dabei sein wollen, aber irgendwie doch nicht so ganz. Ihnen fehlt jener Spirit, den wir in den letzten Wochen in uns aufsaugten. Für mich fühlte es sich jetzt an, wie in einem Flugzeug beim Sinkflug: Ziel in Sichtweite.

Vielleicht war das alles gut so. Schließlich wäre ein abruptes Ende unserer Camino-Welt ohnehin ein Schock.

Als wir aufbrachen, herrschte bereits reges Treiben. Immer

skurrilere Personen waren nun auf der Strecke. Einer ging barfuß. Als ob der Weg nicht genügend Herausforderungen bieten würde. Zwei weitere Pilger marschierten in die entgegengesetzte Richtung. Waren sie bereits in Santiago und gingen nun wieder zurück? So, wie es im Mittelalter üblich war? Ihre spärliche Ausrüstung deutete jedenfalls nicht darauf hin. Wahrscheinlich wollten sie nur Aufmerksamkeit.
Interessanter erschienen mir da schon die Bettelpilger. Sie erschnorrten sich Geld oder verkauften am Wegrand kleine Utensilien, die sie selber erzeugten. Meist begleiteten sie Hunde, die - um ihre Pfoten zu schonen - kleine Hundeschuhe trugen. So werden auch Rex und Strolchi zu richtigen Wallfahrern.
Ich denke nicht, dass es sich bei diesen Menschen um wirkliche Arme handelt. Eher schon um Aussteiger, die auch mal alternativ leben wollten. Weshalb sie ihr Abenteuer gerade am letzten, so überlaufenen Teil des Camino Frances ausleben, war für mich rätselhaft.
„Wenn es sie glücklich macht, sollen sie es eben tun“, meinte Thomas gleichgültig.
Glücklich erschienen mir am Jakobsweg die meisten Menschen. Es wunderte mich, dass jene mit den größten Sorgen und Nöten oft am fröhlichsten wirkten. Auch Thomas machte mir, mit Ausnahme von gestern, keinen depressiven Eindruck.
„Ich bin so glücklich, denn am Abend gibt es endlich Pulpo“, freute sich Indira. Sie meinte damit jenen gekochten Oktopus, für den die Stadt Melide, unser heutiges Etappenziel, berühmt ist.
Es ist wissenschaftlich erwiesen, dass Sport und der Aufenthalt in der Natur im Körper Glückshormone erzeugen. Aber

das alleine kann noch kein ausreicher Grund sein, weshalb die Menschen hier glücklicher wirken, als anderswo.
Vielleicht ist es der Ausstieg aus dem biederen Alltag? Oder ist es die Begrenztheit der Zeit und der Strecke? Die Einfachheit? Die Spiritualität? Eine andere Kultur? Die Internationalität?
Für mich sind es hier gerade die banalen Dinge, die zu Hause völlig selbstverständlich erscheinen: eine warme Dusche, ein Dach über dem Kopf, Gespräche mit Menschen.
Was ich am Camino wieder schätzen lernte? Tägliches Essen in der Gemeinschaft. Wandern bei jedem Wetter. Ständige Neugier.
Neu war für mich auch das Gefühl, sein gesamtes Hab und Gut am Rücken zu tragen. Es vermittelt ein Gefühl von Freiheit.
Wir begannen nun eine Debatte darüber, was Glück überhaupt ist und was uns glücklich macht.
Die Bettlerpilger mit ihren Hunden erinnerten mich an den antiken Philosophen *Diogenes von Sinope (413 - 323 v.Chr.)*. Durch seine radikale Bedürfnislosigkeit erlangte er Freiheit und Unabhängigkeit, die ihm ein glückliches Leben ermöglichten.
Sein Beispiel zeigt, dass ein solcher Lebensstil vieler Entbehrungen bedarf und anstrengend ist. Unser Pilgerdasein der letzten Wochen war zwar lange nicht so extrem wie der Alltag von Diogenes. Doch Schmerzen, Kälte, Nässe und Hitze sind auch nicht lustig.
„Mich haben vor allem die Gespräche über tiefgründige Themen glücklich gemacht“, gab Paulo zu. „Wir diskutierten hier über vieles. Das wird mir zu Hause abgehen.“
Schon für *Aristoteles (384 - 322 v.Chr.)* ist das, was die alten

Griechen als „Eudämonie“ - also lebenslanges Glück - bezeichneten, nicht statisch, sondern ein Vorgang oder eine Bewegung. Wie er in seinem Werk „Nikomachische Ethik“ analysiert, gibt es grundsätzlich zwei Varianten der Glückseligkeit.
Einmal die rein intellektuelle, bedürfnislose Existenz des Denkers, in der er sich der „theoria“ - der Wesensschau - hingibt; also jenen Bereich, den Paulo vorhin ansprach.
Dem gegenüber stellt Aristoteles das Glück des menschlichen Alltags. Hier geht es darum, die für das Gemeinschaftsleben notwendigen ethischen Tugenden im sozialen Kontext zu erlernen und ihnen gemäß zu handeln.
Am wichtigsten erscheint mir aber bei Aristoteles ein anderer Aspekt. Für ihn ist das Streben nach Glückseligkeit als letztem Ziel ein universaler menschlicher Anspruch. Wahres Glück, so seine Überzeugung, wählen wir um seiner selbst willen, und nie wegen eines darüber hinaus gehenden Zweckes.
Vielleicht liegt gerade darin ein Schlüssel zum Verständnis, weshalb in westlichen Wohlstandsgesellschaften so viele Menschen unglücklich sind. Immer mehr sind unfähig, glücklich zu leben, weil alles einer kapitalistischen Denklogik untergeordnet wird: immer schneller, immer mehr.
Mir fällt auf, dass die Menschen zwar wissen, was ihnen fehlt. Sie klagen ständig, dass sie etwas *nicht* haben, das sie brauchen, um damit etwas zu erreichen. Haben sie es dann, geht es nach demselben Prinzip weiter.
Immer, wenn ich fragte, was das Ziel hinter dieser endlosen Kette sein soll, erntete ich Ratlosigkeit und Unverständnis. Glück bedeutet für viele Menschen fälschlicherweise nur Mittel zum Zweck. Doch das Resultat ist die Schaffung im-

mer neuer Bedürfnisse, die befriedigt werden müssen. Aber macht das wirklich glücklich?

Diese Haltung steht dem Verständnis von Aristoteles diametral entgegen. Denn Glück um seiner selbst willen hat aus seiner Sicht keinen Nutzen.

Auch das, was wir am Camino tun, ist in der kapitalistischen Logik eigentlich nutzlos. Es sei denn, wir tun es, um unsere Arbeitskraft wiederherzustellen.

Was machen wir hier überhaupt?

Wir gehen. Langsamer geht es kaum. Wir setzen uns den Launen des Wetters aus. Wir arbeiten nicht im Sinne eines Lohnverhältnisses. Deshalb erzeugen wir keinen Mehrwert. Mehr noch: Wir wissen nicht einmal, was uns das bringt. Vielleicht fahren wir so nach Hause, wie wir gekommen sind?

Wäre ein Ratgeber zur Glücksmaximierung nicht nur billiger, sondern auch effektiver?

Das einzig Nützliche, das wir im kapitalistischen Sinne am Camino tun, ist konsumieren. Schließlich leben ganze Regionen von den Pilgern.

Doch ist es nicht gerade das scheinbar Nutzlose, das die Menschen am Camino so glücklich macht? Nicht zu wissen, was kommt. Nicht zu ahnen, was es bringt. Einfach nur gehen, ohne sich rechtfertigen zu müssen.

Das, was einem dann geschenkt wird, ist gratis. Es kommt von selbst und verlangt nichts zurück. Ein Zustand den wir aus unserem Alltag kaum kennen. Und wenn, dann höchstens aus einer glücklichen Kindheit.

Der wirtschaftspolitische Publizist *Christian Felber (geb. 1972)* beschreibt in seinem Buch „Neue Werte für die Wirtschaft“, dass, je höher der Reichtum ist, die Glückswahrnehmung im

Verhältnis dazu sinkt. Er plädiert deshalb für eine Umverteilung und Begrenzung der Vermögen. Keine schlechte Idee, wie ich meine, wenngleich in einer deregulierten und globalisierten Welt die praktische Durchsetzung schwierig wird.
„Ich bin froh, die Zeit, die mir noch bleibt, sinnvoll verbringen zu können. So absurd es klingt. Obwohl ich nicht mehr lange lebe, bin ich *gerade jetzt* glücklich. Deshalb genieße ich jeden Augenblick", überraschte uns Thomas mit einem positiven Statement.
Auch der Philosoph *Albert Camus (1913 - 1960)* argumentiert in seinem Essay „Hochzeit in Tipasa" ähnlich. Selbst im Wissen um die Absurdität unserer Existenz, vor allem aber wegen ihrer zeitlichen Begrenztheit, ja gerade ihr zum Trotz, sind wir zu Ausbrüchen des Glücks fähig.
Camus ist sich der eigenen Vergänglichkeit bewusst. Er verabschiedet sich von der Vorstellung, Glück sei ein hohes Ziel. Als Atheist glaubt er, wie Thomas, nicht an das Jenseits oder eine immerwährende Glückseligkeit. Für ihn ist es das Konkrete und Kleine im Hier und Jetzt, das glücklich macht.
„Ich kann mit dem Begriff Glück nichts anfangen", setzte Mo einen Kontrapunkt. „Mal ehrlich. Ist unser Leben nicht in erster Linie Leid? Wenn es Allahs Wille ist, werde ich das akzeptieren. Denn echtes Glück gibt es erst im Jenseits."
Dass Leben primär leiden bedeutet, glaubte schon der Philosoph *Arthur Schopenhauer (1788 - 1860)* in seinem Werk „Die Welt als Wille und Vorstellung".
Für ihn ist die Erwartung der Glückseligkeit eine reine Selbsttäuschung des Menschen über seine wahre Natur. Ein Stillen des Durstes nach Glück hält er auf Dauer für unmöglich, da jede Befriedigung sofort ein neues Bedürfnis erzeugt. Er plädiert dafür - ähnlich wie die Buddhisten - nicht nach

Glück zu streben, sondern vielmehr Leid zu vermindern, indem Bedürfnisse reduziert werden.
Aber hat das Mo wirklich so gemeint? Zwar stellt er sich als Unterwürfiger Allahs dar. Doch seine Erwartung, nur Glück im Himmel zu finden, ist auch etwas riskant. Es stellt sich nämlich die Frage, ob ein Leben mit 72 Jungfrauen auf Dauer wirklich glücklich macht. Aber vielleicht tue ich ihm Unrecht und er erwartet etwas anderes?
Zurück zur irdischen Camino-Welt. Besonders glücklich waren wir heute, zeitgerecht und ohne Stress die Stadt Melide zu erreichen. Hier kommen Camino Frances und Camino Primitivo zusammen und münden in einem gemeinsamen Weg.
Der Primitivo gilt als ältester der Jakobswege und startet in Oviedo. Landschaftlich soll er Spaniens schönster, aber auch anstrengendster Camino sein. Im Gegensatz zu unserem Frankenweg sind die Pilgerzahlen noch überschaubar.
Mich wunderte schon die ganze Zeit, dass die meisten Pilger am kulturellen Reichtum des Jakobsweges wenig interessiert sind. Auch hier in Melide war dies unübersehbar. Im kleinen historischen Stadtzentrum mit der der Iglesia de Sancti Spiritus, dem ehemaligen Franziskanerkloster, saß ich mit Indira wieder einmal ganz alleine.
„Weißt du Jürgen, nach meiner ungewollten Schwangerschaft und allen Problemen war ich am Boden zerstört. Trotzdem ist heute mein Kind das größte Glück. Jetzt, wo mein Sohn aus dem Gröbsten raus ist, will ich so viel Glück wie möglich erleben“, fasste Indira ihre Meinung zum heutigen Thema zusammen.
Da ich nicht hartnäckig genug nachfragte, wurde ich nicht ganz schlau aus ihrer Aussage.

Indiras Vorstellungen erinnerten mich an die philosophische Strömung des Utilitarismus. Einer ihrer Vertreter, der Philosoph *Jeremy Bentham (1748 - 1832)*, spricht vom „Glück der größten Zahlen". Wie *John Stuart Mill (1806 - 1873)*, der seine Thesen in der Schrift „Der Utilitarismus" zusammenfasst, will er Glück zum höchsten Gut, Maßstab und Ziel allen moralischen Strebens erklären. Die Vorstellung vom „Glück der größten Zahlen" oder „größtmöglichem Glück für die größtmögliche Zahl" ist kein Modell für Egomanen, wie oft unterstellt wird. Im Gegenteil. Die zugrundeliegende Vorstellung erscheint mir zutiefst demokratisch. Denn jeder zählt nur für einen, und keiner mehr als einer.

Glücksmaximierung soll nicht auf Kosten anderer gehen, sondern geteilt werden. Deshalb entwickelten die Utilitaristen Nutzenkriterien des Glücks: Intensität, Dauer, Gewissheit, Reinheit oder Ausmaß.

Wie das genau gemessen und praktikabel errechnet werden soll, war mir immer schleierhaft. Aber vom Ansatz zumindest einmal interessant. Wenn so etwas nur annähernd umgesetzt werden kann, dann nur mit einem starken Wohlfahrtsstaat. Nicht aber in einem Laissez-faire-Kapitalismus. Bentham oder Mill haben die Gesellschaft als Ganze, das Gemeinwohl, im Blickfeld. Indira hingegen sprach ausschließlich von ihrer persönlichen Glücksmaximierung.

Glück ist vielfältig. Wir können noch lange darüber streiten. Konkret, im Hier und Jetzt, bedeutete Glück für mich, in eine „Pulperia" zu gehen. Dabei handelt es sich um ein Restaurant, das auf Pulpos - bei uns Oktopus oder Krake genannt - spezialisiert ist.

Als Klassiker gilt „Pulpo alla Gallega", gekochter Oktopus, der in kleine Teile zerschnitten und mit Olivenöl und Papri-

kapulver serviert wird. Dazu reicht man in Galizien Weißbrot und Wein.
Das Gericht ist nicht jedermanns Sache. Dazu kommt, dass wir in unserer Pulperia bei der Zubereitung zusehen durften. Mo verging bei diesem Schauspiel gleich der Appetit.
Die Herausforderung besteht darin, den Oktopus möglichst weich werden zu lassen, ohne ihn zu zerkochen. Zum Verzehr ist kein Essbesteck notwendig. In der Regel beschränkt man sich auf ein paar Zahnstocher.
Unsere Pulperia war einfach, aber gemütlich. Die Innenausstattung mit ihren langen Holzbänken erinnerte mich an „Heurige". Das sind die berühmten Weinlokale von Wien.
In Melide verbrachten wir noch einmal einen geselligen Abend. Allerdings mit etwas Wehmut, denn am nächsten Tag stand die letzte wirklich lange Etappe bevor.
Die 34 Kilometer lange Wegstrecke von Melide nach Pedrouzo versprach aber nicht minder kulinarische Köstlichkeiten. Ich beschränkte mich beim Frühstück in Melide auf einen schnellen Kaffee an der Bar, um mir etwa drei Stunden später, in Arzua, Zeit für den Verzehr des berühmten Arzuakäses zu nehmen. Basis dieser Köstlichkeit ist Kuhmilch mit weicher Konsistenz, die mild schmeckt.
Kein Wunder, dass dieser Queixo, wie ihn die Spanier nennen, *der* Exportschlager ist. Überzeugt von der Qualität, ließ ich mir noch eine kleine Portion mitgeben. Auf dieser Wegstrecke war die Dichte an Bars und Restaurants noch höher als am Vortag. Fast bekam ich den Eindruck, vor Santiago ging es nur noch um das Fressen und Saufen.
Die sanft hügelige Landschaft wurde zunehmend von Eukalyptuswäldern dominiert, deren Geruch eine Wohltat für die Sinne ist.

Waren 34 Kilometer am Beginn des Jakobsweges noch eine echte Herausforderung, bei der ich an meine Grenzen ging, hatte ich nun keine konditionellen Probleme mehr.
Mir fiel auf, dass auf der heutigen Strecke wenig geredet wurde. Wahrscheinlich dachten meine Pilgerfreunde schon an die morgige Schlussetappe nach Santiago de Compostela. Ich tat dies jedenfalls ständig.
Alle paar Stunden prüfte ich die Wettervorhersage und stellte mir vor, wie ich in Santiago ankommen würde. Wie konnte ich den Moment des Einzugs genießen, aber gleichzeitig alles dokumentieren?
Ich hatte Sorgen. Echtes Pilgern sieht anders aus. Aber so bin ich nun mal.
Wo war überhaupt Pepi? Tagelang sah ich meinen Landsmann nicht mehr. Deshalb wusste ich nicht, ob er vor oder hinter uns marschierte. Trotz allem überwog schon jetzt ein Gefühl der Wehmut, das sich von Stunde zu Stunde steigerte.
Morgen um die gleiche Zeit würde der tägliche Ablauf, an den ich mich so gewöhnt hatte, beendet sein. Und egal, wie oft ich später einen Camino gehen würde. Dieses erste Mal, am „Weg der Wege“, dem Camino Frances, bleibt für immer einzigartig.
Doch *noch* waren wir auf der Strecke und damit in unserer lieb gewonnenen Camino-Welt. Leider bot das Etappenziel Pedrouzo dafür keinen würdigen Rahmen: Ein unscheinbares Straßendorf ohne Seele, geprägt von der Architektur der Nachkriegszeit. Kein mittelalterlicher Platz oder ein Kloster. Dafür ohrenbetäubendes Motorengeräusch. Wir hatten uns die letzte Nacht vor dem Einzug nach Santiago anders vorgestellt.

Während des Abendessens erreichte mich eine Nachricht von Pepi: „Hallo Jürgen! Ich bin gerade in Santiago angekommen. Habe schon meine Compostela-Urkunde. Ich warte morgen auf der Plaza Cervantes auf euch! Buon Camino. Dein Pepi."
Das war eine Überraschung! Unser Ältester beendete den Jakobsweg als Erster. Vor ein paar Tagen hätte ich noch mein gesamtes Geld auf Thomas gesetzt.
Hinderte ihn seine Krankheit daran, Schnellster zu sein? Oder war ihm unsere Gesellschaft wichtiger, als das nutzlose Herumhetzen? In Santiago würden wir es vielleicht erfahren.

20

DIE UMARMUNG DES JAKOBUS

Pedrouzo – Santiago de Compostela

Mit dem Satz „Es ist angerichtet“ beginnen oft Sportreporter ihre Moderation, wenn es um ein besonders wichtiges Event geht. Obwohl der Vergleich mit dem Sport für den Jakobsweg hinkt; für unsere Schlussetappe, mit der Ankunft in Santiago, war alles „angerichtet“.

Wer knapp 800 Kilometer absolviert hat, empfindet die letzten 21 Kilometer nicht mehr als Wanderung, eher als ausgedehnten Spaziergang.

Der Camino war geprägt von unterschiedlichen Wetterbedingungen. Von Hitzeperioden bis zum Schneefall erlebte ich alles. Doch jetzt, beim Einzug nach Santiago, sollte alles perfekt sein.

Was sich durch die Wettervorhersagen schon ankündigte, bestätigte sich durch einen Blick nach draußen. Wolkenloser Himmel und prognostizierte 24 Grad am Nachmittag.

In der Tat: Es ist „angerichtet“.

Die letzte Etappe war komplett anders. Sie erinnerte ein wenig an die Schlussetappe der Tour de France. Beim Einzug nach Paris wird weniger ernsthaft geradelt, dafür schon während des Rennens gefeiert. Profisportler, die das ganze

Jahr keinen Alkohol konsumieren, machen bereits während der Fahrt eine Sektflasche auf und stoßen auf den Sieger an. Ähnlich kam mir der Weg von Pedrouzo nach Santiago de Compostela vor. Pilger, die ich die letzten Wochen immer wieder sah, aber kein Wort mit ihnen wechselte, wurden nun gesprächig. So, als hätten sie sich die ganze Zeit nicht getraut und müssten dies jetzt noch schnell nachholen.
Ich fühlte mich wie in einem Film, in dem in der Schlusssequenz noch einmal alle Höhepunkte in geraffter Form zusammengefasst werden. Jeder von uns genoss jeden noch so kleinen Auf- und Abstieg. Alles, was ich zu Beginn des Caminos hasste, liebte ich nun.
Ich mochte es, durch alte Dörfer und stinkende Gutshöfe zu wandern. Obwohl ich kaum Hunger und Durst verspürte, besuchte ich noch einmal so viele Bars an der Strecke wie möglich. Dort genoss ich die viel zu laut aufgedrehten Fernseher mit ihren idiotischen Unterhaltungssendungen, die mich zuvor immer nur nervten. Den anderen ging es scheinbar genauso.
Die Wiederholung des Alltäglichen sollte auf den letzten Kilometern noch einmal in vollen Zügen ausgekostet werden, bis es vorbei war.
Ist es eigentlich möglich, noch einmal alles zu wiederholen? Und zwar genauso, wie es war? Obwohl wir alle wissen, dass Wiederholung unmöglich ist, wollen wir sie trotzdem herstellen.
Mit dem Phänomen der Wiederholung setzte sich auch *Sören Kierkegaard (1813 - 1855)* in seiner gleichnamigen Schrift auseinander. Er beschreibt unser Bewusstsein als ständiges Pendeln zwischen Idealität und Realität und damit zwischen reinen Begriffen und sinnlicher Erfahrung. Die Berührung

zwischen beiden nennt er Wiederholung. Denn Bewusstsein und unmittelbare Situation sind nie zeitgleich.
Wiederholung stellt für Kierkegaard eine Abkürzung der Wirklichkeit dar. Die Kunst besteht in der Zusammenfassung von Erinnerung und Wiederholung. Allerdings nur als Wiederholung von Dingen, die es wert sind, wiederholt zu werden. Er ist überzeugt, dass echte Wiederholung in der Realität unmöglich ist. In einem künstlichen Medium hingegen kann sie funktionieren.
Ich habe da meine Zweifel. Als passionierter Produzent von Reisefilmen merke ich schon länger, wie mit der Weiterentwicklung neuer technischer Innovationen die Kluft zwischen Realität und verzerrter Erinnerung immer größer wird.
Auch hier wollte ich möglichst viel von der Camino-Welt einfangen, um mit meiner Kamera die Wiederholung einer Scheinrealität festzuhalten. Darunter leidet aber der Genuss der Einzigartigkeit des Augenblicks.
Auch jetzt denke ich ständig daran, wie ich meinen Einzug in Santiago gestalte. Wie kann ich alles genießen und dennoch festhalten? Schaffe ich mir aber dadurch nicht schon im Vorhinein eine künstliche Welt? Und vor allem: Weshalb? Eben *weil* ich genau weiß, dass eine Wiederholung nicht möglich ist.
Die meisten Pilger ticken aber nicht wie ich. Zwar verzichtet hier fast niemand auf Fotos. Allerdings sind die meisten bereit, sich einfach überraschen zu lassen. Sie kosten den Augenblick aus, während ich am Weg schon alles aus der Perspektive des Zuschauers in der Filmvorführung vor mir sehe. Vielen gehe ich mit meinem Dokumentationszwang auf die Nerven.
Nach meinen öffentlichen Reisefilmvorführungen waren

dann aber *gerade* meine Kritiker froh, die Impressionen einer Wiederholung in einem künstlichen Medium anschauen zu können.
Schon auf halbem Weg endete heute die Pilgeridylle mit dem Erreichen des Flughafenareals. Letzter Höhepunkt vor Santiago: der Monte do Gozo.
Indira, Thomas, Paolo, Mo und ich vereinbarten am Morgen beim riesigen Denkmal aufeinander zu warten, um die letzten Kilometer gemeinsam zu gehen. Das Monument erinnert seit 1993 an die Papstbesuche in Santiago.
Im Mittelalter durfte sich am Monte do Gozo derjenige „Pilgerkönig" nennen, der zuerst die Türme der Kathedrale von Santiago entdeckte. Ob es wirklich stimmt, dass sich der in Europa weitverbreitete Nachname „König" daraus entwickelte, weiß ich nicht. Erzählt wird es jedenfalls.
Monte do Gozo heißt so viel wie „Berg des Genusses". Einen solchen stellt in der Tat das Panorama, weniger die naheliegende gigantische, verwahrloste Anlage dar. Letztere wird bei wichtigen Anlässen in Heiligen Jahren geöffnet, um den Pilgermassen zusätzliche Unterkünfte bereitzustellen.
Als ich nach den Türmen der Kathedrale spähte, klopfte mir jemand von hinten auf die Schulter. Es war Thomas, der bereits vor mir ankam.
„Hast du schon die Türme der Kathedrale gesehen? Ich finde sie nämlich nicht", fragte ich ihn.
„Na klar, in diese Richtung. Siehst du sie?", wollte er wissen.
„Herzlichen Glückwunsch Thomas. Du bist unser Pilgerkönig", gratulierte ich und schüttelte seine Hand.
Er schaute mich verdutzt an, als ich ihn über die Hintergründe aufklärte. Ich wusste, dass gerade *er* besonders stolz auf diesen Titel sein würde. Spontan überlegte ich nun, ihm

in Santiago eine Urkunde dafür ausstellen zu lassen. Als ich Thomas fragte, wie er eigentlich mit dem Nachnamen heißt, glaubte ich meinen Ohren nicht zu trauen: „König."
„Wie bitte? Das gibt es doch nicht! Du heißt wirklich Thomas König?", staunte ich ungläubig. Als ich ihn auch hier über die Hintergründe aufklärte, begann er zu lachen und umarmte mich. Jetzt kamen auch Paulo, Indira und Mo zum Denkmal. Gemeinsam zogen wir singend in Santiago ein. Auch das ist Tradition.
Da niemand traditionelle Pilgerlieder kannte, beschränkte sich jeder auf Klassiker aus seiner Heimat. In der Nähe der Ortstafel von Santiago, gleich neben einem weiteren Denkmal, kauften wir in einer Bar zwei Flaschen Rotwein, die wir geschwisterlich teilten. Sogar Mo sprang über seinen Schatten und nippte schüchtern vom Rebensaft.
Allah würde es ihm schon vergeben. Schließlich ist niemand perfekt.
In diesem besonderen Moment war ihm offensichtlich das Zusammengehörigkeitsgefühl wichtiger, als die strengen Vorschriften des Koran.
Langsam zogen wir in Richtung Altstadt. Santiago de Compostela, mit Rom und Jerusalem bedeutendster christlicher Wallfahrtsort der Welt, besticht durch sein architektonisch-kulturelles Gesamtkunstwerk. Mehr als in den anderen Städten finden sich hier Gebäude aus fast allen Epochen.
Dennoch ist die Dominanz des Keltischen nicht zu übersehen.
Mit den Weinflaschen in der Hand gingen wir zur Plaza de Cervantes, wo Pepi schon auf uns wartete.
Von hier aus waren es noch geschätzte 300 Meter zur Kathedrale. Das Ziel zum Greifen nahe.

Doch langsam. Ich drängte darauf, nicht blindlings dort hinzugehen, sondern die letzten Meter zu genießen.
Wir setzten uns zu Pepi, um noch ein Gläschen zu trinken und dann gemeinsam zum Grab des heiligen Jakobus zu pilgern. Der Plan war nicht ganz uneigennützig. Schließlich galt es Pepi kurz einzuschulen, wie er alles dokumentarisch festhalten sollte. Er spürte meine Nervosität und beruhigte mich: „Mach dir keine Sorgen. Du kannst dich auf mich verlassen."
Ich fühlte mich wie ein kleiner Junge am Heiligen Abend, der von den Eltern gebeten wird, sich kurz zurückzuziehen, um auf das Christkind zu warten. Während die meisten Kinder die Spannung keine Sekunde länger als notwendig aushalten, genoss ich immer diese Zeit und verlängerte sie sogar künstlich.
Deshalb versuchte ich auch jetzt mit gefinkelten Tricks den Moment des Einzugs zur Kathedrale immer wieder hinauszuzögern. Mindestens drei Mal bestellte ich eine „letzte Runde" beim Kellner.
Stress hatten wir ohne keinen, denn Pepi reservierte bereits ein Quartier für uns.
„So, jetzt reichts aber!", wurde Pepi ungeduldig. „Wir brechen jetzt auf und bringen es hinter uns."
Als wir nach wenigen Metern an einem Geschäft vorbeikamen, begeisterte Indira unsere Gruppe mit dem Vorschlag, wir könnten hier jeder dasselbe T-Shirt mit der Aufschrift „Camino de Santiago" kaufen. Als Bildmotiv waren darauf die wichtigsten Stationen des Franzosenweges eingezeichnet. Gekauft!
Mit dem einheitlichen Outfit sollte uns nun niemand mehr aufhalten. Nicht einmal der berühmte Dudelsackspieler, an

dem jeder Pilger vorbeigeht, wenn er auf den riesigen Kathedralenplatz einzieht. Von hier ging Pepi mit meinem Mobiltelefon neben uns und hielt sämtliche Emotionen fest.
„Wir haben es geschafft! Wir sind in Santiago!“, schrie ich vor Begeisterung in die Kamera. Der riesige Komplex der Kathedrale mit seinen Palästen lag vor uns. Frisch restauriert für das Heilige Jahr. Im Hintergrund blauer Himmel. Perfekte Lichtverhältnisse. Welch ein Anblick!
Wir umarmten uns, wie die Spieler einer Fußballmannschaft nach einem erzielten Tor. In den letzten Wochen wurden wir zu einer Einheit: zum „Team Camino-Welt“.
Indira und Thomas begannen zu weinen. Paulo küsste den Boden, kniete sich nieder und sprach ein Gebet. Mo setzte sich auf seinen Rucksack und schüttelte ungläubig den Kopf. Es war ein Segen, dass Pepi schon vor uns ankam. Denn so hielt er filmisch diese unvergesslichen Momente für die Ewigkeit fest. Da war mir egal, was wohl Kierkegaard dazu gesagt hätte.
Pepi legte sich mit dem Rücken auf den Boden und schoss von uns herrliche Fotos vor der malerischen Kulisse der Kathedrale. So lange, bis ein fremder Pilger Pepi aufforderte, sich zu uns dazuzustellen. Schließlich war auch er ein wichtiger Teil unserer Camino-Welt.
Als die anderen gleich ins Quartier gehen wollten, protestierte ich dagegen. Paulo unterstütze mich dabei: „Kommt mit. Der Camino ist der Tradition nach erst beendet, wenn wir die Statue des heiligen Jakobus am Hauptaltar umarmen.“
Mit unseren Rucksäcken gingen wir feierlich zur monumentalen Westfassade der Catedral de Santiago de Compostela. Die Figur des Jakobus thronte zwischen den beiden Türmen im Gewand eines mittelalterlichen Pilgers. Über die mäch-

tige Treppe durchschritten wir den von Meister Mateo geschaffenen Portico de la Gloria. Dieser gehört zu den beeindruckendsten gotischen Eingangsportalen der Welt. Selbst Mo und Thomas, die sich bisher wenig für Kunst und Architektur interessierten, konnten ihr Staunen nicht mehr verbergen.

Das Innere der Kathedrale strahlte auf mich eine seltene Mischung von Monumentalität und Intimität aus. Beherrscht wird der Innenraum vom mit Gold, Silber und Edelsteinen geschmückten Jakobus am Hauptaltar.

Um die riesige Figur umarmen zu können, mussten wir unsere Rucksäcke ablegen und uns artig in einer Reihe anstellen. Einer nach dem anderen stieg dann die schmale Treppe hinter dem Altar hinauf. Alle - auch Mo - warteten geduldig. Obwohl es streng verboten war zu filmen oder zu fotografieren, ließ sich sogar Paulo zum Ignorieren der Vorschriften hinreißen. Während Indira die Wache mit Fragen ablenkte, konnten wir unsere Umarmungen des Kopfes der Jakobusfigur filmisch festhalten.

Tief bewegt wollte ich den heiligen Santiago gar nicht mehr auslassen. Meine Umarmung dauerte mindestens zehn Sekunden. Eine Ewigkeit.

Erst als ein ungeduldiges Raunen bei den wartenden Pilgern aufkam, lies ich los.

Im Moment der Umarmung, dem symbolischen Ende des Pilgerweges, überkamen mich im Eilzugstempo Erinnerungen der letzten Wochen. Ich fühlte mich getröstet und befreit.

Danach ging es hinunter zur Krypta, wo wir die Stelle mit den angeblichen Reliquien des Apostels Jakobus besuchten. Nachdem Paulo und ich dort beteten, schob ich den Paten-

zettel von Alinas Beerdigung durch das Gitter. „Ruhe in Frieden“, flüsterte Paulo und deutete ein Kreuzzeichen an.
Danach ging es gleich zum Pilgerbüro, wo uns nach etwa einer halben Stunde Wartezeit die Compostela-Urkunde zur Bestätigung der erfolgreichen Pilgerschaft überreicht wurde. Ich hatte nicht erwartet, dass wir, die wir die vollen 800 Kilometer gingen, derart kontrolliert werden. Wie ein penibler Beamter studierte ein junger Mann jeden einzelnen der zahlreichen Stempel im Pilgerpass, die als Nachweis der gegangenen Strecke dienen. Ich kam mir vor, als würde ich um einen Kredit oder eine Baubewilligung ansuchen.
Ungeduldig warteten hinter mir zahlreiche weitere Menschen. Doch der Aussteller der Urkunde ließ sich davon nicht aus der Ruhe bringen.
Dann endlich trug er meinen Namen in die Compostela ein: auf Latein. Statt Jürgen wurde ich „Georgium“ genannt. So falsch kann die Übersetzung nicht sein, feiere ich doch jährlich an „Georg“ meinen Namenstag.
Doch erledigt war damit noch immer nicht alles. Es gab - ganz neu - auch eine zweite Urkunde, wo Startort und Kilometeranzahl eingetragen wurden.
„Gut, wenn ich schon mal da bin, nehme ich die auch noch. Schließlich kommen die Einnahmen der Kathedrale zugute“, war ich schon etwas genervt.
Als mir der Herr noch weitere Souvenirs anbot, verlor ich endgültig die Fassung. Ohne zu grüßen, drehte ich mich um und ging.
Jetzt war auch ich erleichtert und froh das Quartier beziehen zu können. Unsere vertraute Camino-Welt gab es nicht mehr. Was noch kommen sollte, war bestenfalls die Abschiedszeremonie. Aber was für eine!

Als wir unsere Wallfahrt in einem Lokal ausgelassen feierten, kamen immer mehr Pilger, die wir am Jakobsweg kennenlernten. Alle versicherten, morgen um neun Uhr früh die Pilgermesse zu besuchen. Ein ambitioniertes Vorhaben. Schließlich waren wir noch bis in die späte Nacht unterwegs. Gut, dass es noch eine zweite und dritte Messe gab, falls wir verschlafen sollten.

21

WAS BLEIBT VON DER CAMINO-WELT?

Santiago de Compostela

Aufstehen! Wir treffen uns in einer halben Stunde beim Ausgang!, klopfte Paulo an unsere Zimmertüren. Den ganzen Camino war ich in der Früh nicht so erledigt wie heute. Die ausgelassene Feier hinterließ ihre Spuren.

Nach einem schnellen Frühstück sah die Welt schon wieder anderes aus. Mit Ausnahme von Mo wollten alle der Pilgermesse beiwohnen. Am Weg zur Kathedrale erzählte Paulo aufgeregt, er hätte nach der Messe noch einen Termin beim Erzbischof von Santiago, der übrigens auch die Pilgermesse zelebrieren würde.

„Er will, dass auch ihr mitkommt. Außerdem fragte er, ob wir ihm ein paar Bilder vom Camino schicken können", wurde unser italienischer Priester immer nervöser.

Was bitteschön wollte der Erzbischof mit unseren Fotos?

Anderseits: Warum auch nicht?

Schon eine halbe Stunde vor Beginn der Messe waren alle Sitzplätze voll. Wir saßen im vorderen Bereich des Mittelschiffes.

„Wisst ihr, ich bin eigentlich nur wegen des Weihrauchfasses hier", gab Pepi offen zu.

Er sprach vom Botafumero, einem etwa 100 Kilo schweren, und eineinhalb Meter hohen Weihrauchfass, das nach dem Segen mittels einer speziellen Seiltechnik durch die Kathedrale geschwungen wird. Man sagt, dass dieses überdimensionale Gefäß früher den strengen Körpergeruch der Pilger erträglicher machte. Eine Geschichte, die ich nicht ganz glauben kann. Schließlich wurde das Botafumero nur zu besonderen Anlässen geschwungen.
Seit einigen Jahren ist es aber möglich, dieses Ritual auch an gewöhnlichen Tagen zu sehen, vorausgesetzt es findet sich eine Gruppe, die einen nicht unbeträchtlichen Betrag spendet. „Geld regiert die Welt" macht auch vor den heiligen Hallen nicht halt.
Bereits vor der Messe probte eine Nonne mit den Gläubigen einige Lieder. Nicht ganz einfach, schließlich sprechen die meisten Pilger kein Spanisch. Lediglich der Hinweis auf einige organisierten Pilgergruppen erfolgte auf Englisch.
Zu unserer Überraschung wurde eine Person höchstpersönlich begrüßt: unser Paulo.
Mir war schon die ganze Zeit aufgefallen, dass er hoch gebildet war. Allerdings fragte niemand, welchen Rang er in der Katholischen Kirche einnahm. Wahrscheinlich bevorzugte er es, als unauffälliger Durchschnittspilger unterwegs sein, um dadurch besser die Ansichten der Menschen kennenzulernen. Für mich waren die letzten Wochen mit ihm jedenfalls eine unglaubliche Bereicherung.
Er erinnerte mich an meine Zeit in der Politik. In meiner eigenen Partei galt ich oft als Querdenker, setzte meine eigenen Akzente, war aber doch immer loyal zur Bewegung. Für die einen galt ich als Vorbild. Andere sahen mich als Wichtigtuer oder Exoten.

Eine ähnliche Stellung dürfte Paulo in der Katholischen Kirche innehaben. Seine Offenheit und Modernität macht ihn gerade für kirchenferne Schichten attraktiv. *Solche* Leute braucht es, um „verlorene Schäfchen“ zurückzugewinnen. Allerdings dürfte ihm dabei von konservativen Kreisen ein kräftiger Gegenwind entgegenblasen.

Auch international scheint Paulo bestens vernetzt zu sein. Denn wieso wurde gerade *er* damit beauftragt, den Ausbau des Frankenweges von Lausanne nach Rom voranzutreiben?

Die einstündige Messe fesselte zwar Paulo, langweilte aber unsere Gruppe, weil wir kein Wort verstanden. Während der Zeremonie bot sich jedoch die Gelegenheit, den prachtvollen Sakralbau genauer zu betrachten. Vor allem der mit Gold überfrachtete Hauptaltar mit dem heiligen Jakobus faszinierte mich.

Erst nach dem Segen des Erzbischofs erhöhte sich wieder unsere Aufmerksamkeit. Alle erwarteten jetzt, Zeugen des Schwingens des Botafumeiros zu werden.

Doch da kam nichts mehr. Selbst als das Orgelspiel aufhörte, blieben viele Pilger noch in der Kathedrale, in der Hoffnung, dass noch etwas passiert.

Aber Fehlanzeige. Enttäuschung machte sich breit.

„Wenn ich das gewusst hätte, wäre ich länger liegen geblieben“, ärgerte sich Pepi.

„Begleitet ihr mich trotzdem zum Erzbischof?“, fragte Paulo schüchtern.

Mir kam vor, als hätte er ein schlechtes Gewissen. Dabei war es doch nicht er, der die Nullnummer verursachte.

Wir wussten, wie wichtig es Paulo war, uns dem Erzbischof von Santiago vorzustellen. Deshalb willigten alle ein.

Die Audienz hatte sogar einen positiven Nebeneffekt. Wir

wurden, um die Zeit zu überbrücken, zu einer Privatführung durch den gesamten Kathedralenkomplex eingeladen. Neben den Museen, Schatzkammern und Sälen stand auch eine Dach- und Turmbesteigung auf dem Programm. Die Panoramablicke auf Santiago - einfach überwältigend!
Der Empfang beim Erzbischof war ziemlich skurril. Umgeben von Menschen in noblen Anzügen - Paulo war in seinem Talar erschienen - mussten wir wie ein paar lächerliche Gestalten ausgesehen haben. Thomas und Pepi betraten die ehrwürdigen Hallen sogar in kurzen Hosen. Indira trug ein enges T-Shirt, das ihr üppiges Dekolletee zur Geltung brachte. Es wunderte mich, dass sie es nicht mit einem Tuch bedecken musste.
Den einen oder anderen schnellen Blick auf Indira konnten die geistlichen Würdenträger nicht verbergen. Auch Priester sind nur Menschen.
In holprigem Englisch fragte der Erzbischof, wie der Camino für uns gewesen sei. Ich war mir sicher, dass es sich dabei eher um eine Höflichkeitsfrage, als um echtes Interesse handelte. Nach einer Unterredung zwischen dem Erzbischof und Paulo glaubten wir unseren Ohren nicht zu trauen: Ihre Eminenz lud uns für den nächsten Tag als seine Gäste in das Luxushotel Parador ein. Dort sollte ein Medientermin stattfinden, um einen Kooperationsvertrag zwischen den Bruderschaften des Jakobsweges und der Via Francigena zu unterzeichnen.
Damit nicht genug. Anschließend waren wir sogar zu einem Galadinner und einer Übernachtung eingeladen: auf Kosten der Jakobusgesellschaft.
Nach Einbruch der Dunkelheit sollte die Generalprobe für die Feierlichkeiten des Jakobustages stattfinden, die wir vom

Balkon des Paradors verfolgen durften. Die Zeremonie sollte alles bisher Dagewesene in den Schatten stellen. Geplant war eine Lasershow mit Bildprojektionen auf die Kathedrale. Zum Abschluss durfte ein großes Feuerwerk nicht fehlen.
„Ich kanns nicht glauben!“, war Thomas sichtlich bewegt.
„Das wundert mich nicht, lieber Thomas. Schließlich hast du noch nie an etwas geglaubt“, scherzte Paulo und bedankte sich im Namen unserer Gruppe beim Erzbischof.
Er fragte erst gar nicht, ob irgendjemand nicht mitkäme. Wer würde ein so großzügiges Angebot schon ausschlagen?
Bei der Verabschiedung konnte es Pepi trotzdem nicht lassen, den Erzbischof zu fragen, wann es das nächste Mal das Botafumeiro zu sehen gäbe.
„Gehen Sie in die Abendmesse um 19 Uhr. Aber diese Info haben sie nicht von mir“, lächelte der Erzbischof verständnisvoll.
Pepi bedankte sich und küsste ihm sogar den Ring. Wahrscheinlich hatte er dieses Ritual bei einer Papstaudienz in Rom gesehen. Doch *hier* war das nicht üblich. Wir mussten uns das Lachen verkneifen, als wir den verwirrten Blick des Erzbischofs beobachteten.
Die Zeit bis zur Abendmesse nutze ich, um zusammen mit Indira und Pepi die Stadt zu erkunden. Sehenswürdigkeiten gibt es hier in Hülle und Fülle.
Besonders beeindruckend war für mich der riesige Pazo de Xelmirez aus dem 12. und 13. Jahrhundert. Der völlig überdimensionierte ehemalige Bischofspalast konnte viele Jahre nicht besichtigt werden.
Erst durch die Umgestaltung in ein Museum ist er nun wieder für die Öffentlichkeit zugänglich. Der verschwenderische Reichtum der Innenausstattung steht sinnbildlich für

den Jakobsweg, wo sogar unbedeutende Dorfkirchen maßlos erscheinen.
Santiago de Compostela als Gesamtkunstwerk ist ein Augenschmaus. Schade nur, dass viele der zahlreichen Kirchen und Klöster geschlossen oder nur partiell zugänglich sind. Für jeden empfehlenswert: das Pilgermuseum. Hier geht es thematisch zwar um den Jakobsweg, aber nicht nur. Ausstellungen über Pilgerwege in anderen Kulturkreisen zeigten, dass diese kein Spezifikum des Christentums sind.
In anderen Museen, meist ehemaligen Sakralgebäuden, erfuhren wir viel über die Kunst und Kultur Galiziens. Schließlich ist Santiago auch Hauptstadt dieser Region.
Weshalb sich die Stadt das architektonisch spektakuläre, aber weitgehend nutzlose Kulturzentrum „Cidade da Cultura de Galica" des Stararchitekten Peter Eisenmann leistete, können nicht einmal die hier ansässigen Regionalpolitiker beantworten. Die meisten Touristen wissen gar nichts von der Existenz dieses Gebäudekomplexes am Stadtrand, geschweige denn von den enttäuschenden Ausstellungen.
Viel mehr lohnt sich da schon ein Blick von den Hügeln, die die Stadt umgeben.
Als Pepi und Indira unter einer Reizüberflutung meines Sightseeing-Marathons litten, widmeten wir uns den kulinarischen Köstlichkeiten Santiagos. Empfehlenswert ist hier die Mariscada - eine Fisch- und Meeresfrüchteplatte - auf der Jakobsmuscheln, als Symbol des Caminos, nicht fehlen durften. Die Tarta de Santiago, eine Art Mandelkuchen, mussten wir eilig herunterschlingen. Schließlich wartete die Abendmesse und hoffentlich auch das Botafumeiro.
In der Kathedrale setzten wir uns diesmal nicht ins Mittel-, sondern ins Seitenschiff. Von dort aus konnten wir das

Schwingen des Weihrauchfasses optimal sehen. Dennoch blieb eine gewisse Anspannung, ob das angekündigte Ereignis tatsächlich stattfinden würde. Doch weshalb sollte uns der Erzbischof einen Unsinn erzählen?
Während der Messe betete ich vor allem für Thomas. Es muss eine enorme Belastung sein, zu wissen, dass man in ein paar Monaten sterben werde und es keine Hoffnung mehr gibt. Es möge ihm der Camino Trost und Zuversicht geben. Auch Alina, der ich den Camino widmete, sollte in Frieden ruhen.
Dann endlich war es so weit. Vor dem Segen kamen acht Männer und bereiteten das Botafumeiro vor. Zuerst behutsam, dann immer stärker, zogen sie an einer eigenartigen Seilkonstruktion und schwangen so das Weihrauchfass von einer Querseite zur anderen. Dass der Priester die Pilger segnete, ging völlig unter.
Ein Meer von Mobiltelefonen fixierte ausschließlich das Riesenfass. Ich hatte den Eindruck, als empfanden die meisten Menschen in der Kathedrale die Abendmesse als lästiges Vorspiel zu diesem Spektakel. Andererseits. So etwas gibt es nur hier in Santiago.
Trotzdem empfand ich das Gedränge um das beste Foto als würdelos. Doch wer im Glashaus sitzt, soll nicht mit Steinen werfen. Denn auch ich machte mit. Erst als Fotos und Videos im Kasten waren, verfolgte ich erleichtert die letzten Pendelschwünge.
„Gott sei Dank! Ein Camino ohne Botafumeiro wäre wie eine Bratwurst ohne Senf gewesen", atmete Pepi auf.
Ein deftiger Vergleich. Aber durchaus zutreffend.
Eigentlich wollten uns Mo und Thomas am nächsten Morgen verlassen. Doch die Einladung in den Parador konnten

sie auf keinen Fall ausschlagen. Beide hatten nämlich vor, nach Finisterre weiterzugehen. Im Mittelalter vermuteten die Pilger dort das Ende der Welt. Beim Cap mit dem berühmten Leuchtturm ist dann aber wirklich Endstation.
In westlicher Richtung kann man nicht mehr weitgehen. Es gibt nur noch den Atlantik. Früher sollen dort die Pilger ihr Gewand verbrannt haben, als Zeichen der Reinigung und letzte Handlung vor ihrer Rückkehr.
Würde *dort* Santiago liegen, wäre ich sicher weiter gepilgert. Doch von Anfang an störte mich, am Ziel - dem Jakobusgrab - anzukommen, um dann den Weg fortzusetzen zu müssen. Irgendwie passte das für mich nicht.
In Finisterre gibt es noch ein weiteres Kuriosum. Die Kilometerbeschilderung des Camino endet hier mit dem Null-Kilometerstein. Dabei ist die Zählweise zuvor auf Santiago de Compostela ausgerichtet. Dort beginnt dann alles wieder von vorne. Oder besser gesagt bei Kilometer 87. So weit ist es nämlich bis zum Cap Finisterre.
Wie auch immer. Nun freuten wir uns auf unseren letzten gemeinsamen Tag. Danach trennten sich unsere Wege endgültig.
Um keine Zeit zu verlieren, checkten wir gleich am Morgen in unserer Luxusherberge ein. Der Parador National hieß ursprünglich „Hospital de los Reyes Catolicos“ und wurde Ende des 15. Jahrhunderts von den Katholischen Königen gestiftet. Seit 1509 fungierte er als Pilgerherberge.
Heute gilt der Parador als ältestes Hotel der Welt. Hier wohnen meist Reiche und Prominente. Es war also ein Privileg, hier sein zu dürfen. Noch dazu kostenlos.
Zu spät erfuhren wir von der Tradition, dass täglich jeweils 10 Pilger zu Frühstück, Mittag- und Abendessen eingeladen

sind. Dabei gilt das Prinzip: Wer zuerst da ist, kommt hinein. Eine lange Wartezeit wird mit Exklusivität belohnt.
Das von der Gotik geprägte Hotel ist eine Sehenswürdigkeit für sich. Die großen Speisesäle, Höfe und Gärten erinnern an längst vergangene Epochen, ohne auf moderne Technik zu verzichten.
Als ich nach einer weiteren Sightseeingtour mit Indira ein letztes Mal die Kathedrale besuchte, bedankte ich mich im Gebet für diese unendlich kostbare Zeit in der Camino-Welt. Fast hatte ich ein schlechtes Gewissen. Denn bei der Akkumulation an Erlebnissen und Eindrücken dachte ich zuletzt relativ wenig an Alina. Wieder litt ich darunter, sie vielleicht irgendwann ganz zu vergessen. Noch dazu, wo die attraktive Indira so viel Zeit mit mir verbrachte.
Das Galadinner mit dem Erzbischof von Santiago im Parador war ein echtes Medienereignis, zumindest in Spanien und Italien. Damit hatte ich nie gerechnet.
Und wir? „Mittendrin, statt nur dabei", wie ein bekannter deutscher Sportsender über sich selbst zu sagen pflegt.
Nach einem fünfgängigen exquisiten Menü mit Medienvertretern, Mitgliedern der Jakobus- und Via Francigena-Vereinigungen, Politikern und dem Erzbischof von Santiago, wurde Paulo aufgefordert, eine kurze Ansprache zu halten. Er redete langsam. So, dass ihm alle folgen konnten. Dabei schilderte er das Bemühen der italienischen Regierung und des Vatikans, die Via Francigena wiederzubeleben. Nachdem in den letzten Jahren Millionen für die Revitalisierung von Wegen und Beschilderungen ausgegeben wurden, sollen nun Herbergsbetreiber mit Subventionen dazu gebracht werden, ihre Preise auf das Niveau des Camino Frances zu senken.

Ziel ist es, in keiner Herberge mehr als 15 Euro zahlen zu müssen und preiswerte Menüs zu ermöglichen.
Im Jahr 2030 möchte man dann ähnlich hohe Pilgerzahlen erreichen wie in Spanien. Dadurch würde die regionale Wirtschaft belebt und nachhaltiger Tourismus betrieben. Unterstützt mit Geldern der Europäischen Union.
„Bitte nehmen Sie Ihr Glas und lassen Sie uns auf die Zukunft anstoßen! Viva Camino de Santiago. Viva Via Francigena a Roma“, endete Paulo.
Mit seinen rhetorischen Fähigkeiten ging ein Politiker verloren. Er verstand es, alle Anwesenden mitzureißen und für das Projekt zu begeistern.
Der Erzbischof bedankte sich für Paulos Engagement und betonte: „Unser Ziel ist es, so viele Pilgerwege wie möglich in Europa wiederzubeleben. Wir wollen untereinander nicht konkurrieren, sondern kooperieren. Ich hoffe, dass dadurch wieder viele zurück zum Glauben finden. Denn ein Pilgerweg ist sicher besser, als ein Gang zum Psychologen.“
Es folgte Gelächter und langanhaltender, herzlicher Applaus. Der Erzbischof liebte das Bad in der Menge.
Die Journalisten verloren keinen Augenblick, um Paulo und den Erzbischof zu interviewen. Stolz beobachte ich, wie auch Paulo das Rampenlicht genoss. Er war nicht nur gescheit, sondern auch telegen.
Er war heute der Star des Abends und wir konnten stolz auf ihn sein.
Nachdem der Medientermin zu Ende ging, forderte der Erzbischof uns auf, in einen Nebenraum zu kommen. Dort wollte er wissen, wie uns der Camino veränderte. Jeder sollte kurz sein persönliches Resümee ziehen.
Darauf war niemand von uns vorbereitet. Der Erzbischof

interessierte sich wirklich für jeden von uns? Zuerst antwortete Paulo: „Ich habe viele tiefgründige Gespräche mit meinen Pilgerfreunden geführt. Besonders Jürgen, den ich schon beim Start in Saint-Jean-Pied-de-Port kennenlernte, forderte mich immer wieder heraus. Seine existenziellen Erlebnisse berührten mich. Aber die Erkenntnisse der Nahtodforschung, über die er mir viel erzählte, muss ich noch genauer studieren. Der Camino bestätigte mich weiter darin, dass wir uns als Kirche noch stärker öffnen müssen."

Paulo traute sich was. Kritik in der letzten Minute? Er erinnerte mich an jene aufmüpfigen Parteigenossen aus meiner Zeit in der Politik, die ähnliches wagten.

Indira erzählte dem Erzbischof von ihrem „Camino-Baby". Sie sei diesen Jakobsweg zum Dank für ihr ursprünglich nicht erwünschtes Kind gegangen. Nun blickt sie positiv in die Zukunft.

Sie hatte schon wieder so ein aufreizendes enges Oberteil an, das ihre wohlgeformte Weiblichkeit betonte. Während ihrer Wortmeldung begann der Erzbischof zu schwitzen. Er musste sich sogar mit einem Stofftaschentuch über die Stirn wischen. Ob das mit Indira zu tun hatte? Ein Schelm, wer das denkt.

Pepi gab sich pragmatischer: „Mein Camino war geplant. Ich ging ihn, um meinen Pensionsantritt und mein Leben zu feiern. Auch meine Frau war ganz froh, mich mal länger nicht zu sehen."

Alle lachten. Auch der Erzbischof, der bei den Wortmeldungen von Paulo und Indira noch etwas die Stirne runzelte.

Mo war etwas verwirrt, als der Erzbischof auf ihn deutete: „Wieso soll ich etwas sagen? Ich bin doch Muslim."

Der Erzbischof verstand sein Problem nicht.

Etwas verlegen, fasste sich Mo ein Herz: „Vielleicht hatte ich anfangs doch zu viele negative Vorurteile gegenüber Christen. Ich denke, jetzt lese ich auch mal die Bibel. Denn die ist ohnehin verständlicher als der Koran."
Wer hätte das gedacht? Vor wenigen Wochen stand Mo noch auf Kriegsfuß mit den Ungläubigen. Und jetzt das! Nie im Leben hätte ich gedacht, dass die Camino-Welt unseren muslimischen Freund so verändert.
Nun war ich an der Reihe. Ich hatte, unabhängig von der Aufforderung des Erzbischofs, schon im Vorfeld über mein Resümee nachgedacht. Eigentlich wollte ich so viel sagen, musste mich aber kurzfassen. Das ist nicht gerade meine Stärke.
„Mir wurde erst durch die Gespräche mit Paulo bewusst, dass ich dem Christentum näherstehe, als ich dachte. Zunehmend sehe ich nun im Tod meiner Freundin Alina einen Sinn", kam ich auf den Punkt.
Zum Schluss war Thomas an der Reihe. Nun wurde es ganz still. Lange sagte er nichts und schaute verstört in die Luft. Ihm kamen die Tränen. Immer wieder wollte er etwas sagen, aber schaffte es nicht.
Ich deutete Paulo schon, er solle abrechen. Doch dann rang sich der deutsche Atheist zu seinem finalen Statement durch: „Herr Erzbischof. Ich glaube nicht an Gott. Ich glaube nicht an das Gute. Ich bin Naturwissenschaftler und Rationalist durch und durch. Und ich werde in einem halben Jahr sterben. Aber ich bin dankbar, dass ich den Camino durchhalten konnte."
Als wir, tief berührt, spontan klatschten, wimmelte Thomas ab und bat noch einmal um Aufmerksamkeit: „Aber, meine lieben Freunde. Nach diesem Camino wünsche mir nur

noch eines. Dass ich mich irre! Zum ersten Mal in meinem Leben will ich nicht rechthaben."

Im Saal herrschte eisernes Schweigen, während es auf dem Platz vor der Kathedrale immer lauter wurde.

Thomas erinnerte mich mit seinen berührenden Worten an den Philosophen *Jean Paul Sartre (1905 - 1980)*. Er war sein Leben lang Atheist und unverdächtig, seine Ansichten aus reiner Emotion über den Haufen zu werfen. Doch kurz vor seinem Tod antwortet er einem Freund, der ihn fragt, ob er an ein Leben nach dem Tod glaube: „Vielleicht!"

Thomas war da schon weiter. Er glaubte zwar nicht an Gott und ein Leben nach dem Tod, aber er wünschte es sich. Tat dies Sartre auch?

Konsequenter war da schon der Altphilologe und Philosoph *Friedrich Nietzsche (1844 - 1900)*. Er behauptet in seinem Werk „Die fröhliche Wissenschaft" felsenfest: Gott ist tot!

Während andere Denker mehr Kirchenkritiker, als echte Atheisten waren, beschreibt Nietzsche in aller Radikalität, was es bedeutet, wenn Gott tot ist.

Er zeigt einen Menschen, der Gott sucht und nach ihm fragt. Von seinen Mitmenschen erntet er aber nur Hohn. Gottes Tod bedeutet für ihn gleichzeitig das Ende unserer traditionellen Moral. Er huldigt diesen Zusammenbruch, sieht aber andererseits darin auch ein Problem.

Denn es stellt sich die Frage, was danach kommt. Er plädiert dafür, der Mensch möge sich an die Stelle Gottes setzen und erhofft sich so einen völlig neuen Menschentypus. Dieser „Übermensch", wie Nietzsche ihn nennt, ist stark, hart gegen sich selbst und unabhängig. Er glaubt an nichts und hofft noch weniger. Wenn schon glauben, dann nur an sich selbst.

Auch Thomas wollte am Camino diese Härte gegen sich

selbst demonstrieren. Jetzt, wo der Tod unmittelbar bevorsteht, tut er sich immer schwerer, diese Position durchzuhalten. Nietzsche ist sich bewusst, dass nur wenige Menschen dazu fähig sind. Seiner Meinung nach sind die meisten nur *Herden*menschen, die im Grunde nur nachahmen und unhinterfragt das tun, was die breite Masse macht.
*Herren*menschen hingegen - nicht zu verwechseln mit dem Rassebegriff der Nazis - sind jene seltene Spezies, die ein neues Fundament schaffen und über sich hinauswachsen.
Zählt Thomas zu den Herrenmenschen? Und wenn ja, was hätte er davon? Trost und Hoffnung jedenfalls nicht.
Bevor wir auf den Balkon gingen, zog Paulo noch eine Urkunde aus seinem Rucksack.
„Nun zum Abschluss will ich noch den Pilgerkönig ehren. Welch Zufall, dass unser Sieger im Nachnamen ‚König' heißt. Einen herzlichen Applaus für unseren Pilgerkönig Thomas König", verkündete Paulo.
„Ihr seid ja verrückt!", war Thomas sichtlich gerührt.
„Ich werde diese Urkunde in mein Grab mitnehmen. Als Erinnerung an diese wunderbare Zeit mit euch, meine lieben Freunde."
In den anschließenden tosenden Applaus mischte sich Musik, die von draußen kam. Eilig begaben wir uns auf den Balkon des Paradors.
Der Platz vor der Kathedrale war zum Bersten voll. Viele Einheimische nutzen die Gelegenheit, die Show jetzt, bei der Probevorführung zu sehen und nicht am Jakobustag, wo die Stadt aus allen Nähten platzt. Moderne Lasertechnik mit exakt abgestimmter Musik sorgten für eine surreale Stimmung. Wieder einmal wollte ich alles gleichzeitig tun: filmen, fotografieren, aber auch genießen.

„Leg die Kamera weg, Jürgen. Auf Youtube kannst du alle Impressionen herunterladen und in Ruhe ansehen", meinte Paulo. „Genieße die Überraschung, die jetzt kommt."
Ich hatte keine Ahnung, was er meinte. Was konnten wir jetzt noch erwarten? Es war ja ohnehin alles nicht mehr zu überbieten.
Doch dann ein plötzlicher Aufschrei von Indira: „Das gibt es doch nicht!"
Auch ich konnte meinen Augen kaum trauen. Auf die Kathedrale wurden unsere Impressionen projiziert. Jetzt erinnerte ich mich wieder daran, dass Paulo darum bat, ein paar persönliche Fotos und Videos an sein Mobiltelefon zu schicken, um sie dem Erzbischof weiterzuleiten. Doch nie im Leben wäre ich auf die Idee gekommen, sie könnten für solch ein Spektakel verwendet werden.
Jetzt sahen meine Bilder und Kurzvideos tausende Menschen am riesigen Platz vor der Kathedrale und vielleicht zehntausende im Internet. Wahnsinn!
Mit dem abschließenden pompösen Feuerwerk zu den Klängen von Georg Friedrich Händels „Halleluja" erlebten wir einen kolossalen Abschluss, wie wir ihn uns schöner nicht vorstellen konnten. Völlig benebelt von den Eindrücken stießen wir noch einmal auf unseren Camino an. Dann umarmten wir uns und gingen auseinander. Diesmal für immer.
Wir wollten uns ganz bewusst morgen nicht mehr sehen. Denn in diesem Moment, am absoluten Höhepunkt, sollte unsere lieb gewonnene Camino-Welt aufhören zu existieren. Meine Camino-Welt, das war *auch* ein Pilgerweg durch Philosophie und Theologie. Was zu Hause abstrakt und langweilig erscheint, wurde hier konkret und spannend.
Die Camino-Welt gab mir zwar Alina nicht mehr zurück.

Sie löste auch nicht meine Zweifel, Ängste und Sorgen. Aber sie brachte neue Erkenntnisse und beflügelte so meine Hoffnungen. Von ihnen werde ich noch lange zehren.
Ich war mir sicher, in den letzten Wochen erheblich gereift zu sein und mich weiterentwickelt zu haben. Zu Hause würde ich kein völlig anderer, aber ein veränderter Mensch sein.
Geht es nicht *gerade* darum im Leben?
Wir dürfen nicht stehenbleiben, sondern müssen weitergehen. Immer weiter. Manchmal über Umwege, aber ständig voran. Denn schließlich ist nicht nur die Camino-Welt, sondern unser gesamtes Leben, ein anstrengender Pilgerweg.
Ihn lohnt es sich zu gehen.
In guten und in schlechten Zeiten.